ARTERIA
Each and every book in the world exists in the Labyrinth of Alexandria.
And there is a girl of High-Daylight-Walker.
Kadokawa Fantastic Novels
十字 静
Sei Toaza
ILLUSTRATION しらび
U0026180
圖書迷宮
圖書迷宮
SEI TOAZA PRESENTS
vampire tale in the labyrinth

「——啟動碼Jc102k！
詠唱開始！」
呼應歌聲般的詠唱，
迷宮的地板應聲碎裂。
裂開的地板縫隙中出現無數支石槍，
彷彿尋求獵物的觸手般蠢動。

阿爾緹莉亞就像是——
就像是一個人類少女。
「怎……怎樣？
說句話呀，蠢材！」

阿爾緹莉亞羞澀地仰望著你，
用細小的音量輕聲說道。
按壓著穿不慣的裙子下襬，
阿爾緹莉亞忸怩地遮掩著身體，
讓你感到心跳加速。
微微暈染臉頰的朱色紅潤了
原本屍體般慘白的肌膚，
讓人不禁忘了她是與人類相異的吸血鬼真祖。

阿爾緹莉亞
奧月綜嗣

卡露米雅
艾莉卡

Each and every book in the world
exists in the Labyrinth of Alexandria.
And there is a girl
of High-Daylight-Walker.
圖書迷宮
【圖書迷宮】
ARTERIA
vampire tale in the labyrinth

Kadokawa Fantastic Novels

圖書迷宮

【圖書迷宮】

十字靜

Sei Toaza

vampire tale in the labyrinth

CONTENTS

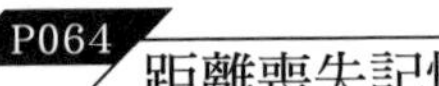

Each and every book in the world exists in the Labyrinth of Alexandria.

And there is a girl of High-Daylight-Walker.

你奔跑著。

「呼……！呼……！」

你正在逃跑。

正六角形閱覽室的三個方向都被書架圍繞著。這裡是由蜂巢般綿延不絕的無限書庫組成的迷宮。在稱為「圖書迷宮」的遺跡書庫的深處，你拚命地奔逃著。

「呼……呼……唔……吁……呼！」

一言以蔽之，這是攸關性命的危機。

從迷宮的黑暗中突然襲來的石槍已經在她的腹側貫穿出一個大洞。

從傷口溢出的血液早已從外套滲透到內衣。銀色的長髮沾染到紅黑色的汙漬，只有呼吸聲微弱地顫抖著，在你的耳邊喘息。

「呼……我得快逃，快逃……！」

你揹著瀕死的少女，在「圖書館都市亞歷山卓」地下數十公尺處的圖書迷宮深層，漫無目的地不斷逃竄。

這是一場賭上你與少女的性命，正如字面所述的鬼抓人。

「——唔……唔啊啊！」

圖書迷宮

【圖書迷宮】

十字 靜
Sei Toaza

ILLUSTRATION しらび

從髮梢滴落的黏血讓靴子的皮革鞋底滑動。為了站穩腳步而使勁的右腳，因運動過度所產生的乳酸而哀號。

你的疲勞正要到達臨界點。你早已上氣不接下氣，腦部完全陷入缺氧狀態，心臟更是瘋狂跳動得幾乎要破裂。

即使如此，你也不得不奔跑。因為如果不逃走，就會遭到殺害。

被那個可怕的**魔鬼**——圖書迷宮的殺人魔殺害。

「喏……喏……汝？汝可還在這兒……？」

或許是領悟到你的體力已經逼近極限，少女隔著肩膀呼喚了你。沙啞的聲音十分虛弱，你能確實從中聽出可怕的死亡氣息。

「別……別管……妾身了。將妾身留在此處，汝獨自……咳咳……咳咳！」

少女用古風的口吻說了「拋下我吧」。她想要把自己的性命當作誘餌，讓你獨自逃走。

……如果拋下她不管，你或許可以甩掉殺人魔的追蹤。

「安靜……呼！別說話。傷口會……裂開……！」

可是你的信念並不允許你為了存活而犧牲他人。即使生命走到終點，你也絕對無法為了活下去而對他人見死不救。

因為你在五年前，在這個圖書迷宮中失去了最愛的親人。

「足矣。光是再見汝一面，光是汝尚未遺忘妾身，妾身便已心滿意足。若……若是持續如此，汝亦難逃死劫……咳咳……咳咳！」

少女用急促的呼吸喘息著，擔心你的安危。正因為如此，你才無論如何都無法放棄這個善良少女的性命。

「汝……汝……？妾身已經……看不清了……」

「別說話，閉上嘴巴抓好我！我絕對……呼……絕對會帶妳去『藥草院』的重魔法醫療室！到時候妳一定能得救！」

你這麼說著，鼓勵少女……但實際上不要說是「藥草院」了，你連回到地面上的路都不知道。被殺人魔追趕的你在逃竄的時候，失去了方向感。

圖書迷宮的構造正如其名，相當錯綜複雜，一旦迷路，就很難再走出去。如果繼續這樣下去，一直找不到通往地面上的升降機的話……

你們就會死。

「可……惡啊啊啊！」

你甚至想要向神乞憐。少女已經命在旦夕。再這樣下去，你又會**再次**見證他人的死亡。

面對即將傷重不治的人，卻無能為力。

你只能無力地旁觀他人的生命終結，人生走向盡頭的模樣。

就像令尊那時一樣。

「……我不……要……！」

我絕對不要，你這麼想。

那種失落，那種無力感，那種絕望，你絕對不想再嚐到第二次。

「我絕對……不會放棄……！我絕對不會讓妳被殺！別想要我重蹈五年前的覆轍！」

沒錯，所以你才會在**這裡**。

為了得到超越過去的力量，你才會決定到「藥草院」留學，造訪圖書館都市(亞歷山卓)，踏入有任何書籍沉睡的遺跡書庫——圖書迷宮。

為了超越慘痛的記憶，成為能夠拯救他人的人——「偉大博士」。

「這次……這次我一定要拯救！我已經發過誓了！」

你的這份意念——

「給予貫穿臟腑之冰冷石咬。」

很遺憾，輕易地結束了。

「發行(Execute)・石蛇突牙。」

高聲詠唱才剛響起，就有劃開空氣的銳利聲音連續傳來。

岩石長槍以猛烈的速度從圖書迷宮的暗處飛來——

直接擊中你的腳。

「咿——嘎啊啊啊啊啊！」

前端尖銳的石製六角柱貫穿了小腿中央。

粗細相當於手臂的花崗岩投槍刨挖到骨肉深處，破壞了你的腳。

你的身體失去支撐，順著奔跑的力道跌倒在地。你的視野開始翻轉，旋轉時的強烈離心力分開了你和女孩。

你伸手想要把飛出去的她抱過來，咚的一聲，你的背部撞上地板，使肋骨骨折，即使如此也無法完全減緩滑行的速度，於是你重重地撞擊到書架。

「嘎呼！啊……！」

劇烈的疼痛讓你甚至無法好好呼吸。你感到眼冒金星，口腔裡有血液的味道擴散開來，傷殘的腳迸發出電流般的陣陣痛楚。

「……我不能……讓妳……死……！」

你握緊胸前的護符，維繫住被劇痛撕裂的意識。

你回想過去刻劃在心中的祈願。為了繼承令尊灌注在這個水晶護符中的遺志。你必須跨越過去，成為「能夠拯救他人的人（偉大博士）」。

「……我……要成為……能夠……拯救他人的人……！」

你拖著流竄劇痛的身體，想要爬到倒地的少女身邊……

「讓這場難看的逃跑劇落幕吧。」

冰一般冷冽清透的聲音讓你感到背脊發涼。

鈴……圖書迷宮的黑暗中有提燈的光芒搖曳著。散發著詭異光輝的燈火帶著腳步聲靠近，最終映照出擁有一頭金髮的少女身影……

不，是映照出**殺人魔**的身影。

「晚安，吸血鬼刺客。」

她是個美麗的魔鬼。

流瀉的長髮是金色的漩渦。彷彿瀑布般從頭頂落下的捲髮在胸前散發光芒。

晶亮的眼瞳是深深的藍海。透著群青色的雙眸就像一對藍寶石，注視著你。

白皙的手指撩起的髮梢輕輕在空中飄起——

「看來這場鬼抓人是我贏了。」

落在彎曲的不祥**山羊角**上，靜靜地停止。

鬼神般令人望而生畏的一對巨大犄角分開了金色的髮流。

這對角從她的頭部側面彎曲延伸出來，用帶著深沉光澤的銳利尖端對準你。

她是個美麗的——美麗的殺人魔。

「唔……！」

「好了，踐踏**那位先生**之墓的怪物，準備領死吧。」

殺人魔用優雅到甚至恐怖的動作舉起她的右手。她的纖細手指之間夾著發出淡淡光芒的灰色書背。

那是沉睡在圖書迷宮裡的神之遺產，能讓現實變為非現實的魔法書籍——「魔導書」。

「放心吧。我會至少不讓你們感到痛苦，一擊就送你們到冥界的。」

《書》發出嗡的一聲，散發灰色的光芒。術者吸收了瀰漫在大氣中的魔素，濃縮並灌注到魔導書之中。

為了編織出殘酷地殺害你與少女的可怕魔法。

「——啟動碼Jc102k！詠唱開始！」

呼應歌聲般的詠唱，迷宮的地板應聲碎裂。裂開的地板縫隙中出現無數支石槍，彷彿尋求獵物的觸手般蠢動。

（……我不能在這種地方……在這種地方被殺死……！）

「嬌小王者，八足蜥蜴，戴冠蛇主啊。」

面對逼近到眼前的死亡恐懼，你握緊了水晶護符。

（……我已經發誓要跨越無力的自己，跨越五年前的絕望……！）

面對受傷的少女、可怕的殺人魔、步步近逼的毀滅與終結——

「——我已經發誓要成為『能夠拯救他人的人』了！」

你從右肩的板金鎧甲的縫隙中抽出一枚紙張。

「啟動碼Lg100b，迴路解放！」

刻劃在紙張上的咒紋連接到以神經系統為基礎的「魔力迴路」，發出藍白色的光輝。

你祈禱般地握緊水晶護符，深吸一口氣，叫道：

「其乃撐天梁柱，鎮國礎石！」

「使其名所統御之山楝蛇群——」

同時響起的兩道詠唱在迷宮的黑暗裡迴響。

在魔法戰鬥中，詠唱速度就是揮舞刀劍的速度。只要能比殺人魔更早完成詠唱，或許就能擊退敵人的魔法，保護受傷的少女！

（我要在這裡**使用魔法**！我一定要拯救這個女孩！）

「鎮守龍田之風暴女神**啊**！」

「化身吾臂，謹聽吾命。」

巡迴肉體的魔素激流在滿溢於迷宮中的黑暗裡發出微微的光芒。你集中精神，想要控制流入魔力迴路的魔力——

「為獻予汝之犧牲與……啊……唔！」

你感覺到神經一陣疼痛。

「唔……啊啊啊啊！」

彷彿從內側灼燒腦髓的劇痛讓你停止詠唱。

以神經系統為基礎的魔力迴路因精神的錯亂而損傷機能，由於差點失控的魔力而過熱。

（魔力迴路的……失控……可惡，**我的魔法果然……！**）

你抵抗著磨損意識的疼痛，想要繼續詠唱。

「永別了，殺手——發行．石蛇奴僕。」

殺人魔的魔法化為石槍瀑布，向你們襲來。

「住……住手——哇啊啊啊啊！」

你沒能替少女擋住攻擊，被石塊異形吞噬。

無數的石製衝角襲來，一邊啄食著你一邊通過。

貫穿皮膚、肌肉、骨骼、腦髓、靈魂的劇痛燒燬了你的意識。

「嘎呼……咕咳！」

大量的血從你的喉嚨深處噴發。

你的眼前散出五顏六色的火花，然後視野開始急速縮小。

你這個人的終結——死亡即將到來。

（……如果有魔法（力量）的話……）

意識沉入黑暗，在將要落入死亡深淵的時刻，你心裡浮現的是這樣的後悔。

「偉大博士」能解讀埋藏在圖書迷宮裡的神祕力量，以其魔法拯救眾生。如果有那樣的魔法，你或許真能拯救他人。

你或許能治療少女的傷，對抗可怕的惡鬼，找出回到地面上的方法，拯救少女與你自身的命運。

……可是，那都是無意義的痴心妄想。

因為**你無法使用魔法**。

自從五年前父親在你眼前遭到殘忍殺害的那一天，你的心受到了深深的傷害，變得會排斥任何的魔法。

你失去了能夠拯救他人的魔法，以及成為偉大博士的夢想。

（……父……親。像您一樣的魔法師，我……）

刻劃在心裡的絕望化為絕命的嘆息，在迷宮中飄散，最後消失。

永別了。

你的人生，到此結束。

「——這個……大蠢材！」

沉入死亡深淵的思緒在瀕死的黑暗中，聽見了某人的聲音。

「所以妾身才要汝逃走！難道不懂人話嗎？蠢材！」

聽見應該已經永遠失去的，古風語調的少女之聲。

「依然如此胡來，汝可真是不知悔改！」

肌肉接合，骨骼相連，傷口逐漸痊癒的怪異聲音和彷彿吸食血液的「咻嚕」聲令人感到不快，喚醒了你即將消逝的意識。

「唉，汝可真是……真是個愚笨至極的傻子！」

原本就快要永遠沉睡的你的心臟使勁輸送出血液。

映照在迅速恢復色彩的視野裡的是——

「……這豈不是讓妾身更為汝傾心了嗎？蠢材！」

美麗的銀色。

在圖書迷宮的黑暗中，那屍體……不。

那肢體散發著彷彿能反射漆黑的光輝。

「哼，這回妾身就饒了汝。久別重逢，劈頭斥責就太不近人情了。」

飄揚的髮絲是銀色微風。如絹絲般帶有光澤的長髮飄散開來，遮蓋住白皙的肌膚。

閃耀的眼瞳是血之寶玉。染上鮮血之紅的雙眸正如精心研磨的紅寶石般透亮。

「況且正是因為有汝，妾身才能如此起死回生吶♪」

沾染銀髮的黏血在轉眼間消失，差點脫離肉體的內臟也忽然失去蹤影，原本殘破不堪的皮膚現在已經像瓷器一樣閃著冰冷的白光。

「……那麼，玩弄妾身心愛伴侶的思慮淺薄之人，妾身可得想想該如何處置吶。」

紅梅色的水潤雙唇揚起嘴角，鮮紅色的雙瞳也笑了。

那笑容傲慢不遜，充滿了自信──

「儘管來吧小丫頭，本『吸血鬼真祖』──將在五秒內分出勝負。」

彷彿在暗夜中綻放鮮明的光輝。

「唔……我竟然讓吸血鬼成功吸血了！」

一見到少女再生，殺人魔馬上打開魔導書。可是她的側臉沒有了剛才的從容，滲出明確的焦慮和恐懼的神色。

「貫……貫穿他們！」

接收到主人的命令，石塊異形同時伸出無數隻觸手。

帶著殺意的衝角如海嘯般逼近，為了摧毀少女的肉體而衝了過來。

「嗯，年紀輕輕，魔導造詣倒是不壞……」

然而石槍尖端快要觸及少女的時候，她的纖細手臂用流暢的動作往下一揮。

「不過還差兩億年左右的鑽研。」

轟！伴隨著衝擊波的爆裂聲響起，石塊的瀑布就這麼一分為二。

少女的手臂一揮，就把一根一根的槍尖擊落了。

「什……麼……！」

「愚蠢的東西。區區混血惡魔，就想勝過吸了血的真祖？」

少女接住一邊旋轉一邊掉落的槍尖，把它像奶油一樣捏碎。

喀嘰！大氣震動，粉碎的石塊從掌中落下。

「咿……！」

「死心吧。不具障壁貫通性能的石槍，可無法消滅本吸血鬼真祖。」

對於因恐懼而扭曲表情的殺人魔，少女用十分凶狠的笑容回應。

「那麼人類，這下如何是好？憑藉如此虛弱的魔法，休想殺死妾身。」

「唔……於南天邊境尋光……發行．輝石龕燈！」

殺人魔簡短地詠唱，伸出左手臂。指尖迸發魔素，瞬間爆出強烈的閃光。

被刺眼的閃光填滿的視野再次恢復時——殺人魔的身影已經消失。

「……逃了嗎？即早決定撤退可謂美德……也罷，此刻咱們倒也難以追擊。」

女孩看見殺人魔逃走，解除了戰鬥姿勢。接著嘆了一小口氣，轉身過來面對倒地的你。

隔著因離心力而輕盈飄起的髮絲，你和鮮血般紅豔的眼瞳四目相望。

「……唉，汝那胡來的惡習還是一如以往吶。若是引起『變異性休克』而死，那可怎麼辦？大蠢材。」

少女露出傷腦筋的笑容，緩緩向你走來。蒼白的赤腳每次踩踏地面，你便感到催人嘔吐的甜膩屍臭愈來愈強烈。

「……呵呵。欸嘿嘿♪汝可終於歸來了吶。」

少女的指尖輕撫你的頭髮那瞬間，甘美的香氣終於到達頂點——

「……妾身的摯愛，綜嗣。」

你的意識就在這裡中斷。

◆◆◆◆◆◆◆◆◆◆◆◆

就像是從死亡深淵往上漂浮，你的意識甦醒。

「——啊！呼……呼……呼！」

早晨的柔和陽光刺激著你用力睜開的雙瞳。啾啾啾，遠處傳來的鳥鳴與心臟的悸動混合，彷彿在腦中迴盪。

「呼……呼、呼……這……這裡是……？」

直到剛才為止都還在眼前的慘狀已經消失得無影無蹤。

迷宮的黑暗已經轉換成不熟悉的天花板，甜蜜的屍臭則化為淡淡的塵埃氣味，原本灼燒全身的劇痛和高溫也舒適地融化在涼爽的空氣中。

你維持癱倒在床上的姿勢，環顧室內……房間裡有毫無生活感的書桌、書架與收納家具，以及還沒有整理的大型旅行箱。

「……這裡是……『藥草院』的宿舍塔嗎？」

有美麗咒紋裝飾的紅磚牆與高海拔地帶特有的涼爽空氣，使得因惡夢而模糊的記憶緩緩甦醒。

「……我的宿舍房間？」

看來這裡似乎是稱為「藥草院」的高等學院的其中一間學生宿舍。

「……啊！什麼嘛，原來只是夢啊……！」

一發現自己只是作了一場惡夢的瞬間，緊張的情緒便一口氣放鬆，於是你把頭埋進軟綿綿的羽毛枕裡面。

按照常識思考，全身被石槍貫穿是會立即死亡的。由於你似乎還沒有死，那就代表剛才的慘劇**只是一場夢**。

「……嗚，頭好痛……既然行李都還沒有整理，就表示我才剛到就馬上睡著了嗎？」

或許是惡夢妨礙了睡眠，你覺得身體異常沉重。思緒也雜亂無章，昨晚的記憶就像是深陷在遺忘的迷霧中。

你好不容易抵達圖書館都市，或許是漫長的乘船之旅讓你深感疲憊吧。

「……我真的回來了……回到圖書迷宮之都——亞歷山卓。」

你仰望著不熟悉的宿舍天花板，低聲這麼說道。

直到十歲生日來臨之前，你都是這個「藥草院」的學生。憑藉著稀世的魔導才能和世界第一名師的指導，你曾是前途一片光明的博士候補生之一。

直到五年前，令尊在你的眼前慘遭殺害，使你失去記憶和魔法為止。

「……！」

就像是要甩開引誘你昏厥的黑霧，你搖了搖頭。

慘痛的悲劇記憶——如同荊棘一般刺痛精神的心理創傷以鮮明的記憶回溯和意識斷絕，屢次折磨你至今。

每次你想要悼念令尊的容顏，找回魔法與真相的時候，總是如此。

「……冷靜一點，沒事的……」

你祈禱般地低語，伸手摸索掛在胸前的護符項鍊。你接著握緊細鍊前端繫著的水晶，用指尖撫摸水晶的側面。

一瞬間，淡藍紫色的魔力發出光芒，在空中凝聚，描繪出一個人的模樣。

那是在這個護符中封入魔力的魔導具製作者——令尊的幻影。

「……父親……」

魔力形成的亡靈（影像）再也不會說話，也不會微笑。聚集起來的藍紫色光影只是靜靜地一邊搖曳，一邊注視著你。

「……我一定會找回失去的記憶和魔法，還有五年前的真相。」

你握緊散發著深藍紫色光芒的水晶，關閉護符的投影功能。

好了，起床準備上課吧。

今天是你到自己在這五年間一直期望回歸的「藥草院」復學的日子。這是為了取回記憶和魔法的，第二人生的開始。

你在心中懷抱著堅定的覺悟，從床上坐起上半身。

「……呼嗯……？」

於是，抱著你睡著的少女慢慢地睜開了眼睛。

「……什麼？」

「嗯嗯嗯……唉，誰呀！哪個蠢材膽敢妨礙妾身安眠……啊。」

彷彿盛裝著血液的鮮紅瞳孔注視著你，連連眨眼。

好似紅寶石的雙眸開始閃耀驚訝與喜悅的色彩——

「……哦……哦哦哦……！怎麼，原來汝已經清醒了呀！」

少女用幼兒般可愛的聲音叫道，露出真心感到高興的笑容。

「咦……嘎……嗄啊啊！」

「欸嘿嘿♪汝，早安吶～♪」

在朝日照耀下的銀髮少女就像是從繪畫中跳脫出來的天使。

如寶石般透亮的深紅色眼瞳，還殘留著純真的粉色雙頰，微笑的水潤嘴唇，飄逸如涼風的銀色髮絲——

「這……」

（**這傢伙是誰啊！**）

都帶著你**從來沒有見過的**完美之美。

「什……妳……等一……妳……妳是誰啊！」

無法理解的現實讓你感到混亂，錯愕地大叫。

你應該只是在留學的第一天不小心睡著了，一覺醒來卻與素不相識的少女同床共枕，這個狀況讓你的睡意煙消雲散。

急速清醒的你的大腦開始全速運轉，試圖想起這女孩的真實身分……

「欸嘿嘿♪嗯，嗯～♡」

「嗚哇……嗚哇嗚哇……嗚哇嗚哇哇！」

少女的柔軟身體抱住你，阻礙你的思考。

（這……這是什麼情況，這是什麼情況！有什麼**軟軟**的東西碰到我的肩膀了！）

「嗯呼……能一早醒來說『早安』，妾身真幸福……」

少女繼續抱著你，非常高興地笑了。柔順的銀髮順勢在床單上滑動，飄散出令人頭暈目眩的甜蜜芳香。

「～～～等……等一下！怎……妳……等……這……這是怎麼回事啊！」

「哇哇！傻子，別亂動！變異性休克也還未完全恢復……」

過於混亂的你想要從床上跳起來，少女的細瘦手臂卻緊緊抱住你。對她的體溫感到驚訝的你把毛毯踢開，硬是想要起身。

「……嗯？」

輕薄的春夏用被單從少女的白皙肩膀上飄落。

平織的毛毯就像是愛撫著柔軟的肌膚，留下衣物摩擦的聲音滑落。

「哇啊啊！等……等等吶！」

唰的一聲，布料落到地上——

冷白色的早晨陽光照亮了白瓷般晶瑩剔透的肌膚。

少女一絲不掛。

「喂——喂！」

「嗚……嗚哇啊啊啊！對……對不起！」

你別開臉的同時，少女抱住自己的身體，伸手把毛毯拉過來。雖然這是妙齡少女理所當然的反應，但有個嚴重的副作用，那就是大幅縮減遮蔽你身體的布料面積。

「啊？」

結果，被單薄肌肉包裹的肉體就這麼從滑動的被單下露出。

你萬萬沒有想到，自己也是全裸。

「……？～～～～！」

你已經到達混亂的極致，連發聲的方法都忘記了。

為了遠離無法理解的現實，你試著緊緊閉上眼睛……烙印在視網膜上的微鼓雙丘和櫻花色的**某種東西**卻嚴重地攪亂了你的思緒。

（怎麼會這樣……怎麼會這樣！我在留學的第一天就鑄下大錯了！啊，天國的父親，日本的母親！我的身體已經被姦淫之罪玷汙了！）

實際上你的身體依然清白，根本不需要為肉體的罪孽煩惱。

應該說比起這種事，你還有更加重要的事要面對。

「真是，汝是何時變得如此愛好女色……喏，可以睜眼了。」

「不……不要！我才不要睜開眼睛！這種事情一定是騙人的！」

「蠢材，妾身之命，汝敢不從？喏，還不快睜眼！」

「嗚……？」

你看看，仔細觀察她一下吧。

她的身體不知何時穿上了隱約透出肌膚顏色的純白絲綢。體態纖瘦得好像伸手擁抱就會損傷。微弱又柔和的體溫跨坐在你的腰上。

這一切的一切，都不合邏輯。

因為昨晚的慘劇——**你和少女的死**應該只是一場惡夢才對。

「……啊……為……為什麼……」

（為什麼**夢裡的女孩**會出現在我的床上？）

你的思緒終於追上了現實，認知到這個狀況的異常之處。

你是離開遙遠祖國的留學生，昨天傍晚才終於抵達圖書館都市。不要說是共枕眠的女性了，就連能在夢裡遇見的熟人也是屈指可數。

也就是說，眼前的少女應該只是你的記憶所組織起來的**惡夢**。

（那……那場惡夢裡的女孩為什麼會出現在我的宿舍？）

「喂！妳到底是什麼人？」

「什麼人……慢……慢著，難道汝已經遺忘了嗎！」

「回答我的問題，妳是誰！為什麼會出現在我的床上！」

你對慌亂的少女所說的話充耳不聞，重複自己的質問。因為這個女孩是不可能存在於現實之中的。

你昨晚見到的慘劇，應該從頭到尾都是一場惡夢。

（她是什麼人……？竟然侵入「藥草院」的宿舍塔，是強盜？還是夢魔？難道說她是**殺死父親的那幫人**的……！）

你硬是把薄絹交領衣的縫隙露出的身體線條，反射朝陽的白皙肌膚，大腿感受到的光滑肉感排除到思緒之外，用銳利的目光瞪著少女。

「汝……汝……？關於妾身的事，昨日已經說明過了吧！為……為何擺出如此嚴厲的表情……？」

「昨日？……我根本沒見過妳！我再問一次，妳是什麼人！」

你不理會她那哀求般的疑問，重複問了第三次。

「……汝難道……」

少女就像是受到深深的傷害，顫抖著嘴唇。

「**汝難道忘了嗎**？」

「……咦？」

彷彿盛滿血液的紅眼似乎因為深沉的悲傷而動搖了。

「這……這下糟了！」

下一個瞬間，她在你的腰上讓身體轉了半圈。

「啊……啊唔！」

「糟了！大事不好了！盡快拿《書》出來！」

「咦！給……給我等一下，不要在**那個地方**搖晃身體**！**」

因為**各式各樣**的理由，你希望她離開你的腰上，但不知為何，女孩仍然繼續坐在你的身體上。

她把微弱的體溫和體重交給你，摸索著腳邊……

咻啵！她應聲拿出了一本《書》。

「魔……魔導書？妳……妳到底想要做什麼！」

「別亂動，蠢材！汝若是不願聽話，妾身也有方法可想！」

少女彈響了手指，你的影子便突然開始搖曳。

黑色細帶般的影子從床單上立起，立即滑上你的皮膚，纏住你的肩膀和手臂，束縛你的行動。

「什……拘束魔法，操影咒文？放……放開我！」

你掙扎著想要解除束縛，黑色的拘束帶卻文風不動。如此高強度的操影魔法，竟然沒有詠唱就能施放……這名少女的魔導能力之高，非比尋常。

「唔……！這個程度的魔導高手，到底有什麼目的……！」

「囉嗦，還不快讀！再磨蹭下去，汝可就要遺忘一切了吶！」

她焦慮地說道，把一本書拿到你面前。

用燙金的裝飾文字寫著《一千零一頁的最後祈禱》的封面是讓人聯想到薄暮的深藍色，

雖然優雅，卻又好似暗藏著陰影。

這本《書》十分可疑，但少女的眼神中帶著不容反抗的氣魄。束縛上半身的影子也不允許你做出讀《書》以外的動作。

「唔……」

（……她具有壓倒性的魔導造詣。就算這是魔法罪犯的陷阱，我現在也只能乖乖聽話了……！）

你戰戰兢兢地接過《書》，翻開羊皮紙製成的書頁，用雙眼追逐文字——

並發現至今為止發生的每一件事，全都寫在這本《書》上。

「什……麼……？」

你感到震驚。接著黑色墨水在白色書頁上凝聚，寫出「你感到震驚」這幾個字，你因此戰慄，然後又對自己的戰慄被書寫在頁面上的事感到恐懼。

這本名為《一千零一頁的最後祈禱》的《書》似乎會一五一十地記錄讀者（你）所見、所聞、所思、所感的**記憶**。

「……呼，看來汝終於閱讀完畢了。」

「等……等一下！妳到底是誰啊！這本《書》又是什麼！」

這個問題，就由**我**來回答吧。

「什麼？墨……墨水自己……！」

你應該已經理解圖書迷宮是個什麼樣的地方了吧？

圖書迷宮是《書》的迷宮，是人類想像所及的任何書籍都沉睡其中的遺跡書庫。收藏在那些書架上的無限書籍中，有這種《書》也不足為奇吧？

例如《如實記錄持有者之記憶的書》這種魔導書。

「什麼？記錄持有者的記憶……書寫記憶的魔導書？」

請不要那麼驚訝。我只不過是將記憶記錄、保存下來的書罷了。

我的稀有度不像《將鉛化為黃金的書》那麼高，比《最強吸血鬼之書》還要安全，也不像《狩獵吸血鬼的魔鬼之書》一樣帶有惡意。

我只想以一本書的身分，稍微為你的故事提供一點助力。

為了想要知道五年前的真相而尋找《取回記憶之書》的你。

「——！」

你有種幽暗的內心深處被他人窺視的感覺，迅速把《書》闔上。

「啊！妾身的說教尚未結束！別擅自闔上書！」

看到你把我扔出去，女孩用責備般的口氣說道。可是被深深的心理創傷刺激的你沒辦法回答她。

（……冷靜一點……！我應該已經作好覺悟了……！）

你在心中這麼默唸。

對於圖書迷宮的神奇和恐怖，你是再清楚也不過了。

在沉睡著任何書籍的圖書迷宮中，既有《拯救人的書》，也有《毀滅人的書》，這件事深深地刻劃在你的記憶裡。

就在五年前的十月十六日，令尊遇害的那天晚上。

「唔唔，汝似乎喪失了不少記憶。別無他法，妾身來說明吧。」

咻啵！謎樣聲音響起，少女又拿出了另一本《書》。

她打開寫著《化身摺紙大師的摺紙套組》的平裝書封面，把纖細的指尖放在其中一張書頁上——

嘶嘶嘶！尖銳的聲音響起，她把書頁撕了下來。

「把……把魔導書撕破，妳到底想要做什麼……？」

「『短刀』。」

少女打斷你的聲音，對撕下的書頁下達一句命令。

一瞬間，書頁在你的面前以驚人的速度摺疊起來。

不，用「摺疊」這種形容似乎不太貼切。因為紙張不管摺疊幾次，都不可能在不知不覺間開始帶有**金屬光澤**。

「說明之一——圖書迷宮中存在著**任何**書籍。」

少女的話才剛說完，原本是一張書頁的東西就已經變化為一把短刀了。

那並非只是模仿短刀形狀的摺紙。反射銳利光芒的鐵刃除了稱為短刀之外，沒有任何其他的形容方式。

「書……《書》的紙頁變成刀刃了……！」

「這本《化身摺紙大師的摺紙套組》是《能變化為日用品的書》。以人類(汝等)的基準而言，大概是稀有度D的抄本吧？」

少女流暢地說明著，用指尖玩弄著短刀。鐵刃的刀身每次旋轉就會反射朝陽，對你投射冰冷的光線。

「妳……妳到底想要用那把刀做什麼——」

「說明之二——汝已沐浴本真祖之血，成了吸血鬼真祖的眷屬。」

噗滋。

短刀十分乾脆地刺入了你的左胸。

「咦……啊……咿？」

事情發展得太快，你的思緒完全追不上。

被刺中心臟而震驚不已的你把自己的心境轉換成直接的吶喊：

「──好痛啊啊啊啊！」

當然痛了。會痛才是正常的，因為你的胸膛被尖銳的刀刃刺穿了。

「好……好痛……好……咦？……奇……奇怪？」

可是你注意到一件不尋常的事。

雖然你剛才大叫好痛……

「不……不會……痛……？」

「蠢材。不過是心臟被刀刃刺穿，汝豈會感到疼痛？」

正如少女所說，你一點也不痛。

傷口滋滋作響且飄出紅煙，在一瞬間內再生，沒有一點痛楚便癒合。只剩下短刀還刺在你的胸口，殘留著被蚊子叮咬般的癢感。

「……為什麼？為什麼我被刀子刺到不會覺得痛？為什麼！」

「痛覺乃一危險警報系統。對化為肉泥尚可再生的真祖之眷屬而言，區區兩三顆心臟，正如字面之意，可謂不痛不癢吧？」

「不，就算不痛也會癢啊，而且人類的心臟大多只有一顆！……不對，等一下！妳剛才說什麼？」

「真祖。不過，正確來說是『HDLW（High Daylight Walker）』。受到日光直接照射依然不會毀滅之高等吸血種，其中最高等級的吸血鬼，正是妾身。」

「妳說……什麼……！」

她心平氣和地說出令人驚愕的事實，讓你啞口無言。因為在圖書迷宮中橫行的迷宮生物裡，吸血鬼是最應該戒備的凶惡怪物之一。

「不過是心臟遭人刺傷，吸血鬼真祖依然不會毀滅。雖然受到重壓也會化為肉末，仍可復甦。妾身正是誰也莫可奈何之吸血鬼。」

「到底是多幽默的冷笑話啦！」

你忍不住大聲吐槽。一直插在你身上的短刀因此滑動，散發微微的癢感。從肌膚滲出的血液不斷地發出咻咻聲。

「嗯嗯？也罷，妾身的風趣笑話就到此為止——如何？汝是否已明白當下狀況？」

「啊……咦，狀況是指……」

「汝當時就是這麼全身遭到貫穿，命在旦夕。然而當時用的並非短刀而是石槍，數量亦非一支而是三十九支。」

「妳……妳說石槍……難……難道說昨天的夢並不是夢——」

「當時就是身為吸血鬼真祖的妾身拯救了汝。簡而言之，妾身吸了汝之血。於是乎，與吸血種混合血液，不就成了吸血種嗎？」

少女用「太陽不是打東邊升起嗎？」般理所當然的輕鬆語氣說道。可是這句話所暗示的事實，對你來說實在太過沉重了。

「……喂，那我該不會……」

「嗯，汝已是一介吸血鬼。不過嘛，汝不若妾身，僅三成而已吧？」

「嗚……嗚嗚嗚……嗚哇啊啊啊！」

你放聲大叫。

「我……我不信！我不信我不信，這不是真的！我都立志要成為了不起的偉大博士了……怎麼可以變成這種C咖吸血鬼啊！」

「C咖吸血鬼……C血鬼？噗嗤，汝可真愛講冷笑話吶♪」

「吵死了！我的人生已經誤入歧途了耶！竟然成了怪物的同類，我這種身體再也不能走在陽光下了啦！」

「不，妾身與汝乃沐浴陽光者（High Daylight Walker），想走多久都不成問題。雖然會灼傷。」

「我說的不是物理上的意思啦！我要怎麼寫信給故鄉的母親和妹妹？前略，我不當人類，改當吸血鬼了？她們會跟我斷絕關係的！」

「別急，這件事就稍後再談吧。說明之三可是最重要的。」

「什麼最重要，怎麼可能有事情比變成怪物還要重要啊！妳要怎麼賠償我的身體！我的心臟！」

你指著刺在胸口的短刀，大聲質問少女。

吸血鬼是極度危險的怪物，所以受人厭惡的程度也是非比尋常。只要被周圍的人發現自己是吸血鬼，好則死刑，壞則會被處以**比死更殘酷**的刑罰。

已經脫離人類範疇的你再也無法變回正常人類了。你接下來的一生……應該說零點七生，都要以半生半死又半人半鬼的C血鬼身分活下去。

啊啊，你真是可憐呀。被殺人魔殺死，又變成吸血鬼復活。這麼倒楣又不幸的狀況，世界上到底能有多少呢？

「雖然並非準確的數字——汝之記憶只能維持約八小時。」

「啊？」

……不好意思，確實有呢。

比失去人類身分更可怕的事情，確實存在。

「此乃說明之三。汝之記憶將會不斷枯竭。汝能記得事物的時間約為八小時。一旦經過八小時，在此之前的記憶便將全數消失。」

「我……我的記憶……只能維持八小時？」

如此可怕的事情，世界上究竟有多少呢？

記憶只能維持八小時。

這與只有八小時的人生有多少差別呢？

「不……不可能！我失去的，應該只有到五年前為止的記憶！」

你用尖銳的吶喊否定了等同於死刑宣告的那些話。

的確，親眼見證最愛的親人在眼前遇害的你，心靈受到深深的傷害，失去了到五年前為止的記憶和魔法運用能力。

可是反過來說，對你來說的這五年間，時間的密度是他人的三倍。從五年前到現在所發生的事，你應該記得比世界上的任何人都清楚。

「我還記得自己的名字、出身地、回到亞歷山卓的理由！這些全都是八個小時以前的事！」

「——然而，汝卻已忘了妾身之名，不是嗎？」

「啊……什……！」

被這麼一問，你無言以對。

因為如果她不是虛構世界中的人物，而是存在於現實中的吸血鬼，你就一定有在夢境以外的地方見過這名少女。

「汝在何處與妾身相遇，身為不死者的妾身為何負傷，為何被汝揹在背上，汝為何遭殺人魔襲擊，如何面臨死亡──汝豈不是皆已遺忘？」

請你理解，你被殺的事情並非幻想，而是現實。

和沒有脈絡的幻想不同，現實是需要過去與未來的。

可是你卻完全忘了死亡之前和之後的事情。

你是否該為此感到恐懼呢？

「……妾身名喚阿爾緹莉亞。阿爾緹莉亞‧阿爾‧阿塔納西亞‧安納西亞‧奧莎納西亞。妾身正是圖書迷宮的銀夜，吸血鬼真祖。」

「……！」

這毫無疑問是你第一次聽到吸血鬼的名字。

也就是說，你曾一**度**忘了自稱阿爾緹莉亞的吸血鬼。

然後在八小時之後──你一定會迎接**第二次**的遺忘。

「……不會……吧？我的記憶……只能維持八小時？」

「誠然。束縛汝之遺忘詛咒約隔每八小時便將奪取記憶。當下存在的汝之記憶與人格，將會不可逆地全數從世上消失。」

「……我的記憶，每隔八小時就會消失……？」

「換句話說，**汝每隔八小時便會死**……昨晚汝與妾身相遇，保護妾身不被殺人魔所傷的記憶，已永遠無法再次憶起了。」

「……！」

鮮紅色雙眸中隱藏的空虛黑暗告訴你「這是無庸置疑的真相」。聽見阿爾緹莉亞那嚴肅又低沉的聲音，你終於開始理解現實。

「我的記憶……我的人生，只剩下八小時……」

你被天旋地轉般的強烈暈眩感襲擊。

因為你追尋亡父的腳步，為了求得失去的魔法而前來留學，卻第一天就遇到這等悲劇，就算絕望到想尋死也不奇怪。

「……若是繼續如此，汝將失去所有記憶而死。只有這本《一千零一頁的最後祈禱》能夠從遺忘的牢獄中拯救汝。」

「……《一千零一頁的最後祈禱》……？」

吸血鬼（阿爾緹莉亞）拾起被扔出的《書》，遞到你面前。

這是記憶受到詛咒的你唯一能夠仰賴的魔導書。

那麼，就讓我來寫下你目前所處的狀況，以及這本《一千零一頁的最後祈禱》的力量吧。

①你的記憶每隔八小時就會歸零。

②待在《書》的魔力所及的數十公分範圍內，對你來說重要的記憶會記錄到《書》之中，且《書》所記錄的記憶會瞬間複製給你。

③無法書寫你不記得的事，也就是八小時之前的記憶。

這三項極為重要，請牢記在心。

另外還有要請你記住，或者應該說是作好覺悟的事——

④與我的原典不同，屬於抄本的我只有一千頁。

如果用完了一千頁的記憶存量——

你就會永遠被困在遺忘的牢獄之中。

這本《一千零一頁的最後祈禱》可以說是你的記憶本身。

因此在《書》的頁數用盡之前，你必須找到保存記憶的手段。

趁著還沒有遺忘一切之前。

「……**一千頁的記憶存量……！**」

你用顫抖的聲音唸出《書》所寫出的餘命宣告。

每隔八小時就會奪去記憶的魔法詛咒。一旦被囚禁到這個遺忘的牢籠之中，要獨力脫逃就是絕對不可能的。

那樣一來，你就無法成為偉大博士，也不能找回五年前的真相，只能困在無限的遺忘之中，永遠重複獄中之死。

（如果不能在一千頁以內解除詛咒的話……！）

沒錯。你這個人的存在（記憶）就會消滅。

「……正如那本《書》所述，汝之記憶僅能再維持九百五十頁。汝要獨自挑戰迷宮，找出《保存記憶之書》，恐怕是近乎不可能的困難。」

「……！」

「不過，汝大可放心。汝身邊有本吸血鬼真祖，阿爾緹莉亞。賭上名譽與威信，妾身絕不放任心愛的眷屬身陷遺忘之黑暗。」

「……什……什麼心愛的眷屬，我根本不打算成為吸血鬼的同伴！」

「那汝可知如何是好？足以解除詛咒的魔導書，不進入迷宮深層恐怕是遍尋不著的。難道汝打算單獨在魔獸橫行、暗藏陷阱，甚至潛伏著魔法罪犯的黑暗深處尋找書籍？結果只會像**昨晚**一般慘遭殺害吧。」

「這……這……可是……！」

被稱為心愛的眷屬，你忍不住反駁，吸血鬼真祖卻用平靜的話勸退你。可是你不禁認為閃著血色的雙眸中暗藏著什麼邪惡的陰謀。

「要抵達迷宮深層，汝不管是身為吸血鬼或探索者，都太過欠缺歷練。妾身不會害汝，儘管仰賴本真祖吧。若是沒有真祖（妾身）的力量，汝可活不過幾天。」

「所以就要我聽吸血鬼的話……？妳該不會就是為了這個目的，才會詛咒我的記憶吧！難道說給我《書》和不死之身，就是為了讓我乖乖聽話……？」

「束縛汝之記憶的並非妾身。若只是想要個僕人，使用魅惑魔眼便可了事。妾身之所以分血予汝，是因為愛慕。」

「我……我可沒有理由聽吸血鬼談論什麼愛！」

「汝沒有理由，妾身有。妾身有理由拯救汝……不過，似乎沒有時間促膝長談了。看來有客人來訪。」

「客人？我根本沒有會在這麼早的時間來房間拜訪的熟人……！」

——叩叩叩。

突然在房間裡響起的敲門聲打斷了你說的話。

「——喂～奧月綜嗣！喂喂～你醒了喵？因為你到了開學典禮的時間都沒有起床，我身為班長，來接你了喵！」

「咦？……啊。」

緊接著，你發現有死亡威脅正在逼近你。

好了，我們來整理一下狀況吧。

①你似乎錯過了開學典禮的時間。

②你將半裸的美少女（而且還是吸血鬼）帶進了女賓止步的男生宿舍。

③你一絲不掛，而且左胸插著一把銳利的短刀。

問題來了。要是其他人看見你現在的樣子，究竟會發生什麼事呢？

「……啊……啊啊……啊啊啊啊啊啊！」

（別……別人不只會以為這是感情糾紛引起的持刀傷害事件，變成吸血鬼的事也會曝光！）

叮咚叮咚！正確答案。

趕快把吸血鬼真祖藏到床底下，盡早穿好衣服吧。

「奧月綜嗣？快點起床喵！你又沒有申請外出，應該還在房間裡吧？你再不快點起床，連我都要挨老師罵了喵！」

「抱……抱歉，班長（？），真的很不好意思，我現在才剛醒！希望妳給我一點時間換衣服……呃……哦啊啊啊啊！」

……雖然想更衣，你（原本）的制服卻已經變成被黏血染成紅黑色的一塊破布了。因為它和你的身體一起被殺人魔打成蜂窩了嘛。

「奧……奧月綜嗣？你剛才怎麼發出那麼可怕的聲音喵！」

「沒……沒有啦，我本來今天要穿的制服變得不能穿了！哎呀傷腦筋，真是傷腦筋！」

很不巧，你還沒有整理行李。除了昨天穿過的衣服以外，其他衣服都以最高壓縮的狀態夾在巨大的旅行箱裡。

（唔……有……有沒有衣服可以代替？）

「慢……慢著，別用**那個模樣**下床！披上這件**單人床**上的**床單**……」

「吵死了，少在那裡講冷笑話，給我閉嘴！我陷入重大危機了啦！」

「唔，竟敢叫妾身閉嘴！妾身可是在提供建議吶！」

「喵呼呼？奧月綜嗣，你到底在跟誰說話喵？想讓外來的客人住在宿舍的時候，要取得舍監的許可……」

「沒有啦！我只是睡昏頭了，跟牆壁自言自語而已啦！跟牆壁！」

「汝……汝說誰的哪兒是牆壁？說呀！怎麼看都是膨脹起來的吧！」

「喂，吸血鬼！不要說些莫名其妙的話，我叫妳閉嘴！」

「唔唔唔……哼，那妾身就說個夠！」

（不知為何）突然生起氣來的阿爾緹莉亞大聲一喝，往下揮舞左手臂。你反射性地躲開，超越音速的指尖放出超音波，直接擊中並打飛了門把。

劣質的黃銅門鎖就這麼應聲碎裂。

「什麼！妳……妳到底在幹什麼！」

「喵……喵喵喵！奧月，你沒事吧？我聽到好大的聲音，有沒有受傷喵？打……打擾了喵！」

「哇！班長……等一……唔哦啊！」

突然聽到破碎聲響的班長很驚訝，在門外擔心地大喊。你不顧被毛毯絆到腳，跑過去想要壓住正在被打開的房門……

現實卻是無情的。

「啊，奧月綜嗣！你沒事吧……喵？」

貓族少女特有的可愛貓眼從殘酷地打開的房門後露出。看到你時，紅潤的嘴唇漾起友善笑容的她——

「……呼喵！」

就像是碰的一聲噴出火焰一樣，臉頰瞬間一片通紅。

嗯，這個嘛，原因很單純。正如我書寫了好幾次的內容……

你現在是全裸的狀態。

「——呼喵啊啊啊啊啊！」

「蠢——蠢材啊啊啊啊啊！」

貓族的尖銳叫聲和吸血鬼的叫聲重疊在一起，響徹男生宿舍。

連頭頂上的貓耳都漲個通紅的少女因為過度驚嚇，連別開眼神都忘了，呆站在原地用紫水晶般的深紫色雙眼注視著你的**另一個你**。

「啊啊啊啊啊！等……該……該怎麼辦……啊！」

你下意識地伸手遮掩下半身，可是你發現為了保護身為人的尊嚴，就會失去遮掩短刀的方法。正如先前的敘述，吸血鬼會被處以死刑。

（可惡，要擋哪邊？我到底要擋哪邊才對！）

你不知道該優先保護社會尊嚴還是生命安全，煩惱不已……卻因為混亂而遲遲無法下決定，終究只能傻楞楞地僵住不動。

有件事要先告訴你，你早就已經失去尊嚴和生命了。

「喵……喵呼……呼喵喵……」

自稱班長的貓耳少女似乎也陷入了嚴重的混亂，用手摀著嘴巴，不斷發出貓叫般的聲音。雖然遮住眼睛而不是嘴巴比較有幫助……但她好像已經失去正常的判斷能力了。

「汝……汝……汝要站到什麼時候！喂，轉個身吶！」

在極度混亂的房間裡，最先恢復冷靜的是身為最強吸血鬼的阿爾緹莉亞。吸血鬼從你身上別開視線，奔向貓族少女……

用尖銳的吸血牙咬住她的頸部。

「咿——咿喵！呀呼……呼喵！」

被咬住咽喉的女孩像彈簧似的全身一震，想要逃離阿爾緹莉亞的抓取。可是或許是因為少女的臂力不敵吸血鬼真祖，或是被吸血鬼具備的某種超常能力影響——

「喵……呼……」

不過短短幾秒鐘，她便癱倒在地，不省人事。

「噗啾……呼嗯……啾……噗呼。」

阿爾緹莉亞大口吸食少女的血液，然後緩緩放開她的身體。纖細頸部和嘴唇之間牽起的唾液細絲反射著朝陽，靜靜地斷裂。

「……什……什麼……！」

「嗯，吸了這些應該足夠了。」

「吸……吸血鬼！妳幹麼突然這麼做啊！吸了那女孩的血，她就會跟我一樣變成吸血鬼……啊，難道妳就是為了這個目的才來到『藥草院』的嗎！」

「啊？說什麼傻話，妾身豈會將區區一名亞人小丫頭納為眷屬？受了吸血鬼真祖之血的人類，汝是唯一一個。」

「既……既然妳只把我變成妳的眷屬，為什麼又要吸這女孩的血！」

「還用問嗎？當然是為了吸取這丫頭的血，弄清她的真實身分了。」

「我知道妳吸了她的血！可是吸血和這女孩的真實身分有什麼關係啊！」

「……汝是否誤以為妾身是『吸食血液之鬼』？」

「啊？什麼誤以為，『吸血鬼』這個詞除此之外還有什麼意思……！」

「妾身確實會吸食『血液』，但真正篡奪的可是『血憶』吶。」

「咦？」

——纖細的手指在空中揮舞，在你的面前寫出兩個詞。

「血液」與「血憶」。

「液體的血」與「血中的記憶」。

雖然發音很相似，這兩個詞彙的本質卻完全不同。

「吸血鬼真祖、不死之王、永生公主、該隱的後裔、沒有破曉的薄暮、禍殃之王女、圖書迷宮的銀夜——雖然妾身有許多別名，但這才是最淺顯易懂的——」

阿爾緹莉亞露出美得甚至帶著不祥氣息的微笑，說出自己的異名：

「『能力吞噬者』。所謂人如其名，說得可真好。」

——吞噬他人知識的「能力吞噬者」。

「能……能力吞噬者……吸取血憶的能力……？」

「誠然。妾身能藉由吸血來吞噬對方的記憶，使之增強，並化為自身的能力。舉例來說，只要吸食一滴人血，妾身便能將其治癒能力化為數億倍，使自己在一瞬間內再生。」

「啊！難……難道昨天的再生是奪取了我的自然治癒能力……？」

「吸取血憶的對象並非僅限於治癒速度。擊退殺人魔時的臂力，也是源自於汝。不論是腕力、智力甚至魔力，靠妾身真祖的能力皆能奪取。正因為如此，妾身才會是吸血鬼真祖——迷宮最強的吸血種，圖書迷宮的銀夜。」

「……！」

你覺得阿爾緹莉亞那雙赫色的眼睛好像閃著邪惡的光芒，忍不住嚥下一口口水。身穿純白交領衣的少女看似楚楚可憐——卻依然是個**怪物**。

「不過因為各種理由，妾身的能力受到了限制。雖然無法再像以前一般胡鬧……但只要一滴血，妾身還是能輕而易舉地得知汝之過去……嗯。」

阿爾緹莉亞一口將留在指尖的你的血舔拭乾淨——

「喏，『奧月綜嗣』？」

然後呼喚了你一次也沒有告訴過她的名字。

「什……！」

「妾身所吸取的血憶可不只名字。生日為十月十六日，今年將滿十六歲。將母親與妹妹留在遙遠的日本，為了調查父親之死的真相，並繼承父親的衣缽成為『偉大博士』而單獨來到亞歷山卓留學……這五年間，汝似乎吃了不少苦頭。」

「妳……妳真的吸了我的記憶……！」

你在圖書館都市只有透露給留學地點「藥草院」的資訊，吸血鬼竟然若無其事地說了出來。這就是吸取血憶之鬼——能力吞噬者的力量。

「……這……這麼說來，妳會知道我是誰，就是因為從當時我流的血裡……」

「**吸取了血憶**。汝先思考看看吧，妾身是如何將汝帶進這棟宿舍的？妾身豈有管道能得知留學生的房間號碼和『藥草院』的男生宿舍位在何處？」

「是……是沒錯……那關於我的事情，妳知道多少？」

「若要吸取到深層記憶，需要足以致死的吸血量。若只是淺層記憶，數滴血便足矣。更別說昨日那種程度的失血了，妾身對汝已經是無所不知。」

就像是看透內心深處的——不，就像是靜靜地重新閱讀早已瞭若指掌的故事情節般，她注視著你。

「……妾身還記得，綜嗣。」

那雙瞇起的血色眼瞳彷彿裝滿了難以判別的複雜感情。

「……好了，妾身之所以了解汝的理由，汝已經理解了吧。妾身吸了這丫頭的血，也是為了趁早吸取其血憶。」

「……原……原來妳不是想報復才把門把打飛的啊……不，雖然是幫了我的忙，可是妳不事先說一聲，我哪知道要怎麼反應啊！」

「這個嘛，別說幫忙了，大概有九成是為了報復吶。」

「結果幾乎全部都是惡意嘛！因……因為妳的關係！我被看到了非常非常不得了的地方……呃……嗚哦啊啊啊啊啊！」

你終於想起下半身從剛才開始就感到涼颼颼的理由（全裸），全速衝到床上，用毛毯遮住兩腿之間。

「嗚嗚嗚……我讓初次見面的同學看到不得了的東西了啊……！」

「……為……為什麼有點脹大吶……？」

「因為是早上啦！不要逼我說啦！而且妳不准觀察我！」

你在毛毯裡抱著頭涔涔流淚，為自身的愚蠢感到悔恨。阿爾緹莉亞為了安慰你，用不太自然的聲音說道：

「……哎……哎呀，汝不必過於在意這件事。畢竟妾身已經吸了記憶……而且汝等也**並非初次見面**。這名女子似乎曾見過汝呢。」

「……咦？她見過……我？」

你從床上坐起上半身，轉頭望向昏倒在地上的少女。正如先前所述，在亞歷山卓，只有極少數的人知道你是誰。

（……我們是什麼時候見到面的？是昨天抵達港口之後嗎？還是說，難道她認識**五年前的我**……？）

你開始仔細地觀察少女的外表。

不到一百六十公分的身體穿著的深藍色長袍的確是「藥草院」的制服。從左肩覆蓋到左上臂的板金鎧甲表面也刻著枝葉交錯的橄欖印記，所以她應該真的是你的同學。

問題是，你對棕色頭髮上那對明顯的可愛貓耳沒有任何一點印象。雖然說貓族在圖書館都市並不是很少見的種族……

「……我想不起來。雖然從服裝能看出她是『藥草院』的學生……」

「妾身可要先給汝忠告，以貌取人不只是惡習，更是自殺行為。極東島國也就算了，這裡可是圖書迷宮之都吶。」

「……！」

外表年齡約十歲出頭的「最強吸血鬼」用諷刺的笑容這麼說道。微微彎起的嘴唇之間稍微露出了尖銳的吸血牙。

「不過既然汝已經遺忘，這下可麻煩了。要把吸取過的血憶給予他人也很困難……別無他法了。妾身直接口述，用那本《書》記憶下來吧。」

阿爾緹莉亞這麼說完，開始講起貓耳少女的情報：

「這丫頭的名字叫『卡露米雅．羅德多克森』，在汝將進入的班級擔任班長，也是昨日在亞歷山卓港迎接汝的兩人之一。」

「既然是來迎接我的人，那這個叫做卡露米雅的女生知道**我和父親的關係**嗎？」

「不，根據妾身所吸取的血憶，這丫頭似乎不知道。若是仇家的同夥，應該知道五年前的事件，所以應與汝之殺父仇人無關。」

「……也對，怎麼可能這麼簡單就找到跟五年前的事件有關的線索……」

「話說回來，這丫頭似乎擁有異於常人的魔法抵抗能力。再過幾分鐘就會清醒了，汝可得早點穿上衣服，想出解釋此狀況的謊言吶。」

「再過幾分鐘就會清醒……咦咦咦咦咦咦！喂，妳太晚說了吧！我一時之間想不到藉口啦！而且也沒有衣服可以穿！」

「嗯嗯？汝忘了這本《書》的功能嗎？」

阿爾緹莉亞一臉有趣地取出《化身摺紙大師的摺紙套組》，撕下書頁並喊出「『藥草院』的長袍」。

《摺紙》瞬間變化為全新的制服。

「……一開始就使用《摺紙》，我就不用被看光光了吧？」

「因為汝沒說過想用呀。」

「唔……唔唔……」

你緊咬下唇，帶著怨念瞪著阿爾緹莉亞。我要給你一個建議，你最好能早點學會活用《書》的技巧。

因為這裡是圖書迷宮之都，是人類想像所及的任何書籍都沉睡其中的遺跡書庫之城——圖書館都市亞歷山卓。

◇　◇　◇

【距離喪失記憶　還剩九百三十六頁】

「喵呵呵……哎呀～真是太沒面子了喵……」

「沒關係沒關係，別放在心上！都怪我睡過頭了！」

在通往「藥草院」主教學塔的空中迴廊，你冒著冷汗回答一臉害臊地搔著臉頰的貓耳少女——班長「卡露米雅・羅德多克森」。

「沒想到我會撞到打開的門而昏倒喵。唉喵……」

「妳……妳真的不用在意啦。我也不在意！」

雖然你苦笑著這麼說，內心卻有種在斷崖上走鋼索的感覺。如果你灌輸給她的謊言露餡了，就有可能會使吸血鬼化的事實曝光（死刑）。

（……呼，好像成功騙過去了……）

你穿上深藍色的制服，把《書》收進肩甲型書夾的瞬間，失去十幾分鐘記憶的卡露米雅便從吸取血憶所造成的昏迷中醒了過來。

你利用了她的記憶空白，謊稱「自己衝出房間的時候，打開的門撞到了她，讓她昏倒在地了」。

（她特地來叫我起床，應該是個很善良的女生……可是如果我變成吸血鬼的事被「藥草院」發現，我一定會被再也無法復甦的方式處死……）

你想像自己被處死的樣子，吞了一口口水。

「不……不說這個了，卡露米雅……同學？可以跟我說一些我們班的事嗎？我不知道同學都是怎麼樣的人，覺得有點不安。」

「喵嗯嗯，我昨天也說了，叫我卡露米雅就好喵！……嗯喵，那為了感謝你照顧昏倒的我，我來幫你介紹同學喵！」

卡露米雅先糾正了你那客氣的稱呼，然後露出開朗的笑容說道。她的表情很多變，給人一種像貓一樣變化莫測的印象。

「你要進入的班級——也就是我的班級是『藥草院』的十年級喵。我想想，以昨天你說的日本的制度來講是……高中？是高中喵？」

「嗯，以新學制來講差不多是高中一年級吧。班上大概有多少人？」

「包括你在內，有四十三人喵。純人和亞人差不多各占一半吧？這裡在亞歷山卓也算是亞人偏多的地方，一開始可能會不太習慣喵。」

深棕色頭髮上的三角形耳朵動了一下。

這證明了她是與人類擁有不同起源的種族——與圖書迷宮的原生生物血脈相連的「亞人」。

「別擔心。我不是那種思想僵化的人。」

你注視著紫水晶般的雙眼，真誠地回答。

有些純人會用輕蔑的態度看待亞人，但你並不是種族歧視主義者。

「那真是太好了喵。以前好像光是長著獸耳或尾巴，就會被人家欺負喵……不過，我是不會放過霸凌的喵！」

純人和亞人的確稍有不同，但同樣都是擁有人心的同胞。體現「藥草院」的理想，平等地尊重彼此的特質是很重要的。

「喵呵呵。因為『只要有心向學，即便是惡魔或是死神都能得到接納』就是『藥草院』的理想喵。」

卡露米雅凝視著空中迴廊的前方，用沉靜的聲音低語道。她那端正的側臉彷彿浮現著類似憧憬的理想信念。

「……嗯，我也覺得這是個很美好的理想……對了，我想問個問題，這種理想也會接納『有心向學的吸血鬼』嗎……」

「吸血鬼？當然要處死了喵。」

只不過，不管是什麼樣的理想都有極限。

「咦？可……可是妳剛才不是說即便是惡魔或是死神都能得到接納……吸血鬼就不行嗎？」

「當然不行了喵。因為跟惡魔和死神不同，吸血鬼化有很強的感染性喵。搞不好會被變成吸血鬼，怎麼可能跟吸血鬼一起念書喵？」

「……原來吸血鬼的地位比死神還低啊……」

圖書館都市亞歷山卓有無數亞人種族生活其中，雖然曾有過對立，但現在的亞人基本上都被視為與純人無異的人類。

為了建立純人與亞人的共生社會，有必要明確區分亞人與迷宮生物的差別，不符合「身為人的條件」就會被當成怪物，註定受到排斥。

「理解人類的語言，以人類血肉以外的東西為食，遵守法律和契約。如果不符合這三個條件，就沒辦法跟其他人一起生活了喵。」

「……我……我的確也覺得吸血鬼是很危險的怪物……」

「不過，那些吸血鬼也幾乎都在十幾年前的吸血鬼戰役中被殺死了。就算有吸血鬼存活，只要處死或是治療就行了喵。」

「治……治療？那個……我問妳喔！這跟我個人或真實存在的人物一點關係也沒有，只是基於所謂的虛構想像所提出的假設問題——吸血鬼化是可以治療的嗎？」

「嗯喵！如果取得《治療吸血鬼化之書》，或是經過火燒三十九年左右，再用硫酸和過氧化氫熬煮同時施予五十五年的祝福……」

「……前……前者姑且不論，後者的方法……那個……會死人吧……？」

「沒錯喵。如果不在吸血鬼化解除的瞬間把人拉起來，應該就會變成被硫酸浴池融化的黑炭喵。不過，反正吸血鬼死了也無所謂喵！」

「對……對啊，哈哈！吸血鬼那種東西，死了也沒問題嘛，啊哈哈哈哈！」

卡露米雅開朗的聲音讓你覺得聽起來莫名地殘酷無情，你緊張地滿頭大汗，勉強擠出笑容。

（這下子絕對不可以讓其他人知道我變成吸血鬼了……！我要盡量裝成平凡的學生，不能讓別人產生任何一點疑心……！）

化為黑炭的死法令你恐懼，你在心裡下定悲壯的決心時……

〈……這蠢貓，把吸血鬼當成什麼了。汝，用拳頭教訓這丫頭一頓！〉

「會被處死啦！」

聽到突然在耳邊響起的聲音，你忍不住大聲回答。

「哇喵！奧……奧月？你怎麼了喵？你……你是在對誰說話喵……？」

卡露米雅嚇了一跳，然後一臉擔心地仰望著你的臉。

「沒……沒有啦，那個……我突然產生幻聽了！」

〈聽到沒？用拳頭吶！教育一下這個小丫頭！〉

「我就說會被硫酸浴池處死啦！」

「奧月……長途旅行一定讓你很累喵，嗯。我可以理解喵。」

「不不不，不是的卡露米雅！我不是頭腦有問題啦！」

卡露米雅那雙寶石（紫水晶）般的藍紫色眼睛漸漸轉變成看待可憐人的眼神。

這也難怪，因為你確實可以聽到他人**無法察覺的聲音**。

（……喂，吸血鬼，不要突然在我耳邊說話啦！）

〈難道普通的說話方式更好？那可會被這個目中無人的貓丫頭聽見吶。〉

（我的意思是叫妳閉嘴！）

你在腦中這麼大喊。不，你並非得到了精神上的心電感應能力。雖然看不見，吸血鬼真祖阿爾緹莉亞還是待在你的身邊。

〈唔，閉嘴是什麼意思！妾身可是在提供意見吶！〉

銀白色的蝙蝠從制服的連衣帽探出頭來，啃咬你的後腦杓的頭髮。

使用了吸血鬼的能力之一——「變身為蝙蝠」的阿爾緹莉亞躲在你的衣服裡，跟你一同行動。她還能從你的體溫吸取血憶，認知周遭的環境。

而身為眷屬的你，只要是主人說的話，任何語言（即便是超音波）都能理解！

「奧月……如果你身體不舒服，今天還是請假比較好喵。」

「不……不用了，我沒事！一點問題也沒有！真的！」

〈怎麼，汝打算到課堂上露臉嗎？靠本吸血鬼真祖之力，探索迷宮可謂小事一樁吶。〉

（……我不打算借助吸血鬼的力量。而且如果不是「藥草院」的學生，要進入迷宮並不容易。為了習得探索的知識，就要好好上課才行。）

正如先前所述，你的記憶只能維持一千頁的篇幅。若是白白浪費記憶容量，未來只會有被囚禁在遺忘牢籠的悲哀末路等著你。

可是若要問你現在的能力是否足以到達迷宮深層，答案是否定的。利用「藥草院」的課程和設備提昇探索效率是整體來說比較有利的選項。

（……我之所以會回到圖書館都市，不是為了變成吸血鬼和失去記憶。為了找出五年前的真相，我才會在這裡……！）

你隔著制服的布料，用指尖按著令尊的護符，想像著在這座空中迴廊的盡頭等待著你的「藥草院」新生活。

這時吹拂地中海的海風就像是呼應了你的心思，將覆蓋著前方迴廊的層雲吹散。

「啊，奧月，你快看那邊！可以看到主教學塔了喵！」

「咦？」

原本被雲層遮住的「藥草院」教學塔在你的面前現出它氣派的容貌。

「……哇啊……！」

「藥草院」的最高機關——亞歷山卓大藥草院正如一棵參天大樹。

直指天際的主要教學塔就像是屹立的樹幹，而無數道空中迴廊如樹枝般擴散，還有翠綠的小植物園與這些樹枝相連結，將整座「藥草院」彩繪得像是一株巨木。

它是汲取沉睡於圖書迷宮的神之睿智，與人類共同成長的「智慧之樹」。

亞歷山卓大藥草院——人稱「藥草院」的探索公會是人類的努力結晶，也是在危難之時提供庇護的人工石大樹。

（……我回來了，回到父親曾待過的探索公會「藥草院」……！）

植物園的繁茂綠樹悠然佇立於蒼空。亞歷山卓大藥草院的雄偉景象讓你甚至忘了吸血鬼化和記憶障礙帶來的不安。

建立起這座「藥草院」的，就是祈求人類發展與未來的無數人們的努力。只要鍥而不捨地挑戰圖書迷宮，不管是治癒記憶障礙，找回記憶與魔法，查明五年前的真相，努力都一定能將這些目標化為可能。

（……沒錯，這裡是圖書迷宮之都。只要是人的夢想和努力所及的範圍，任何魔導書都找得到，這裡是神之遺產的都市……！）

在亞歷山卓群雄割據的探索公會既是迷宮探索者之間的互助團體，同時也是蒐集神所遺留的技術與文化，與全人類共享的組織。

從圖書迷宮發掘出來，在這棵智慧之樹循環的科學技術最後都會被管轄內的公會轉而用於民間，支撐幾十萬人的生活。

人造大樹從圖書迷宮上層延伸到將近海拔一千公尺。

令尊奉獻一生的「藥草院」是人類的進步與智慧的象徵。

（……我一定會找回來。我要從圖書迷宮中找出《書》，找回記憶和魔法，然後一定要成為像父親一樣的魔法師……！）

「……喵呵呵。奧月，看你的表情，好像很想成為偉大博士喵！也對啦，如果不那麼想，就不會選擇進入博士候補生課程了喵！」

卡露米雅雙手扠著腰，抬頭挺胸地吹出鼻息說道。

「好了！既然你也打起精神了，我們就快點去教室喵！來吧，在小葉老師等不及之前——預備～起跑！」

「咦？啊，等我一下啦，卡露米雅！我不知道教室在哪裡耶！」

「喵哈哈！在最外圍迷路，就只能餓死了喵！」

「餓死？等……等一下啦，我還不想死啦！」

卡露米雅就像隻我行我素的貓，笑著在空中迴廊上起跑。你追著她的背影，往聳立在眼前的「藥草院」奔去。

◇　◇　◇

【距離喪失記憶　還剩九百二十七頁】

抵達紅磚蓋起的巨大教學塔的你們在寬敞的大迴廊轉了幾次彎，來到一條排列著好幾扇門的狹窄走廊。

每一扇門的木框上都刻著數字，應該是代表著班級的號碼。卡露米雅在其中一扇門前停下腳步，開朗地笑著轉過頭來。

「……喵呵呵！抵達目的地喵！」

「呼……呼……我……我看看，是第一〇三二號教室，對嗎？」

「嗯喵！這就是你要從今天開始跟我們一起念書的一〇三二號教室喵！小葉老師應該正在說明你要復學的事，你就準備一下自我介紹喵！」

卡露米雅笑著說完，便走進一〇三二號教室。被獨留在走廊上的你想要穩定因運動的負荷而加速的心跳，低聲說道：

「呼……呼……我都變成吸血鬼了，心臟還是跳得很厲害……」

〈……即便分得妾身的不死之身，汝仍有七成的人類比例……然而汝心跳不止的原因，與其說是運動負擔，不如說是精神緊張吧。〉

「吸血鬼……當然了，畢竟是睽違五年的『藥草院』，我的確很緊張。」

想像等在這扇門後的未來，讓你平靜下來的悸動又再次加速。

正如先前所述，你幾乎失去了到五年前為止的所有記憶，所以就算是復學，實質上也和轉學是相同的。會擔心自己能不能融入新班級也是人之常情。

（……可是，現在我心裡更多的是期待。因為我就站在過去父親學習魔法的「藥草院」裡……！）

你觸碰胸口的護符，思念令尊的面容。

「想要取回記憶與魔法，成為能夠拯救他人的人」。

回到「藥草院」復學就是為了實現這個願望的人生序章。

「……喵呵呵！我回來了喵，小葉老師！」

「喵呵呵，卡露米雅同學！妳找到奧月同學了嗎？」

「找到了喵！他現在正在門外等著喵！」

〈……汝，這聲音的主人正是汝之班導師「讓葉．達夫尼菲藍．瓦拉」。〉

對於門的另一邊響起的對話，阿爾緹莉亞用低沉的聲音向你耳語。

（咦？這種像小孩子一樣口齒不清的聲音……是班導師？）

〈誠然。雖然乍聽之下不過是一名女童，但她毫無疑問是偉大博士的一員。〉

「咦？偉……偉大博士？」

聽聞班導師的職位，你發出震驚的聲音。

所謂的「偉大博士」就是在圖書館都市四大公會的第三名──「藥草院」之中，只授予最優秀探索者的公會最高等學位兼職位，也是一種稱號。

也就是說「小葉老師」是個在迷宮探索、魔法戰鬥、書籍研究、後進養成等各方面都無所不能的超人，你化為吸血鬼的事一旦曝光，她一定會瞬間使用純熟的魔法將你消滅。

〈從聲音便可知，汝之班導師有著與教師身分極不相符的外表年齡。可別因此就驚訝地大叫「是小女孩啊！」了吶。實際上此人可是昨日在港口迎接汝之「藥草院」接應窗口，若是言行可疑……〉

〈我就有可能因為喪失記憶而被懷疑是成了吸血鬼，然後被處死……！好可怕……！〉

「……剩下要宣布的事情是介紹復學生！奧月同學～請進！」

你正在害怕得發抖時，稚嫩的聲音隔著門呼喚了你。

〈咿！老師叫我了！……吸血鬼，妳絕對不可以在教室突然跟我說話喔。〉

〈唔唔，汝這話可真無禮吶！難得妾身為汝提供建議，汝就作個失敗的自我介紹，在那幫人類面前大出洋相吧！〉

〈失……失敗也沒關係。我會回到「藥草院」不是為了享受校園生活，而是找回記憶和魔法，成為偉大博士……！〉

你在心中反駁吸血鬼那引發不安情緒的言論。

也對，跟每過八個小時就會失去記憶的事情相比，班級的氣氛和同學之間的關係或許的確是重要度比較低的問題。

你為了鼓舞自己而低聲說了句「好」，再打開教室的門。

（……這裡就是世界頂尖的高等學院「藥草院」的教室……！）

你所踏入的教室非常寬敞，日本的學校根本無法比擬。

以咒紋強化建材打造的教室內呈階梯狀，座位往下延伸到屋內深處的講臺。寬度將近五公尺的多枚黑板是以滑輪連接的構造，可以自由升降。

兩人一桌的長型課桌也做得很寬，讓學生可以堆放教科書。從採光窗灑進來的陽光和天花板上的《自體發光之書》所投射的人工光線將整間教室照得十分明亮。

（……不對，現在不是觀察的時候了，我要好好打招呼，免得被懷疑！）

你在混合著好奇與期待的眼光之中，沿著書桌間的階梯通道往下走。你接著走上講臺，轉身面對同學。

「那個……初次見面，我叫做奧月綜嗣！因為有五年不在圖書館都市，應該還有很多不習慣的地方，請大家多多指教！」

畢恭畢敬地行了一禮後，一邊環顧教室一邊爽朗地打招呼的你——

——喀噠！

聽見了一個椅子被用力踢倒的聲音。

「咦？」

原本注視著你的視線一口氣往噪音的來源轉了過去。轉頭望向教室右後方的同學和你看到的是彷彿站著凍結在原地的一名少女。

——那麼，讓我寫下一個你必須記住的重要情報吧。

班級的氣氛和同學的人品不管在什麼樣的狀況下都是很重要的。

即使已經化為半個吸血鬼，或是記憶僅剩一千頁的存量，在任何情況下都絕對不應該等閒視之。

為什麼呢？

「你……你……你……！」

「等……妳……該不會是！」

因為你的同學之中可能存在著殺人魔或吸血鬼。

「你是昨天的吸血鬼！」

「妳是昨天的殺人魔！」

你和少女的吶喊響徹了「藥草院」的教學塔。

「為什麼……為什麼妳會在這裡！」

你根本不可能看錯。

雖然服裝已經從黑衣替換為深藍色的制服，豐盈的金色捲髮和不祥的犄角，以及冰刃般狠瞪著你的群青色雙眸，絕對都是屬於**殺了你**的犯人。

「那……那是我要說的話！我明明已經徹底殺死你了！」

殺人魔似乎也沒有忘了自己沒能成功奪命的獵物容貌。她把手伸進覆蓋左肩的板金鎧甲，用企圖抽出魔導書的動作反過來對你怒吼。

「沒想到殺人魔會在『藥草院』當學生啊！……原來如此，妳就是靠著這種偽裝身分的方法，逃過『聖堂』的魔法犯罪審問官的法眼的吧！」

「我聽不懂你在說什麼，我可沒有理由被披著復學生的皮的吸血鬼誹謗！你這骯髒的食血魔鬼！」

「妳以為我是因為誰才變成這個樣子的？妳這無差別殺人魔！因為妳的關係，我的人生都毀於一旦了！我一定要把妳的罪行攤在陽光底下！」

「你本來就不算是活著了，可以不要像人類一樣用什麼『一生』之類的詞彙嗎？我只不過是想要驅除危害人類和英靈的害獸而已！」

「那……那個……奧月……艾莉？你們兩個人是朋友喵……？」

「「啊？」」

卡露米雅膽怯地詢問好像快要扭打起來的你們倆。她應該是想要盡到身為班長的職責……結果卻是火上加油。

「朋友？別開玩笑了，卡露米雅！這傢伙是凶惡無比的無差別殺人魔！現在應該馬上把她押到正義的法庭，進行嚴正的審判！」

「卡露米雅同學，千萬不要被他的胡言亂語給騙了！那個男的是披著人皮的怪物！他是應該立即消失在世界上的邪惡化身——吸血鬼！」

你們的對話已經化為一場不堪的謾罵，這時候……

「——違……違反校規嘍！」

怎麼聽都像個女童的稚嫩聲音插嘴說話了。

「！」

「竟……竟然突然互罵對方是吸血鬼或殺人魔，這可是『藥草院』的學生不該有的態度喔！老師要生氣氣了！」

用力揮舞著雙手表達怒氣的是——外表年齡只有十歲的偉大博士。

「小……**小葉老師**……！」

你的班導師——小葉老師的外表就是個不折不扣的小女孩。

及腰的栗色長髮帶著年幼孩子特有的柔亮光澤。從鮮紅色的外套中露出的四肢不管從什麼角度觀看，都是幼兒體型的尺寸。要是沒有從卡露米雅那裡吸取到的情報，要把她當成老師看待是絕對不可能的。

〈……汝，冷靜吶。若是當場發生戰鬥，即便是妾身也護不了汝。〉

可是身為最強吸血鬼的阿爾緹莉亞似乎能感受到隱藏在幼小肉體裡的魔力。

因為她是實力足以讓吸血鬼真祖坦言「護不了汝」的魔法師，吸血鬼化的事跡一旦敗露，你這個區區的眷屬恐怕會在一瞬間內化為焦炭吧。

「不……不，這是因為……」

「可……可是老師，這個男的是……！」

因為再次見到殘忍地殺害自己的殺人魔，你感到火冒三丈……但這裡是「藥草院」的教學塔，是擁有壓倒性戰力的迷宮探索者之大本營。在這個地方將事情鬧大並非明智之舉。

「喂……喂，她說吸血鬼耶……」、「竟然被罵成殺人魔，艾莉卡到底幹了什麼好事？」、「我想應該不可能，但他該不會真的是吸血鬼吧……」、「……好可疑……」

「唔唔……！」

聽聞你們對質的同學開始對復學生的真實身分議論紛紛。再這樣下去，你的真面目或許真的會曝光。

（唔……！要是變成吸血鬼的事被發現，就會被處以比硫酸浴池更殘酷的刑罰！殺了我的無差別殺人魔明明就在「藥草院」……！）

老實說你連一分一秒都不想和殺人魔待在同一間教室……但目前除了壓抑感情以保身之外，似乎沒有其他的生存手段了。

你提防著殺人魔的魔導書，對小葉老師低下頭。

「老師……真的很抱歉，是我太衝動了。」

「隨便道歉是不行的喔。奧月同學，請好好向艾莉同學道歉。」

老師鼓起臉頰，催促你向殺人魔道歉。

雖然你覺得對殺死自己的人道歉簡直是豈有此理，但如果現在在這裡被眾人發現自己變成了吸血鬼，或許會被再也無法復甦的方法處死。

你無奈地轉身面向被稱為「艾莉同學」的少女。

「……抱歉，是我錯了。呃……」

「……我叫做『艾莉卡·K·K·奧斯特拉爾』……我才是，失禮了。」

你道歉完，殺人魔就擺出啞巴吃黃蓮似的苦悶又嫌惡的表情，自稱「艾莉卡」。

雖然你非常擔心她會當場揭發你的吸血鬼身分——

「……」

（……奇怪？她……她什麼都沒說……？）

殺人魔艾莉卡只是低著頭保持沉默，對你投射帶有殺意的視線。雖然確實看得出她內心有想要再次殺死你的企圖，卻沒有採取行動的跡象。

（為什麼？只要說出我的吸血鬼身分，明明就可以馬上殺死我……）

〈……難道此人真是仇家的……？〉

「你們好像冷靜下來了。那麼奧月同學，請坐到位子上。」

「呃……咦咦咦！」

你還來不及猜測殺人魔的行為動機，老師就催促你入座了。

你回過神來，才發現這裡是教室的正中央，你正集同學的注目於一身。

「啊……不……不好意思，老師！我馬上坐下——」

你環顧整間教室……卻只有**殺人魔隔壁**有空位。

「……那個，老師？好像只有一個空位耶？」

「快點坐下。新學生只有奧月同學一個人而已喔。」

「可是，其實我的宗教信仰是禁止教徒坐椅子的。」

「真是稀奇的教義呢。可是請你打破戒律吧。」

「而且……呃，我還沒有想到可以不用坐那個位子的藉口。」

「你可以坐好之後再慢慢想喔。」

你想要騙過老師，卻失敗了。

你悲嘆著殘酷的命運，搖搖晃晃地橫越教室，在殺人魔身旁坐下。

「……哼。你就好好珍惜人生最後的幾個小時吧。」

（我……我才剛坐下就面臨殺人預告和餘命宣告了耶！）

「老師很高興。那麼各位同學，如果奧月同學有困難，大家要幫幫忙喔。」

你現在就遇到了困難，希望大家務必幫助你，但你只聽到教室前方的某處傳來「喵呵呵」的聲音，沒有人對你伸出援手。

你假裝雙手抱胸，擺出可以馬上從右肩抽出《書》的動作。

「課堂結束之後，你給我作好覺悟。我這次一定會送你上西天。」

因為你的左半身沐浴在足以刺穿你的殺意之雨中。

（……吸血鬼，如果隔壁這傢伙有什麼奇怪的舉動，馬上告訴我。）

〈放心吧，妾身正有此意。〉

於是值得紀念的第二天留學生活，就這麼迎來最糟糕的開始。

◇　◇　◇

【距離喪失記憶　還剩九百一十五頁】

「好，那麼我們就重新打起精神，開始這學期第一堂的魔法理論課吧。」

小葉老師雖然發音不清楚，卻用帶有沉靜威嚴的聲音開始說話。

一般來說，有新學生加入的那一天，課堂上應該都會多少有些躁動的氣氛……但不愧是大名鼎鼎的「藥草院」，幾乎所有的學生都很專心聽講。

「老師以前就說過，魔法是建立在極為嚴密的理論之上的術式。老師希望大家能好好讀書，成為能幫助他人的魔法師。」

「……該怎麼殺呢？審問的手段、湮滅證據的方法……」

（魔法理論學的課堂上竟然可以聽到完美犯罪的計畫。）

除了企圖殺害隔壁同學的女學生和面臨殺身之禍的男學生以外。

〈汝可沒有空檔傻傻地聽課了吶。切記隨時保持戒備。即便眾目睽睽，也難保這丫頭會按兵不動。〉

（……在教室（這裡）引起騷動，不管是輸是贏都很要命……）

如同昨晚的戰鬥，只要阿爾緹莉亞使出全力，就不會敗給殺人魔（艾莉卡）。可是只要有偉大博士在場，吸血鬼真祖就不能現出原形。

如果情況演變成戰鬥，你就必須獨自作戰了。

（……而且吸血鬼真祖是號稱人類天敵的怪物……不值得信任。我不能依靠她的幫助，要自己思考從殺人魔手中自保的方法……）

「請打開筆記本。今天是第一天，所以就當作複習，老師要來談談『魔力迴路』的運用。那麼請看課本第五百三十九頁……啊，奧月同學好像還沒有課本，請跟旁邊的同學一起看。」

（呃，我旁邊的同學就是殺了我的犯人耶！）

你膽戰心驚地把頭往左轉，看到一張齜牙咧嘴的魔鬼面孔。

「……可以請你不要用那兩顆骯髒的眼球看我嗎？你的視線讓我很不舒服。」

「我的眼球被大量的淚水洗得乾乾淨淨的！多虧了妳！」

看來她無論如何都不想把課本借給你看。別說是借你了，如果你隨便刺激她，肯定會有石槍朝你飛過來。

（沒辦法了，今天就不看課本……呃，糟糕，我把筆記用具忘在房間裡了！）

因為早上很匆忙，你不小心把文具也忘在那個巨大旅行箱裡了。使用《摺紙》做出制服的時候，你應該順便製造的……

（……吸血鬼，妳現在可以拿出《摺紙套組》嗎？）

〈要出借是無妨……但在偉大博士面前是不可能的。一旦被察覺到影之領域間的魔力干涉，吸血鬼化必將曝光。〉

「唔……」

看來使用魔導書也是不可能的。

考量到殺人魔的威脅，你很想專心聆聽這門魔法理論學的課程，可是除了使用魔導書之外，看似沒有其他取得文具的方法……

（……就算拜託這個殺人魔，她也不會借我鉛筆……）

「當然不會。誰會自願借東西給吸血鬼呀。」

「我又還沒拜託妳！」

雖然你很想說「誰會自願跟殺人魔借東西啊」，但這麼說很明顯只會讓爭論陷入僵局。

〈……汝，試試無妨。說「若不借就使其真面目曝光於『藥草院』」。〉

（咦……？她一定會拒絕我的，應該說會有石槍飛過來吧……）

讓鼻頭露出制服的銀色蝙蝠（用超音波）對你耳語。

可是坐在你身旁的是極為凶惡的殺人犯。如果企圖威脅她，不知道會有多麼殘酷的反擊等著你。

〈非也。若妾身推理正確，如此威脅應當有效。〉

（……雖然吸血鬼的推理一點也不值得信任……但我的確想要文具，還是試試看好了……？）

「……如……如果妳不借我，我就在『藥草院』大肆宣傳妳的真面目喔。」

「唔……！」

果不其然，你依照阿爾緹莉亞的說法試著威脅殺人魔……她便用充滿敵意的表情摸索筆盒，取出了一支鉛筆。

雖說是鉛筆，卻不是《以木材與石墨製造六角鉛筆的方法》被發掘以後在一般大眾間普及且不會弄髒手的新商品，而是只把鉛製成尖銳棒狀的古式「鉛製金屬筆」。

〈什……為……為什麼？她竟然這麼簡單就借我鉛筆了……！〉

〈果然如此。這小丫頭恐怕不想在「藥草院」引起事端。這麼說來，此人的真實身分難道是表面上與「藥草院」屬於合作關係之組織……？〉

阿爾緹莉亞的建議看似可疑，卻似乎有什麼根據。受到威脅的殺人魔擺出非常符合殺人魔身分的表情（惡鬼的臉），對你遞出鉛製金屬筆。

會使用這種除了老舊之外，特徵只有手指容易弄髒的舊式鉛筆的，就只剩腦細胞已經變成化石的「聖堂」那群人了。這個女人肯定是個食古不化的傢伙。

「……哼哼，以殺人魔來說，妳還真識相。可是我和妳是不同的，我很懂禮節，所以還是會道謝……呃……喂！」

雖然不便於使用，但畢竟能滿足筆記的需求，有得借就借吧……這麼想的你伸出手，鉛製金屬筆卻就這麼經過你的手掌上方。

噗滋。

削得非常銳利的鉛筆尖端深深地刺進了你的側腹部。

「——好癢啊！」

從側腹部湧上來的猛烈癢感讓你不禁大叫。

教室一口氣安靜下來，小葉老師露出傷腦筋的表情，注視著你。

「……剛……剛才的聲音應該是奧月同學發出的吧？你……你突然發出奇怪的叫聲，該不會……」

「不……不是的，不是那樣的！只是我的左邊側腹部產生一股非常強烈的癢感！」

「原……原來如此。老師還以為是卡露米雅同學說的幻聽……不，既然是生理現象就沒辦法了，請你盡量不要發出太大的聲音喔。」

「……不好意思，我以後會注意……」

周圍投射過來的同情視線讓你難過得不得了，你坐回位子上。中斷的課堂多少留下了一點尷尬感，重新開始。

「……看妳幹了什麼好事，殺人魔。想要讓我丟臉，害我被其他同學孤立嗎……！」

「哎呀，原來吸血鬼也有感覺得到恥辱的智能呀。你沒有因為自己那副模樣而羞愧自殺，我還以為你一定是個相當厚顏無恥的東西呢。」

「因為妳的關係，我已經變成想自殺也死不了的身體了啦！」

你一邊拔出插在自己身上的鉛筆，一邊這麼說道。你覺得鉛筆摸起來莫名地滑溜，這才發現沾附在上面的胰液把你的皮膚溶成了糊狀。

〈……消化液自破裂的胰臟流出，似乎正在溶解汝之肉體吶……〉

（嗚嗚……所以我才會覺得這麼癢啊……！）

看來你的內臟器官因為漏出的胰液，正在受到自我消化。普通的人類會因此引起腹膜炎，痛苦而死；即便是不死者也會奇癢難耐。

「該死的殘忍惡魔，我等一下就通報『聖堂』的魔法犯罪審問官……好癢啊！」

第二支鉛筆刺中了你。

看來這個殺人魔的耳朵相當尖。

「……那……那個，奧月同學？雖然老師很不想這麼說，可是你發出怪聲會……呃……咦咦咦！奧……奧月同學，你身上怎麼散發著一股奇怪的氣場？」

「咦？」

聽老師這麼一說，你低頭看看自己的身體，發現深藍色的長袍到處都有淡淡的紅色煙霧正在冉冉上升。

傷口再生時沸騰的血液從布料之間漏了出來，被小葉老師錯看成燃燒的氣焰了。

（糟……糟糕了！要是回答「這是沸騰的血」，我變成吸血鬼的事一定會曝光！）

「這……這是那個！因為強烈的感情而產生的生物能源的激流！我反省自己給大家添的麻煩，極度集中精神在課堂上，就變成一種氣場了！」

老實說這個藉口簡直是腦袋有問題，但在圖書館都市卻是可行的。

「太……太令人感動了！老師曾見過幾個散發氣場的學生，但還是第一次見到氣場濃度這麼高的孩子！……嗚嗚，奧月同學這麼正常，老師就放心了。」

老師剛才似乎真的把你當成頭腦有問題的學生了。同學回頭看著你的眼神也帶著「我對你有點刮目相看了！」的氣息。

（咦，「藥草院」有人可以散發氣場嗎……？）

〈……正……正所謂因禍得福。這麼一來即便再次出血，其他人也會心想「哦，又散發氣場了」吧。〉

（意思是我以後會一直被當成一個能散發氣場的人嗎？）

「老師很感動……！好～老師一定要回報奧月同學的努力！那麼……啊，對了，老師正好想請同學來回答問題！那就請奧月同學來回答吧，請問『魔力迴路』為什麼很重要呢？」

（啊，我的藉口完全失敗了。）

你的腦細胞瞬間導出「①答錯問題→②被懷疑是否真的有專心聽課→③因為血的事情而讓吸血鬼化的事情曝光→④死」的未來。

（吸……吸血鬼，告訴我！魔力迴路為什麼很重要？）

〈妾……妾身怎會知道！魔法不就是大喝一聲便能隨意擊發的東西嗎？〉

（妳要我說出那種只有吸血鬼真祖能理解的答案嗎？馬上就會曝光的吧！）

面對與人類常識有關的問題，吸血鬼真祖似乎也無能為力。對能夠光靠感覺使用無詠唱魔法的最強吸血鬼來說，要回答魔法理論的問題是不可能的。

「呃……不好意思，老師！請給我時間看筆記！」

你這麼回答，取出夾在右肩書夾裡的《書》。

「呃，我記得這幾頁有預習範圍的筆記……！」

你翻閱著我的書頁，但根本就沒有什麼預習範圍。你只是在爭取時間。你拚命想出的緩兵之計在你翻到最新一頁（這一頁）的時候，輕易地結束了。

「……找不到筆記嗎？」

（唔，糟……糟了……！小葉老師的表情很明顯開始懷疑了……！）

……傷腦筋，如果繼續放任不管，你或許真的會被殺死。

好吧，我畢竟也不希望故事的主角因為這種愚蠢的理由而死，而且從剛才開始就滲透到紙張裡的黏膩汗水讓我感到非常不愉快……

就讓我稍微提供一點協助吧。

（什麼？這……這不是「我的記憶」……？）

這本《一千零一頁的最後祈禱》就是你的記憶本身。你應該還記得吧？

（是……是啊，我還記得！）

剛好也拿到了一支鉛筆。請把消化液擦乾淨，用右手持筆。

好了，請見識我的力量吧。首先請用刪除線將左邊的文字全部刪除。

【~~你並不具備關於魔法理論的任何知識。~~】——1ℓ.

然後在接下來的空格寫下完全相反的內容。

【我擁有關於魔法理論的深奧知識。】——149pgs.

從鉛筆尖端剝落的碎屑在完全空白的紙張上寫出一行文字的瞬間——

你的大腦深處產生了雷電般的靈光一閃。

「……魔力迴路就是將充滿世界的魔素加以精鍊的迴路。一般人類都擁有以神經系統為基礎的一道『主要迴路』。因為一道迴路只能裝填一種魔法，所以有效率地使用迴路就是魔法戰鬥的關鍵。」

直到上個瞬間都還完全想不起來的知識——

「……看來你自習得很充分喔。那麼，請問魔法是怎麼在魔力迴路中運作的呢？」

「首先打開魔導書的咒語頁，將上面所記載的咒紋連接到魔力迴路。接著呼吸以吸引魔素，一邊詠唱一邊將魔素灌注到迴路中。詠唱以多種關鍵字，也就是咒語所組成，詠唱完咒語，魔法就會裝填到迴路中。」

接二連三地化為語言，如湧泉般源源不絕。

「沒錯，正確答案。那麼老師再問一個問題，請問裝填後的操作是什麼呢？」

「發行，也就是解放裝填完成的魔法。因為發行時機可以任意選擇，所以選擇在戰鬥前先詠唱以減少破綻，或是空出迴路以擬定適合的戰術也是很重要的。」

「……很好～看來你的基礎很紮實呢。請坐。」

你流暢地回答，小葉老師就露出了溫和的笑容。

突然在腦中奔流的大量情報並不是你一時之間產生的妄想，而是正確又詳細的魔法理論學知識。

（……！這……這是怎麼回事……？我學過的魔法理論應該已經跟五年前的記憶一起在發生慘劇的那一晚消失了才對啊……！）

「……是不是有種還答得不夠的感覺呢？那老師再欺負你一下。奧月同學，你有聽過『能夠消除魔法的魔法』嗎？」

「咦？是……是！」

你呆呆地站著，老師就提出了一個新的問題。聽到這個問題的同學開始交頭接耳……看來這個問題的難度很明顯不同於剛才回答過的基礎問題。

「身為以真正的博士為目標的人，老師希望其他同學也能了解一下。這雖然是極度高階的術式，卻能夠對抗魔法本身。如果有《能使用魔法的書》，就算有《能消除魔法的書》也不奇——」

「是『反魔法』對吧？」

「……奇……怪吧？」

正要在黑板上寫下文字的小葉老師驚訝地回過頭來。

「魔法必須要有魔素和魔導書、魔力迴路、咒語詠唱才能成立。既然如此，只要使用能阻止敵人詠唱的魔法或阻礙魔素流動的魔法就行了。」

「沒……沒錯沒錯！……很好，那接下來是更難的問題。能夠消除魔法的對抗咒語會占據迴路。那麼請問為什麼不用普通魔法對抗呢？」

「理由之一是詠唱速度。如果敵方的詠唱比較快，用普通魔法對抗會居於劣勢的話，使用對抗咒語就能趕上詠唱、發行的時間，彌補能力差距。」

「……用詠唱速度彌補能力差距呀。你說這是理由之一對吧？那麼，請問還有什麼理由呢？」

「『技後僵直』的短暫。魔力迴路在發行魔法後會產生絕對失能時間……也就是破綻，不過如果是魔力消耗較少的對抗咒語，就能比敵人更早從技後僵直中恢復。就算在魔導能力上不及對手，或許也能趁著技後僵直的機會打倒敵人。」

「……這……這是老師到目前為止聽過最好的答案了！非常了不起！」

你回答完，小葉老師就高興地點點頭，放下了課本。

「你的回答就和老師準備好的答案一模一樣！難怪能散發那麼濃密的氣場，簡直是接近完美的標準答案。奧月同學好棒好棒！」

「「「……！」」」

教室的氣氛明顯地靜靜往正面的方向發展。

窺視著你的眼神開始帶有和剛才（看待病人的眼神）正好相反的色彩。藉由展示自己的能力，你似乎多少贏得了良好的評價。

「以上就是全部的問題。奧月同學，你真的可以坐下了。這堂課對你來說可能有點太簡單了，但也可能會有其他的疑問或發現。請專心聽講喔！」

「好……好的。」

你還搞不清楚發生了什麼事，茫然地回話後坐回位子上。

這個嘛，畢竟難得展示了《書》的真正功能，如果不能讓你感到驚訝，我的面子可就掛不住了。

（最……《最後祈禱》的真正功能……？）

請回想一下。我應該確實有寫過。

希望「取回記憶」的你才是最適合這個故事（我）的主角。

因為我是《一千零一頁的最後祈禱》。

因為《書》是你的記憶本身。

所以只要改編我的紀錄——

就能竄改你的記憶。

（竄……竄改……《竄改記憶之書》？）

是的。針對你所寫下的記憶，我能創作出得到該記憶所需的情節，並轉寫到你的腦細胞。因此，你可以透過消耗記憶存量（頁數）的方式來獲得任何知識。

（藉由竄改記憶來獲得知識……！我搞不好拿到了一本非常驚人的魔導書……！）

是的，你正拿著一本非常驚人的魔導書。所以請你盡快拿開那雙沾滿汗水的髒手。書頁都要受潮了。

好了，既然謎底已經揭曉，首先就把必要的知識灌輸到你的腦中吧。如果要把課程的內容逐一記錄下來，不管有多少記憶容量都不夠。

準備好了嗎？請把左邊的文字漂亮地描下來。

【我已經習得十年級生必須具備的所有課業知識。】——77pgs.

很好，非常完美！

以七十七頁為交換，你一瞬間就習得了十年份的知識！

好了，這麼一來就沒有必要寫下聽課的情節了。接下來你該做的事情是思考如何反抗殺人魔的魔法，保護自身安全。

（……從……從殺人魔手中保護自身安全的計畫……！）

〈嗯。即便此人純粹是個無差別殺人犯，目擊汝者依然是可能使其遭到逮捕的麻煩人物。為了封口，此人極有可能對汝發動魔法戰鬥。〉

（……這個殺人魔的確是非常危險的魔法罪犯。為了消滅知道她真面目的我，可能會像昨天一樣發動攻擊……！）

〈……除此之外，妾身怎麼也不認為此人是個只求血腥與戰鬥的殺人狂。況且從昨晚的襲擊看來，此人難道不是打從一開始便以汝為目標？〉

（咦？為什麼妳會覺得她是以我為目標？）

〈試想，若此殺人魔只是以殺人為樂，比起魔獸橫行的迷宮，躲藏於亞歷山卓鬧區的巷

弄之內豈不是有更多獵物？〉

（這個嘛……為了防止在「藥草院」認識的人看到自己？）

〈為了避人耳目、竊盜或是隨機殺人而躲藏，也不會選擇那麼深的樓層。就算說是以探索為目的，那裡也早在許久以前便已結束發掘。常人可沒有理由前往該樓層。除非像是汝這名偉大博士之嫡子，**別有目的**。〉

（……像我一樣**別有目的**……）

聽見吸血鬼那暗示般的語調，你在腦中描繪出自己在這五年間一直期望回歸的圖書迷宮中的深深黑暗。

你想起的是偉大博士的書齋——「藥草院」最優秀迷宮探索者，也就是令尊所建構的探索據點。

〈誠然。在探索公會「藥草院」擁有最高頭銜的汝父建構了書齋作為前往迷宮深層之據點。**先前**的汝恐怕也是以該處為目的地。〉

（我……我想應該沒錯……等一下，那難道說……！）

〈對與汝或汝父無關之閒雜人等而言，那裡不過就是有扇謎樣魔法門的樓層。但若是知曉五年前慘劇之人，那可就不同了。因為——〉

（——因為父親被暗殺的書齋裡可能留有和凶手有關的線索嗎……？）

沒錯。你和殺人魔的相遇或許並非只是偶然。

她可能與五年前的真相有關，是你的殺父仇人為了監視而派出的刺客，等著奧月綜嗣（你）總有一天造訪亡父逝去之地。

——為了徹底剷除回到圖書館都市的**五年前的目擊者**。

〈這……這個殺人魔和五年前的真相有關，是殺死父親的凶手的同夥……？〉

〈這個嘛，目前尚為推論。沒有物證，也極有可能僅止於臆測。若此人的年齡正如其外貌，恐怕也不是五年前直接下手的犯人……不過，以真祖的直覺，妾身認為汝與此人的再會並非偶然。〉

〈這……這麼說來，連續兩天遇見殺人魔，我也覺得未免太倒楣了……！〉

〈誠然。這或許是某人所安排的必然，暗中策劃的陰謀。如今，既然殺害汝之殺人魔再次出現在汝面前……〉

說到這裡的吸血鬼停頓了一下，然後用低沉又嚴肅的聲音導出推理的結論：

〈——這便能強烈肯定，這一切正是汝之殺父仇人所擬定的計謀（劇本）。〉

能力吞噬者的低語彷彿在暗示你的未來，攪亂了教室的空氣。

殺了你的殺人魔與五年前的真相有關。

圖書迷宮的銀夜——迷宮最強的吸血鬼這麼向你宣告。

〈……既然如此，正合我意……！〉

你下意識緊握的護符項鍊在衣服裡輕聲搖晃。

與昨晚慘遭殺害時不同，現在的你擁有不死的肉體和吸血鬼真祖的智慧，以及《竄改記憶之書》。只要有能夠將其力量發揮到極限的計畫，你不僅是能戰勝殺人魔的魔法，確保自身安全……

還有可能搶奪到仇人的情報，查出五年前的真相。

（……我沒有證據證明這個殺人魔是仇人的刺客……可是就算和仇人沒有關係，既然她昨天出現在那個樓層，就很有可能是和五年前的我或父親有關的人物……！只要能抵擋這傢伙的魔法，從血中吸取血憶……！）

〈嗯。或許能查出此人與汝父的關聯，靠近真相……！〉

殺人魔和仇人的關係到目前為止都還只是猜測。不過吸取血憶之鬼的能力足以一瞬間破解這層疑惑，搶奪到真相。

（不死肉體、記憶竄改、奪取血憶之力和《書》……或許算不上充分，但我有武器能和殺人魔戰鬥。只要有將這些武器組織成戰術的計畫……！）

而且這本《一千零一頁的最後祈禱》連計畫都能夠為你準備。

失去魔法的你和魔導能力出眾的殺人魔之間，戰鬥能力可說是天差地別。可是只要使用竄改記憶的力量，甚至有可能推翻魔法和戰鬥經驗的有無。

（……沒錯，現在的我還擁有《最後祈禱》。這種或許比任何魔法都更強的「改寫記憶

之力」……！）

竄改自己記憶的行為讓你感覺到一點內心發寒的恐懼。

這種像是把鉛筆插入腦髓，操弄神經的舉動，就算握筆的人是自己，也會讓人不禁產生生理上的嫌惡。

可是即使如此，「竄改記憶」的行為也帶著一種惡魔般的魅力。

如果只是稍微在紙面上運筆書寫，就能塗改不堪回首的過去，成為夢寐以求的理想自我——簡直是接近神的力量。

（……消耗記憶存量，竄改自己的記憶，或許就能擬定出足以戰勝殺人魔的計畫……既然這樣，我……！）

你重新握起鉛筆，然後在《書》的頁面上寫下一行文字：

【我會在這堂課結束之前想出戰勝殺人魔的策略。】——32pgs.

然後被刻劃了記憶的你的大腦——開始潛入深深的沉思之海。

◇　◇　◇

【距離喪失記憶　還剩六百三十九頁】

「……好了，今天的範圍就到這裡。有人有問題嗎？」

把變短的粉筆放到講臺上，小葉老師面向教室說道。

這個瞬間，你就像是從深沉又快速的思緒激流中浮起般覺醒。

（——啊！我剛才到底做了什麼？）

以你的主觀感受來說，一個小時的課堂就像是在一瞬間內結束，使你錯愕地抬起頭。

竄改自身記憶的你逼近中樞神經的極限，讓腦細胞集中精神到最大限度，徹底思索對抗殺人魔的作戰計畫。

（時……時間飛躍……明明沒有殘留在意識裡，戰略卻在腦中盤旋……！）

或許是因為放出過多神經傳導物質，記憶中樞的編碼處理趕不上，所以你無法一一意識到無數種戰略……

在你的潛意識之中，似乎產生了一座能夠對抗殺人魔的深奧知識之海。

（這就是竄改記憶的力量……！現在的我能戰勝殺人魔的魔法……！）

〈呵呵，多虧有本吸血鬼真祖出手相助，這策略還不差吧？……只不過有個副作用，汝似乎受到不少關注。〉

「咦？」

聽到阿爾緹莉亞在你耳邊這麼說，抬起頭的你看到同學用不自然的態度移開視線，開始整理手邊的筆記……他們剛才似乎都在看著你。

（……咦，呃，我做了什麼糟糕的事嗎？）

〈正好相反吶。汝出人意料地解答教師的問題，又以極高的專注力沉思著對抗殺人魔的計畫，似乎被眾人當成一個能幹的傢伙了吶。〉

竄改記憶所造成的極度專注狀態會發揮人類思考能力的極限。從其他學生的角度看來，你的氣魄能顯示出你的意志有多麼強大。雖然有效活用課堂上的時間，擬定出作戰計畫是很好……

（……受到關注只會讓吸血鬼化的事實曝光的機率更大而已。我要小心……）

「那麼，今天的課就上到這裡。請大家好好複習喔。」

小葉老師微笑著這麼說完的瞬間，窗外的遠方便傳來下課鐘聲。

教室的緊張氣氛緩和下來，整理文具和閒聊的聲音開始漸漸在周圍傳開。

〈嗯，看來課堂已經結束了。〉

（……問題是接下來要怎麼做……）

〈無論如何，在眾人關注之下可無法隨意行動。汝暫且離開教室——〉

「嗨……嗨！」

「唔咦咦！」

阿爾緹莉亞的話還沒有說完，就有人拍了你的肩膀。

你驚訝地回過頭，看見一名容貌有點類似小狗的嬌小男學生。

「咦，啊，呃……？」

「你是叫……奧月對吧？你很厲害嘛，那些知識是在哪裡學到的？」

「咦？啊，其……其實那個……我不在圖書館都市的時候有讀一點書。」

突然有人主動攀談，你吞吞吐吐地回答。這當然是你一時之間想到的謊言，男學生卻興味盎然地繼續提問：

「是喔～你也說過自己有五年不在這裡嘛……啊，既然這樣，你應該也忘了『藥草院』裡面長什麼樣子吧？我們正準備要去學生餐廳，你要不要一起來？」

「咦……學生餐廳？一起？」

看似小狗的男學生稍微用眼神示意，就有幾名男女對你微微一笑。看來同學似乎都對神祕的復學生充滿了興趣。

（……我……我的確對「藥草院」的構造完全不熟悉。有人邀請我吃飯也算是幫了我一個忙……）

對失去記憶的你來說，「藥草院」的內部可以說是一個小型迷宮。要是沒有殺人魔，你會很樂意接受這個邀請……可是對現在的你而言，排除敵人才是最優先事項。你並沒有空閒享受午餐時間。

（……如果要和殺人魔戰鬥，我想應該就是午休這段時間了……！）

〈嗯，雖說排除殺人魔乃當務之急，受到如此關注卻也無法任意行動。汝此刻接受這狗兒的邀請也並無不可。〉

「……可以嗎？」

「哪有什麼可以不可以，是我邀請你的。我告訴你一家冷門的好餐廳，一起去吃吧。」

誤以為你對蝙蝠（阿爾緹莉亞）所說的話是給自己的答覆，犬系男孩爽朗地答道。

為了不被發現吸血鬼身分而排斥他人，有時候反而會啟人疑竇。既然已經受到這麼多的關注，你或許也需要更積極地表現得像個人類。

「喏，你要去吧？我把你介紹給班上的其他人認識！」

（……沒辦法了。和殺人魔的戰鬥就留待放學後吧……）

「嗯，謝謝你找我吃飯。我馬上把筆記整理好，等我一下喔。」

「好耶！要跟奧月去吃飯的傢伙來集合吧！」

你決定接受男學生的邀請。你把《最後祈禱》收進肩甲裡，小心翼翼地在不與殺人魔有眼神交會的情況下站起身來。

「好，我準備好了！我們一起去學生餐……」

你轉頭面向男學生，正要擺出開朗的笑容時——

「很　遺　憾。」

被某人抓住了左肩。

「奧月同學已經約好要和我一起用餐了。」

「好癢啊啊啊！」

喀嘰！你的肩胛骨發出哀號。你感覺到一股強烈的癢感，回頭一看——發現背後站著金髮殺人魔，臉上貼著一張絕對零度的笑容。

「殺……殺人魔，妳……！」

「對吧，我們約好了吧？你約好跟我兩個人單獨在午休的時候慢慢吃飯吧？別擔心，我知道一個不會被人看見的祕密地點。」

臉上浮現完美到充滿異樣感的微笑，殺人魔緩緩地對你這麼說。她的表情就像是催促死刑犯懺悔的處刑人。

「喂，你們聽到了嗎？」、「不會吧……對象是那個戴著鐵面具……應該說是戴著石面具的女生嗎？」、「那今天早上，艾莉卡和他的爭執是……！」、「我有種戀愛喜劇即將開始的預感！」

聽到殺人魔所說的話，全班的情緒一口氣沸騰。

光是解讀文章表面，聽起來好像是愛吃醋的女朋友不希望男朋友被男生朋友搶走而插嘴

說話，其實……

＊主聲道＊「你應該不會打破跟我的約定吧？」

＊副聲道＊（我說過等到課堂結束就要殺了你。給我乖乖領死。）

她只是要宣告你的死亡！快要被壓壞的左肩就是證據！

「咦……艾莉卡同學？奧月和妳該不會是**那種關係**吧……？」

「那種關係？……我不明白你在說什麼，不過我和這個男的……應該說是又吸又插的關係吧。」

「又**吸**又**插**的關係！」

教室的騷動變得更加強烈。將殺人魔的發言曲解為「又吸（嘴唇）又插（那個）」的關係，一部分的女生紅著臉嬌羞地尖叫。

（……怎麼辦！要聽從殺人魔的話，和她戰鬥嗎？）

可是你的腦因為肩膀的癢感和死亡的威脅，已經切換成戰鬥模式。當然，除了又吸（血）又插（石槍）之外，你作不出其他的解釋。

（既然她會害怕別人揭穿她的身分，應該不會在人多的地方襲擊我！雖然答應這個男生的邀請一定比較安全……！）

「奧月同學，我們快走吧。我知道一個（適合暗殺的）好地方。」

（……可是，這傢伙或許跟父親的仇人和五年前的真相有關係。）

你緊緊握起滲出汗水的手掌。

雖然殺人魔的魔法是可怕的威脅……但只要擊敗她，吸取她的血憶，就能藉由來自吸血鬼真祖的能力查出她的真實身分。

或許也能獲得關於殺父仇人的情報，藉此尋找五年前的真相。

（……我之所以會睽違五年再回到圖書館都市，就是為了取回記憶與魔法。是為了查明「真相」，成為像父親一樣的魔法師……！要繼承父親的遺志，面對這種無差別殺人魔就不能一直逃避……！）

「……嗯。我就知道妳會邀請我。」

你下定決心戰鬥，抓著殺人魔的手腕，緩緩站起來。

「我們走吧。妳知道不會被人看見的祕密地點吧？」

「是呀，敬請期待。你一定會很喜歡（那個墳場）的。」

「我會很期待的。我們就在不會有人打擾的地方，盡情地（用吸血牙或石槍）又吸又插吧。」

「藥草院」的教室再次響起一陣歡呼。

◇　◇　◇

【距離喪失記憶　還剩六百三十頁】

從你的教室號碼超過一千的地方就能夠想像得到，「藥草院」的教學塔有無數個班級，因此也存在著人數龐大的學生。

這些學生全都會同時走出教室，集體朝著學生餐廳移動，所以午休時的人潮之擁擠，可想而知。

「嘖……太晚出來了。再這樣下去，不知道要花多少時間才能脫離人潮……」

走在你前方的殺人魔不悅地低語。連接著教學塔內各樓層的螺旋階梯已經被一片黑壓壓的人海（雖然金髮和棕髮、除此之外的髮色占了大半）掩埋了。這場學生的集體移動就是「藥草院」的午休長達一個小時半的理由。

（不……不愧是大名鼎鼎的「藥草院」，光是學生人數就多得驚人……）

〈光是可見範圍，似乎就有數百人……妾身要現身戰鬥可就難了。〉

（不，應該不太可能在這個地方戰鬥。既然沒有告發吸血鬼（我），就表示這個殺人魔的目的大概是審問我，或是用嚴刑拷打的手段強迫我服從。）

在教室發生爭執的時候，殺人魔並沒有揭穿你的真面目。既然如此，她或許還有什麼要留你活口的理由。如果真是如此，即使是魔導造詣比你高了幾個層級的她，應該也不會使用讓審問對象當場死亡的魔法。

（……而且我還有吸血鬼真祖的不死特性與護符中灌注的絕對防禦魔法。就算錯失進攻取勝的機會，也絕對不會因為落敗而死……！）

你輕輕用手按住胸口，確認水晶護符的觸感。

這是偉大博士為了保護最愛的兒子，集合自己擁有的技術精髓所打造的魔導具。

這個世界上僅存一個的遺物封入了「藥草院」最優秀魔法師——奧月戒的絕對防禦魔法。

（……話雖如此，這個護符也只能使用一次。父親的魔法真的是最終手段。）

〈嗯。況且即使有吸血鬼化曝光的風險，妾身也會在緊要關頭現身戰鬥。以吸血鬼真祖之名發誓，妾身絕不許任何人傷害摯愛的汝！〉

「……我不需要吸血鬼的幫助，要戰鬥的人是我。」

聽見用超音波訴說的愛的告白，你用低沉的聲音表示抗拒。就算是對談情說愛不甚熟悉的你，也沒有愚蠢到會相信吸血鬼口中的愛。

在與殺人魔敵對的這一點上，你和吸血鬼的立場相同……但這也只不過是以利害關係一致為條件的薄弱互助關係。你並不覺得吸血鬼真祖所訴說的愛是真心的，太過依賴阿爾緹莉亞的戰鬥力也是很危險的事。

（……我不覺得吸血鬼真祖會毫無理由地拯救人類。吸血鬼是人類的天敵，有可能是想要利用我……我不能依賴這傢伙的力量。）

吸血鬼真祖是人類的天敵，也是圖書迷宮最強的怪物。你並不知道她為什麼要授予人類不死之身……但無論如何，你都不能期待她的協助。你應該捨棄反正吸血鬼會幫助自己的樂觀想法，認真與殺人魔戰鬥。

「……喂，殺人魔，妳到底還要走多久？」

「吸血鬼可以不要隨便對我說話嗎？我的耳朵會腐爛的。」

「哼，如果腐爛的不是耳朵而是那對牛角就好了。那樣至少可以讓外表看起來比較像人類……好癢！」

你想刺探殺人魔的反應，對她說話的瞬間，右手的食指就突然消失了。周圍明明還有其他人，殺人魔的暴行依然毫不留情。

〈此……此人不是不會在眾目睽睽之下行凶嗎……？〉

（可惡，期待殺人魔會有常識是我太蠢了！）

你把右手藏進懷裡，等待斷指再生。畢竟是肉體的一部分有缺損，血煙的量比側腹部被刺傷時還要多。

（……糟糕，希望周圍的人沒有發現我散發的氣場……）

你為了防止自己的吸血鬼身分曝光，警戒著周遭。

「……你們看到了嗎？那個復學生又開始散發紅色的氣場了……」

「我……我也看得很清楚！竟然能具現化出那麼濃的密度……！」

「他絕對有打算要**做**，他也說過在情感高昂的時候就會散發出來。」

「要……要做是指那個……要……要做**那件事**嗎？」

「絕對不會錯的！」

絕對**大錯特錯**的對話從後方幾公尺的位置傳來。誤解了你和殺人魔的關係的同學為了偷窺你們的幽會，正在尾隨你們。

可是因為重重人牆和提防殺人魔的心思，你沒有發現他們的存在。

「好了，準備左轉。想逃的話，你也可以選擇右轉。」

「從這個位置往右轉，我就要走到空中了耶？」

「哎呀，你難道聽不懂我是在叫你從穿堂跳樓自殺嗎？」

「我知道！我的意思是我不想死！」

「藥草院」的主要階梯連接著迷宮上層到塔頂的將近一公里距離，如果跌落到中央的穿堂，是免不了摔死的。

不過，你並不會墜落而死，而是因為沒有死而受到吸血鬼審判，被丟到硫酸浴池裡化為黑炭而死。

帶著對死亡的恐懼，走了將近二十分鐘的你終於來到塔的最外圍。這裡是從主教學塔的中間處往外側突出的地方，類似一座陽臺。

（……不知不覺中走到教學塔外側了啊……）

你對刺眼的陽光眯起眼睛，環顧周圍的環境。使用發掘自迷宮的高等建築技術所打造的陽臺上，有日曬磚組合而成的小小水路繞行著。

出水口有天使的雕像裝飾，綠色的屋頂有木通纏繞在支柱上。時不時被微風吹拂的樹木嫩葉雖然醞釀著適合男女幽會的氣氛……

（……周圍沒有人的氣息。她想要把這裡當作戰場嗎……！）

只要有殺人魔在身邊，你就永遠不可能有安穩的午休。

（……空間很寬敞，可是沒什麼遮蔽物。要是像昨天一樣被她召喚石塊異形，或是用石槍掃射就麻煩了……！）

「哎呀，對出生在黑暗中的吸血鬼來說，看得到陽光的世界很稀奇嗎？」

走向陽臺中央的殺人魔在明亮的陽光中回過頭，這麼問道。地中海的海風沿著教學塔從下方的市街往上吹起，讓殺人魔的金黃色髮絲搖曳著散發光澤。

「呼，海風的香氣真令人舒暢。雖然吸血鬼應該比較喜歡屍臭和黑暗。」

「我……我也跟普通人一樣比較喜歡海風的味道啦！……雖然陽光會稍微灼傷皮膚。」

暴露在外的手背和臉部感覺得到溫熱的刺激感……但幸好你並不會像一般的吸血鬼一樣

化為灰燼。

「……所以呢？妳會帶我來這裡，不是為了要戰鬥嗎？」

以為一旦周圍沒有了其他人就會有石槍朝自己飛過來，你對敵人的態度感到納悶。從她到目前為止的言行，你還以為她是個以殺人為樂的瘋子……

「……我就坦白說了，我想要情報。只要你乖乖從實招來，我也不是不能饒你一命。」

太令人意外了，她竟然說只要交出情報就饒你不死呢！

（我不信。）

〈妾身不信。〉

我也不信。

群青色眼瞳深處閃過的冷酷殺意訴說著「我要搾光情報再殺了你」。

〈……不過這麼一來，此人與仇家有關的嫌疑又更深了。〉

（是啊。如果是普通的殺人狂，應該不會在與獵物獨處的時候說什麼「我可以饒你一命」……！）

是的。既然殺人魔並不像昨晚一樣不由分說地發動攻擊，就表示有想要情報的某種理由。

而想要情報的並不是昨天才剛遇見你的她——而是操控殺人魔的**某人**。

「……如果我說我不想回答，妳怎麼辦？」

你伸手摸索肩甲和側腹部，擺出抽取鉛筆和魔導書的姿勢。

「……當然，我會用蠻力撬開你的嘴。」

殺人魔同樣把手放在左肩的肩甲上，擺出拿取魔導書的姿勢。

〈汝……汝！在如此開闊的地點戰鬥，極有可能被偉大博士發現。那樣一來妾身可就無法現身作戰了吶！〉

（……我不需要吸血鬼的力量。要是不打倒這傢伙，就沒辦法奪取情報。沒問題，只要有《最後祈禱》的記憶竄改能力，我就有辦法對抗殺人魔的魔法！而且現在的我是不死之身，絕對不會因為戰敗而死！）

是的，現在的你擁有《書》這個強大的夥伴。

基於不詠唱咒語就無法使用魔法的特性，你在遭受攻擊以前還有時間撰寫記憶。只要有竄改記憶的能力和不死之身，你應該不會輕易受到致命傷。

（……我要打倒這傢伙。為了保護自己，為了測試《最後祈禱》的力量，也是為了查明這傢伙可能知道的五年前的真相！）

「接招吧，殺人魔……！」

你迅速抽出魔導書，作好覺悟喊道：

「——我就在五頁之內解決妳！」

宣告開戰的吶喊高聲響起。

「哼，不過是個吸血鬼，還真敢吠！我就按照你的期望，送你下地獄！」

殺人魔也從肩甲中抽出魔導書，翻開書頁，唸出咒語：

「啟動碼Jc102k！嬌小王者，八足蜥蜴，戴冠蛇主啊！」

〈汝，此乃「石蛇突牙」之詠唱！趁著此人完成魔法之前！〉

（不用吸血鬼說，我也知道！我要……竄改記憶！）

你聽著詠唱咒語的聲音，同時在自己的記憶中寫下一行文字。

【我是肉搏戰的專家。】——193pgs.

「發行——石蛇突牙！」

你的鉛筆寫完文字的同時，構成陽臺的燒製磚塊往上隆起。神所遺留下來的魔法扭曲了現實，將建材轉換為尖銳的石槍，朝你擊發。

你看著書頁的臉抬起頭的瞬間，投槍的尖端以猛烈的速度逼近到眼前——

〈避開呀！〉

「唔哦哦！」

上一個瞬間還收納著你的腦袋的制服連衣帽被發出巨響的投槍貫穿了。

「什……什麼？」

「躲開了……我躲得開！躲開昨天殺了我的魔法！」

石槍暴雨以驚人的速度射出，你的肉體卻能流暢地加以迴避。方才領悟格鬥技精髓的你不可能無法看穿這種程度的攻擊。

殺人魔發動的是直到魔力迴路解除之前都能持續發揮功能的典型永續魔法。每秒三到四發的射出速度可比長槍大師，但在殺人魔鎖定目標後，石槍只能直線飛行約五公尺的距離。

（……沒錯。就算是魔法製造的石槍，瞄準目標的也是人類！只要能徹底看穿殺人魔的準心……）

「這種魔法，就跟對付槍兵沒有兩樣！」

因此只要竄改記憶，你就連魔法投槍都能夠躲過！

「身體能夠反射性地行動……！這就是竄改記憶所獲得的『經驗』！」

「唔……昨晚的戰鬥時明明還沒有這種程度的迴避能力！」

或許是因為打算一擊阻止你的行動，殺人魔的表情開始浮現焦慮的神色。隆起的地面接二連三地擊出石槍，卻都被你的全力迴避躲開了。

（石槍的密度比昨天更低！這點程度我還可以應付！）

〈嗯！為了活捉汝，此人限制了灌注至魔力迴路的魔素！〉

像「石蛇突牙」這樣的永續魔法，好處就在於只要詠唱一次就可以不必再次詠唱；但要維持機能，就必須持續對魔力迴路灌注魔素。

而且既然每個人能夠用於詠唱魔法的主要迴路都只有一道——這就有可能成為致命的破綻。

〈汝！除非停止射出石槍，否則此人無法詠唱其他魔法！抓取其石槍，轉守為攻，一決勝負吧！〉

（不用吸血鬼多說！意思是要在魔力迴路被占據的時候攻擊她吧！）

目前的戰況是勢均力敵，但殺人魔如果要使用新的魔法，就必須解除魔力迴路中的魔法，讓自己暴露於技後僵直和詠唱所造成的破綻中。

相對之下，你雖然沒有魔法這種高火力的遠距離攻擊手段，卻擁有不會疲憊的不死肉體，也能一邊持續迴避，一邊採取其他行動。

這種應對能力的差距所形成的戰術優勢，你沒有理由不加以利用！

「『控制魔法的期間，沒辦法將迴路用於其他用途』……沒問題，我沒有忘記對抗魔法師的戰鬥基礎！」

你閃躲著石槍之雨，把鉛筆插進制服的下襬，空出右手。你接著看準石槍飛來的軌跡，在空中接住了它。

〈做得好！汝，對敵人投出那把槍吧！〉

「唔哦哦！」

你踩著陽臺上的磚塊，用力揮舞右臂，投出石槍。

放出的石槍貫穿大氣，描繪出銳利的拋物線，逼近殺人魔——

「沒……沒用的！」

——嘰！石槍被**透明的牆壁**彈飛，偏離了本來的方向。

「是理論障壁嗎！」

〈此……此人同時並用主要迴路與次要迴路！〉

魔素散發的干擾光在空中描繪出複雜的魔法陣。

「理論障壁」就是使用到魔力迴路的自動展開型防禦魔法的總稱，是圖書館都市最普遍的個人防禦手段。

裝備《理論障壁用書》作為次要迴路，事先進行詠唱以完成裝填，就能應付術者的危機，瞬間展開防禦魔法。

而正因為是很普遍的魔法，所以能力純熟的術者所建構的理論障壁極為牢靠，是能夠抵擋任何物理或魔法干涉的堅實護盾！

「雖……雖然你的迴避能力很強，但似乎很欠缺攻擊力呢！昨天趁機從迷宮回收魔導書果然是正確答案！」

「啊！難道是妳拿走了我從日本帶來的魔導書！」

「只要你不是高等吸血種等級的真祖，沒有了《書》這種魔法發唱體的輔助，就無法使用詠唱魔法！你是無法貫穿我的障壁的！」

「唔……妳簡直就是強盜殺人犯！」

〈汝！沒有時間對話了！趕緊迴避！〉

殺人魔為了避免石槍被你抓住，開始以驅趕你的方式移動準心。你蹬著陽臺的地面，一邊保持距離一邊思考對付理論障壁的策略。

（理論障壁是自動兼瞬間展開型的永續魔法！我沒辦法看準殺人魔的破綻攻擊……！）

〈況且靠著不具障壁貫穿性能的石槍，無法破除此人的防禦！需要另尋他法！〉

「唔……！剛才的攻擊的確幾乎沒有散發多少魔素！」

你剛才的攻擊被彈開的時候，魔力迴路所放出的魔素有散發干擾光。這是因為自動展開的理論障壁為了改變石槍的軌跡而消耗了魔素。

可是從干擾光的強度看來，她只消耗了極少量的魔力。以殺人魔的魔導造詣來說，應該只使用了花費幾秒就能重新填充的魔素量。靠石槍的衝擊力是無法貫穿她的理論障壁的。

（快想啊……！回想起刻劃在記憶中的魔法理論學知識！理論障壁這種自動展開型的魔法為了避免誤觸時的傷害，會把影響範圍設定在術者的幾公尺之外！她的障壁應該沒辦法在極近的距離下發動……！）

是的。再補充說明，理論障壁為了防止視野外的攻擊，會自動判別並阻擋接近術者的高威脅性物體。可是反過來說，如果是緩慢接近的物體或原本就存在於障壁內的物體，理論障壁就不可能防禦了。

（……也就是說，只要逼近到她身邊進行近身戰，就能穿越障壁！靠著透過記憶竄改獲得的肉搏戰技術，以及吸血鬼的臂力就能辦到！）

你計劃以用於迴避的強韌體能來接近敵人。

平常，人類為了不要被自身的肌力損傷骨骼和肌腱，會無意識地限制肌肉的出力。如果是沒有受過訓練的一般人，能夠有意識地發揮的力量，只有本來的兩成左右。

若是使出百分之百的力量，就會對肌肉纖維和骨骼、肌腱造成無法恢復的損傷，使人立即失去戰鬥能力……但對不死者（你）來說，這並不成問題。

因為就算跳躍時扯斷了腳部肌腱，或是在出拳時打碎了手臂骨骼——

最強吸血鬼的不死性質也能在一瞬間內使肉體再生。

（雖然記憶存量很吃緊，但現在不是吝嗇的時候了！我要——**書寫**記憶！）

【我能夠暫時遺忘肌肉出力的限制。】——24pgs.

從鉛筆尖端剝落的鉛寫出這段文字的瞬間——啪嚓！一個聲音響起。

強大的肌力讓左阿基里斯腱和三角韌帶以及前十字韌帶完全斷裂——

以此為代價，讓你的肉體加速到每秒前進三十公尺！

「唔……啊啊！」

嗡！帶著劃開空氣的聲音，你往旁邊跳躍了十公尺，並靠著用鞋底摩擦陽臺砂磚的方式減速。

藉由竄改記憶來遺忘自我毀壞的恐懼，你的肉體已經突破人類的極限，踏入了吸血鬼的領域！

「什麼！難……難道吸血鬼還有強化體能的魔導書？」

「跳了好遠……無法使用魔法的我就像是用了魔法一樣！」

你為了確認自己的機動性，雙腳交互踩踏，左右跳躍。肉體重複著破壞與再生的循環，急遽加速與減速，完全甩掉了殺人魔的準心。記憶竄改和不死之身的組合帶來了足以鎮壓敵人的力量！

「不……不可能！沒有詠唱咒語，到底要怎麼得到那麼高的機動力！」

「唔唔……每次跳躍都會扯斷肌肉，讓腳的內側超級癢！……可是我能戰鬥！只要有這種體能！」

你看準石槍的飛行路線和時機，精準地抓住石槍的重心。接下來只要一邊迴避投槍，一邊踏進障壁內側就行了！

「別……別想靠近！」

（石槍密度比剛才更高了……！可是只要謹慎地靠近再跳躍……！）

你一邊進行跳躍迴避，一邊拉近距離，尋找一次跳躍就能接近到對手身邊的位置。

（好……行得通！在這裡用力一蹬，打亂殺人魔的準心就可以了！）

就在你覺得再踏一步就能衝到她面前的時候——

〈——慢著，莫前進！〉

「！」

從制服中響起的聲音在最後一刻阻止了你。

「——迴路解放．二號！橫亙大地深處之太古靈嚴！」

「多……多重詠唱！」

聽見震撼大氣的**第二重詠唱**，你反射性地往後跳，拉開距離。

（怎……怎麼可能！人類一次應該只能裝填一種魔法才對啊！）

你一面迴避變本加厲的石槍之雨，一面在心中大叫。

正如你在魔法理論的課堂上所學的知識，正在發動魔法的魔力迴路是絕對不可能重複使用的。這是無法用技術或鍛鍊來推翻的物理限制。

〈豈……豈有此理……！靠著高超的魔力運用能力，確實能夠並用主要迴路與次要迴路，但即使如此依然無法打破「一道魔力迴路僅限一種魔法」的原則！此人莫非是……！〉

一般人類只有以神經系統為基礎的一道主要迴路。也就是說除了能在不詠唱的情況下使用的次要迴路，應該一次都只能詠唱且運用一種魔法。

〈——錯不了的，此人屬於「雙重迴路」！〉

也就是說，這個殺人魔並非一般的魔法師，也不是一般的罪犯。

她是藉由某種手段……或許是種族的先天性特質，甚至是普通人所不知道的特殊技術而擁有第二道魔力迴路的，極為特殊的魔導戰鬥者。

只為了殺人而鑽研魔法的人——比如殺父仇人的刺客。

「且聽撼地巨響！」

〈大地深處、太古靈嚴、撼地巨響……此乃物質形成型中級魔法「古王戰鎚」！詠唱再過約莫二十秒便將完成！以汝之力是承受不住的！〉

「可惡！」

你打算在她完成詠唱之前進行攻擊，身為肉搏戰專家的本能卻不允許你繼續靠近。因為愈是接近石槍的源頭，迴避石槍的時間空檔就會愈來愈少。

急速增加密度的石之彈雨——這就是殺人魔使出全力的魔法。

（發……發射速度又更快了……難不成她剛才都是在隱藏實力嗎！）

〈……被逼得拿出真本事了嗎……汝，轉換思考模式吧！此人已經不是剛才的對手！而是企圖奪取汝命之「敵」吶！〉

（唔……被她完成詠唱就無計可施了！現在就先不要攻擊——開始**書寫**！）

你決定暫時停止攻擊，加強防禦。

你拉開一大段距離，從制服上抽出鉛筆，在《書》的頁面上寫出文字。

（……對了，既然能忘掉「肌力的限制」，應該也能忘掉心理創傷！現在取回魔法的話，就能啟動次要迴路的理論障壁了！）

理論障壁是圖書館都市最普遍的防禦魔法。你直到五年前都還是前途無量的魔法師，當然也裝備了《用於障壁的次要迴路書》。

如果靠著竄改心理創傷的記憶，就能取回魔法運用能力的話——

（應該就能用障壁抵擋這個殺人魔的魔法！）

【我遺忘心理創傷的記憶，取回了魔法運用能力。】——*i.e.*

你拚命用最快速度在《最後祈禱》上寫下一行文字的瞬間——

你的神經感覺到一陣疼痛。

「……咦？」

〈汝……汝？〉

彷彿從《書》中迸發的一團黑霧灼燒你的思緒。

「唔……嘎……」

〈不……不對勁吶！如此龐大的魔力……絕非人類能夠應付的量！〉

真祖的聲音急速遠去，你的意識往腦髓的某個深處飛躍。被黑暗吞噬的視野很快地縮小，讓你的記憶在轉眼之間回溯到五年前的迷宮。

回溯到令尊遭到殺害的那個慘劇之夜。

「……嘎……啊。」

■■■開玩笑般地從深紅色的長袍中刺出。

「唔……咕……」

黏稠的■■和■■以及■■潑灑上你的稚嫩臉龐。

「住……手……」

■■和■■■殘酷地從你最愛的父親身上掉落，破裂的■■■發出噗滋聲，■■和■■被倒落的提燈照耀著，■■在地面上滾動，■■和■■以及■■■像是新年時會玩的鬼臉拼圖，就連■■也■■■■■■■■■是■■■■■■■吸血■■■■■■■■■■■■■絕

對■■■■■■■■■■■死■■■■■■■■■■鬼■■■■■■■■

「發行——古王戰鎚！」

快要被黑暗淹沒的思緒才剛聽見冰冷的詠唱——

散落著瓦礫形成的巨大岩盤就猛烈地毆打了你。

「嘎……！」

喀嘰喀嘰！你的骨頭響起碎裂的聲音。

你的大腦被足以奪命的高速襲擊，將你從心理創傷所引起的記憶回溯中硬是拉回了現實。

帶著壓倒性動能的石塊——壓毀了半夢半醒的思緒。

「啊啊啊啊！」

你的骨骼就像是遭到鐵鎚重擊的糖果一樣，被徹底粉碎。無處可去的衝擊力將《書》和你震飛到「藥草院」的外牆上。

「唔啊！嘎……啊……咦？」

（我明明是吸血鬼……卻**好痛**！全身都**好痛**！）

你感覺到相隔總共半天的「痛覺」。對擁有壓倒性肉體再生能力的吸血鬼來說，大多外傷都是不痛不癢的，但你依然疼痛。

〈汝……汝！趕緊起身，再不快逃，就要被嚴刑拷打致死了吶！〉

（怎麼會……我明明竄改了心理創傷的記憶……！）

你努力想要整理被衝擊力打散的思緒。

（難道記憶的竄改……失敗了嗎……！）

是的。你寫下的是【我遺忘心理創傷】的文字。光是記憶這一行文字，並沒有辦法克服深沉的心理創傷。

請回想一下。這本《書》所擁有的功能是「保存與竄改記憶」。

將記憶書寫到我之中，我就會**創作**出取得該記憶所需的情節，再複製到你的腦中。正因為如此，要透過我竄改記憶，你必須知道「取得該記憶的方法」。

（什……什麼……？）

我的記憶竄改能夠帶給你的，只有不帶有物理變化的一般情報。比如說若要賦予你魔法運用能力，就必須給你魔力迴路，而這就包含了我不可能做到的「現實竄改」。

因此，「得知特定的《書》或人物的所在地」、「取回魔法運用能力」、「增強肌肉量」等竄改，都是這本《最後祈禱》所辦不到的事。

我是《一千零一頁的最後祈禱》。

我是你的記憶本身。

所以即使你在我的書頁上寫下【我得知了五年前的真相】——

你依然無法得知真相。

「嘎……咕……！」

「……呼……呼……你還真是給我添了不少麻煩呢，吸血鬼。」

雙肩劇烈地上下起伏，氣喘吁吁的殺人魔如此咒罵道。

使用了中高級的物質生成魔法，而且詠唱的同時還要製造超高密度的石槍之雨，似乎對她的魔力迴路造成了相當大的負荷……

但技後僵直一結束，她恐怕會毫不猶豫地殺害你吧。

〈汝……汝！振作吶，趕緊起身！〉

酒醉般的腦內響起阿爾緹莉亞的聲音，但失去骨骼的身體根本無法站起。即便是最強吸血鬼的眷屬，恢復速度也趕不上半身的粉碎性骨折。

（糟……糟了……再這樣下去，真的會被殺……！）

你已經沒有餘力思考如何揭穿敵人的真面目，或是取得仇家的情報了。你勉強用還殘留著骨骼的左半身試圖爬行——

「你別想逃走，**老師的仇人**。」

「咕啊啊！」

咻！石槍發出劃開空氣的聲音，把你的腳釘在陽臺上。

除非自己把左腳的肌腱扯斷，否則你是無法逃脫的。

〈此……此人竟然準確攻擊吸血鬼（咱們）的弱點……！〉

「你們吸血鬼很怕樁類的武器吧？因為有異物貫穿肉體的時候，吸血鬼的不死特性也無法將異物排出並再生。」

殺人魔散發著冰霜般的殺氣，向倒臥在地的你走了過來。她手上的魔導書帶著灰色的魔力光輝，就像是一把處刑人的利斧。

「我不希望你再作無謂的抵抗……我會先石化你的頭部，慢慢從**脖子以下的地方**蒐集必要的情報。」

「咕……唔唔唔……！」

「——我會毀滅你。連同『筆者』的邪惡陰謀（劇本）一起。」

凍結的碧眼深處有盛怒與殺意之火正在搖曳著。

「噢，統馭地表的邪眼之王啊！」

嗡！魔導書發出低吼。

殺人魔灌注大量的魔素並開始詠唱的並非像剛才一樣打擊敵人，削弱戰鬥能力的魔法。

〈這……這詠唱是……物質變化型中高級石化魔法「貫穿萬象之石化毒牙」！〉

而是將吸血鬼(你)連同不死特性一起石化並葬送的**處刑用魔法**。

〈此人……並非只打算殺害汝！而是連不死之身一同徹底毀滅吶！〉

若是只靠毆打或突刺攻擊毀損肉體，吸血鬼的不死之身也能夠再生。可是如果腦部被石化，思考能力就會立即停止，造成精神上的當場死亡。

（要……要是腦袋在這裡被變成石頭，我的人生就徹底結束了……！）

「八足蜥蜴，戴冠蛇主啊！」

〈汝……汝！拜託，站起身來快逃呀！〉

「唔……可惡！因為骨骼粉碎了，肌肉使不上力！」

帶著殺意的詠唱造成極度的焦慮，就像火花一樣漸漸灼燒你的思緒。

（……我的身體動不了！也沒辦法使用魔法！靠著沒有魔力迴路的我，就算是父親的護符也會在一瞬間失效！不行，已經束手無策了！）

暴露在死亡的恐懼之下，你的大腦怎麼想就是想不出突破絕境的方法。

「想啊，想啊，想啊！要不然我就會在這裡……！」

「給予無可饒恕之生命脈動……！」

你走到了窮途末路。殺人魔的魔法完成的瞬間，你的全身和思考能力就會被轉換成石塊，**這次真的**永遠長眠。

（……到此為止了嗎？邪惡的魔法罪犯——或許跟真相有關的敵人就在我的眼前，但我……就　要　死　在　這　裡　了　嗎　？）

面對死亡恐懼的你到了現在才領悟到戰鬥這件事的本質。

既然獲勝意味著獲得什麼，那麼落敗就意味著失去什麼。

而生命一旦失去了——就永遠無法再次取回。

「不……不要！我不能死在這裡！我什麼都還沒有找回來啊！」

「劇毒之顎！」

「……咿！」

你下意識地把顫抖的左手放在護符上。

這並不是為了打倒殺人魔，而是祈求父親拯救自己身陷在恐懼中的心。

（我不想死……我還不能死……！想啊，想啊，快想啊！如果不能擺脫現在的狀況，我就會……）

「以及永眠詛咒！」

「……不要，我不想死！我不想就這麼結束！——父親啊啊啊！」

面對終極的失去，「死亡」的絕望，你向父親的亡靈乞求救贖——

「發行——貫穿萬象之石化毒牙！」

咚的一聲。

能夠石化世間萬象的劇毒黑椿，刺中了**阿爾緹莉亞的左胸**。

現出真正姿態的吸血鬼真祖用自己的肉體擋下了石化黑椿。

從傷口噴出的鮮血在隨風飄逸的銀髮上灑出鮮紅色的飛沫。

「……咦？」

「……**這次**……**這次**，妾身絕不**再度失去**。」

沿著劇毒黑椿流淌的血液滴落下來，在接觸到陽臺的磚塊之前石化。

「……吸血……鬼……？」

「怎麼……還呆站在那兒，蠢材……」

開始轉變成雕像的吸血鬼扭動逐漸硬化的肌肉，轉頭面對你。

「趁著技後僵直之際，扯斷腿……」

嘴角吐出鮮血，最強吸血鬼緩緩傾斜——

「……留下妾身，獨自逃走吧。」

然後應聲癱倒在粗糙的燒製磚塊上。

你無法理解。

你完全無法理解究竟發生了什麼事。

因為吸血鬼根本沒有理由為人類賭命。

能夠一擊打落大批石槍的最強吸血鬼不可能連一支石化黑椿都躲不掉。

她對你展現的好意應該只是怪物為了吸引獵物的謊言。

被譽為永恆黑夜的吸血鬼真祖不可能被區區數十秒的詠唱消滅。

身為能力吞噬者的她明明不該為了保護眷屬(你)而死——

但阿爾緹莉亞的肉體卻發出刺耳的聲音，漸漸變化為石塊。

「……為……什麼……？」

你什麼都無法理解，硬擠出聲音問道。

「唔……銀白色的吸血鬼，為什麼要為了保護眷屬而妨礙我……！」

你不知道昨晚見到吸血鬼時，她為何身負重傷。

「……汝……妾身心愛的……眷屬……」

也不知道昨晚才剛相遇的吸血鬼為何對你訴說愛意。

「——為什麼妳一副快要死了的樣子啊，吸血鬼！」

就連最強吸血鬼瀕臨死亡的理由，你也無法理解。

「……呼……呼……！唔……魔力迴路過熱……可是我在難以吸血的狀況下，用石化毒牙命中了……！」

「！」

雖然因為連續詠唱所造成的魔力迴路過熱而呻吟，殺人魔依然重新拿好魔導書。

「就算肉體能夠再生，只要把肉體全部石化就能消滅你們……！即使是不死的吸血鬼，既然已經衰弱到這種程度……！」

（什麼？她……她說這傢伙……吸血鬼真祖的力量已經**衰弱**了……？）

殺人魔低聲說出的話在你的腦海深處引起一陣電擊般的思緒。

圖書迷宮的銀夜，能力吞噬者阿爾緹莉亞。

她曾在你面前兩度展示她被譽為最強吸血鬼的一部分力量。

側腹部被貫穿的致命傷在一瞬間內再生的**那個時候**。

還有大手一揮就將殺人魔放出的石槍擊落的**那個時候**。

號稱不死之王的阿爾緹莉亞發揮吸血鬼真祖之力的時機——

全都**僅限於吸了你的血之後**。

「……吸血鬼，妳難道……」

看著被灰黑色病魔侵蝕身軀，急速變化為石塊的最強不死者的背影——

你思考後得出一個致命的結論：

「失去了真祖的力量嗎？」

身為吸血鬼真祖的阿爾緹莉亞，失去了不死之身。

「……既然這樣，妳為什麼還要……」

因為困惑和驚愕而顫抖的嘴唇發出哀求對方回答般的聲音。

阿爾緹莉亞奮力轉動頸椎，緩緩轉頭面向你。

「蠢……材……妾身都鼓起勇氣……告白了無數次……」

逐漸被代表死亡的灰色覆蓋的臉頰上浮現虛張聲勢的高傲笑容。

吸血鬼真祖不顧石化的肋骨發出哀號，回答了你：

「自從受汝所救的那剎那起……妾身便已為汝傾心。」

因為她愛著你，所以才想要拯救你。

「……我不懂，吸血鬼。」

你還是無法理解。

「身為吸血鬼真祖的妳，為什麼要保護我這個人類……？」

你無法理解為什麼吸血鬼即使失去最強之力，受到死亡的威脅，也要拯救你這個人類。

「妳明明自稱是最強吸血鬼，為什麼會被石化魔法擊中！」

你也不明白昨晚第一次遇見你，只是吸了你的血的她為何會對你用情如此之深。

「為什麼妳會這麼喜歡昨天才剛認識的我！」

就連阿爾緹莉亞對你訴說的愛意，你也無法理解。

你能理解的，只有一個未來。

那就是再這樣下去，阿爾緹莉亞會死在這裡。

「……我才不會……讓妳死……！」

你用手指刮著粗糙的砂磚，緊緊握起拳頭。

「我不懂。可是正因為不懂，我才更不能讓妳死……！」

沒錯。就算什麼都不懂，你也絕對不能對這個吸血鬼見死不救。

因為如果阿爾緹莉亞死了，你就永遠無法得知她傾訴愛意的理由，以及吸血鬼拯救人類的原因了。

（……五年前的十月十六日，父親遭到殺害的那一晚，我就下定決心了……！只要是在我能觸及的範圍內，我絕對不會再讓任何人死去……！）

深深的絕望與失意的黑暗，被遺忘所封閉的記憶深淵。

被偉大博士所救的你對父親之死發誓。

發誓要取回被心理創傷的牢籠所囚禁的記憶和魔法，成為「能夠拯救他人的人」。

「我要……！」

所以你不顧碎裂的肋骨，深吸一口氣。

你讓差點全毀的心臟繼續脈動，傾注所有的力氣喊道：

「——我已經發誓要成為魔法師（偉大博士）了！」

你發誓不讓阿爾緹莉亞死去。

「我絕對……不會讓她死啊啊啊！」

你發出嗚咽般的叫喊，將全部的力氣用在固定於地面上的左腳。

被拉扯到極限的阿基里斯腱發出啪嚓一聲斷裂，讓你的肉體重獲自由。

「啊！你……你別想逃！」

發現你企圖逃脫的殺人魔對魔導書灌注魔素，開始製造石槍之雨。你瞬間抽出《摺紙套組》，扯下書頁並高高舉起。

「消失吧，吸血鬼！」

「我不會讓她死……我不想讓任何人死去！」

你把一疊《摺紙》扔出的同時，插在地上的石槍殘骸就開始大幅歪曲。神所遺留下來的魔法扭曲了現實，將燒製磚塊的瓦礫變成尖銳的石槍，發射出去。

面對即將貫穿身軀的一片矛林，你輕輕吸了一口氣——

「變化成『砂袋』，《摺紙套組》！」

然後對摺疊在一起的《摺紙》同時下達命令。

（……既然「變化前是紙」而且「能夠瞬間摺疊並轉變成物質」……）

接收到主人的命令，一疊《摺紙》在轉眼之間開始摺疊——

「就能製造出『牆壁』！」

然後變化成**大量的砂袋**，瞬間堆出一道牆壁！

「什……什麼！」

從天而降的大量土砂擋住了殺人魔的魔法。

急速深化的思考能力結合了《摺紙套組》和《最後祈禱》的功能，而你將之應用在防禦戰術上。

（【像石槍那樣的投射型魔法只要和術者之間有足夠的遮蔽物，就能加以阻擋】。寫進記憶裡的魔法理論知識是這麼告訴我的！）

「我要拯救他人……！我就是為此才來到這裡的！」

「唔……吸血鬼竟敢這麼囂張，快點乖乖受死！」

殺人魔高聲大叫的瞬間，石槍的射出速度開始大幅提昇。投槍如豪雨般放射，撕裂了砂袋的表面，開始破壞牆壁。

（……這本《最後祈禱》的開頭有寫到，吸了我的血的吸血鬼從瀕死狀態下復甦了。如果我的記憶沒有錯，只要讓她吸血，應該就能解除石化的毒素！）

從逐漸崩落的牆壁裂縫中，你確認了吸血鬼的位置。

為了保護眷屬而承受了黑椿的吸血鬼肉體已經有將近九成被灰黑色覆蓋了。

（……【距離完全石化已經不到一分鐘了】！快想啊，想出抵達那裡的方法！）

「哼，躲起來也是沒用的！解放．一號！噢，統馭地表的邪眼之王啊！」

你正在努力思索的時候，殺人魔終於脫離技後僵直，再度開始詠唱。就像是陣陣海波般迴響的冷酷咒語喚醒了書寫在你腦中的記憶。

（……【這是「貫穿萬象之石化毒牙」，距離詠唱完畢還有二十秒】。靠我現在所有的《書》，沒辦法擋住她的直接攻擊！）

「既然這樣……《摺紙套組》，啟動！」

你趁著殺人魔詠唱的時候，啟動了新的書頁。

接收到「長曬衣竿」這個命令的《摺紙》在你的手中迅速增長——

「我就躲開石槍！」

將你的肉體以倒地的吸血鬼為目標，用撐竿跳的方式彈射出去！

「八足蜥蜴，戴冠蛇主……什麼！」

一瞬間飛到上空十公尺處的你，視野中捕捉到驚愕的殺人魔和逐漸轉為灰黑色的吸血鬼身影。

「重……重新瞄準——」

「別想得逞！」

在修正準心的石槍觸及你的肉體之前，你已經對殺人魔丟出緊緊揉成一團的兩張《摺紙》。

像小石頭一樣飛去的書頁抵達殺人魔的上空約一公尺處時——

「『燈油』和『燃燒的煤』！」

聽從你的命令，在殺人魔頭上化為一陣猛烈燃燒的油雨。

「什……呀啊啊啊啊！」

「唔哦哦哦哦！」

你用曬衣竿的前端撐住地面，把自己的身體推向吸血鬼真祖。

靠著重力加速的肉體通過石槍之雨後落下，重擊砂磚陽臺。

「嘎啊！咕……嗚！」

咚！衝擊應聲流竄，折斷了你剛再生的雙腳。

你利用墜落的速度在瓦礫上翻滾，抵達吸血鬼的塑像旁。

你忍耐著血肉模糊的腳發出的痛楚，把全身的力量灌注到雙臂。

距離吸血鬼真祖已經不到一公尺。

就算是嚴重損壞的肉體，應該也能靠爬行來靠近她！

「……等我，吸血鬼……！」

「唔……！就算焚燒我這副身軀，我也絕對不會讓你逃走！」

殺人魔透過次要迴路展開理論障壁，一邊隔絕火焰漩渦一邊喊道。

距離詠唱完成還有十幾秒。這就是你和阿爾緹莉亞僅剩的最後一段時間！

「給予無可饒恕之生命脈動！」

你用指甲抓住燒製磚塊，在染上灰色的血海中前進。

（……吸血鬼，我一直都只把妳當成一個**單純的吸血鬼**。我一直以為妳這個最強吸血鬼只是對不死的永遠感到厭煩，一時興起才會救我一命……！）

「劇毒之顎以及永眠詛咒！」

（我不知道妳為什麼要隱瞞自己失去吸血鬼真祖的不死之身的事。妳也有可能只是為了取回被他人奪走的能力，才會欺騙人類（我）……！）

你不顧脫落的指甲，擠出全身的力氣，不斷把肉體往前拉。

（我完全不能理解妳的想法！我也不知道為什麼昨天才剛認識我的妳要對我說『我愛你』！可是我……）

「發行！」

「我不想讓妳死……！」

你終於來到吸血鬼真祖的身邊。

然後你用顫抖的指尖握住護符的水晶——

「貫穿萬象之石化毒牙！」

「阿爾……緹莉……亞啊啊啊！」

你呼喊吸血鬼的名字，解放父親的魔力。

——嘰咿咿咿咿咿！一陣刺耳的干擾音響起。

一瞬間展開的無數魔法陣，令人聯想到曼陀羅的超高密度理論障壁……

奧月戒（偉大博士）的絕對防禦壁咬碎了石化黑椿。

「這……這個咒紋樣式，這種超高密度的理論障壁，是**老師**的……！」

這是將空間內的敵對物質、魔法作用加以分解，使之消失於世界上的最強防禦魔法。

是偉大博士遺留給兒子的，蘊含深深父愛的護盾。

「……不要死，阿爾緹莉亞。」

你沐浴在閃耀著深藍紫色的魔法餘燼中，呼喚吸血鬼真祖。

呼喚對你這個人類訴說愛意，豁出性命拯救你的，這個又傻又善良的吸血鬼。

「……我不在乎妳是不是吸血鬼。妳口中的愛是真是假，給予人類（我）不死之身的理由也都無所謂。」

這都是為了用你所擁有的一切，將她從石化的牢籠中救出。

「我相信妳。所以——吸我的血吧，吸血鬼真祖！」

你用水晶護符的尖端劃開自己的手掌。

滴落的血液滋潤了逐步化為雕像的吸血鬼之唇。

「……這大蠢材。」

灰色的肌膚上出現一道裂痕。

「妾身都要汝趕緊逃走了，汝可真是事事充耳不聞吶。」

原本僵硬的關節發出轉動的粗糙聲音。

「汝還是一如以往地老是胡來，真是個無可救藥的傻子。」

閉起的眼瞼緩緩睜開。

彷彿盛裝著血液的鮮紅雙瞳注視著你，眨了眨眼。

「汝這小子真是……真是愚笨至極吶。」

由衷感到喜悅的低語輕輕在大氣中擴散的瞬間——

「這下子妾身豈不是更為汝傾心了嗎？蠢材♡」

——喀啦！一個清脆的破裂聲響起。

迷宮最強的吸血鬼從石塊之柩中覺醒。

「欸嘿嘿♪從死亡中如此舒暢地覺醒，可是睽違了五年以上吶♪」

飄揚的髮絲是銀色微風。如絹絲般帶有光澤的長髮飄散開來，遮蓋住白皙的肌膚。

閃耀的眼瞳是血之寶玉。染上鮮血之紅的雙眸正如精心研磨的紅寶石般透亮。

「原來如此原來如此，汝相信妾身呀♪嗯呵呵～欸嘿嘿～這麼說來，汝也為妾身傾心是吧♪」

沾染銀髮的黏血已經消失，貫穿肉體的石化黑椿也不見蹤影，原本渾身砂塵的皮膚則閃耀著瓷器般的冷調白光。

從死亡中復甦的吸血鬼就像是要表達自己的滿心歡喜，露出笑容。

「如此一來汝與妾身可謂兩情相悅！思慕之情不可不加以回應吶！」

那笑容傲慢不遜，充滿了自信與喜悅——

「本吸血鬼真祖阿爾緹莉亞，必當全力回報汝愛，綜嗣♡」

彷彿在豔陽中綻放燦爛的光輝。

「好了，調教時間到。面對欺壓妾身之眷屬的鼠輩，可得好好誅罰一番。」

「什……啊，奴……奴僕，貫穿她！」

「哼哼，白費力氣！」

見到阿爾緹莉亞的再生，殺人魔愚蠢地發射出石槍。然而她所發射的細密矛林只前進到阿爾緹莉亞的前方遠處，就被理論障壁粉碎了。

「怎……怎麼會！難道連理論障壁都吸收了嗎！」

「可別小看了能力吞噬者！此乃次要迴路三十九道，共計九百三十七層所組成之理論裝甲！不具障壁貫通性能之石槍，即使高達千兆支也無可奈何！」

「唔……既……既然如此，就只能使用這個**王牌**了……！」

低聲這麼說的殺人魔把手伸到胸前。她可能是想要通報偉大博士，將吸血鬼（你們）處死！

「唔……自作聰明的傢伙，那就瞧瞧『銀夜』的真正力量吧！」

阿爾緹莉亞大叫的同時，她的身體便飛出一群蝙蝠，化為一陣銀風。爆發性增生的薄膜翅膀在陽臺上形成巨大的影子。

「什麼！這……這一大群蝙蝠該不會是……！」

〈沒錯！妾身將**領域**擴大至整座陽臺了！萬一有目擊者出現，從外部看來也只是一陣霧之魔法！〉

化身為一陣霧狀**領域**的阿爾緹莉亞撼動整片大氣，這麼回答。

覆蓋天際的銀白蝙蝠，以及蝙蝠翅膀所創造出的漆黑暗夜。

這就是吸血鬼真祖的絕對領域。迷宮最強的吸血鬼，阿爾緹莉亞的異名由來——圖書迷宮的「銀夜」。

「唔……呼……呼吸困難……！吸血鬼，妳到底做了什麼……！」

被濃密的霧奪去視覺的殺人魔痛苦地喘息著。

「銀夜」正是真祖(阿爾緹莉亞)本身。無法看穿黑暗的人會失去視力，領域內的生者會被吸光血憶，只有繼承真祖血脈的不死眷屬能夠使能力加倍。

〈……汝早已發覺，妾身失去了大半的不死之力。雖遠遠不及全盛期的「銀夜(魔法)」……卻也能治癒汝！〉

散發美麗光輝的薄暮在你的耳邊低語。

銀白色的霧慈愛地擁抱你的瞬間，受傷的肉體就在一瞬間內再生了。

（啊！扯斷的腳和碎裂的骨頭都癒合了！身體漸漸湧現力量……！）

灑落在你身上的純白黃昏活化了你這個吸血鬼的不死特性，強化你的肉體。

——「夜」是吸血鬼的領域。

那麼帶有魔力的「銀夜」就是吸血鬼真祖所支配的究極之夜。

（……這就是「圖書迷宮的銀夜」，最強吸血鬼的能力之一！……我能確實感受到！感受到阿爾緹莉亞的「夜（魔法）」在我的全身上下流動！）

就像是愛撫戀人般的溫柔魔力充滿你的肉體。

這證明了吸血鬼所訴說的愛並非謊言。

這就是阿爾緹莉亞深愛著你的證據。

（……我現在能夠相信。相信吸血鬼真祖的魔法……相信阿爾緹莉亞的心！）

〈只要身在這片「銀夜」之中，吸血鬼（咱們）便是真正的永生不死！那人的魔法根本不足為懼！來吧，此刻正是反擊之時！〉

「唔……迴路解放．二號！橫亙大地深處之太古靈嚴！」

超音波敲響鼓膜的同時，殺人魔開始了第三次詠唱。

你用吸血鬼化的雙眼看穿暗夜，將敵人的身影放在視野中央，說道：

「阿爾緹莉亞，把力量借給我吧。給我能夠讓失去不死之身的妳免於死亡的力量。」

〈……汝……汝……！〉

你身為吸血鬼真祖的眷屬，要將她所賦予的力量用來保護她。

〈好……好！本真祖阿爾緹莉亞，必當回報汝之信賴！〉

「嗯。**我們兩個一起**打倒這個殺人魔吧。」

你決定相信阿爾緹莉亞，與她並肩作戰。

〈汝！〉

「知道了！」

你踩踏地面的同時，純白的黑夜中流竄起一道藍色閃光。

這個瞬間，你的視野嗡的一聲加速，剎那間便縮短與敵人的距離。

（肉體的靈活度跟剛才根本不能比！）

〈「夜」就是吸血鬼真祖的魔力迴路本身！無詠唱魔法可謂小事一樁！〉

真祖阿爾緹莉亞這麼喊道，閃光就再度奔馳在夜裡，在你的手裡形成一把刀。

（……了解！我會劈開那傢伙的理論障壁！）

你一邊穿越石槍之雨一邊前進，衝到殺人魔的面前。

「啊！上……上百豪腕之——」

「太慢了！」

往下揮舞的銀白刀刃直直地劈開了自動展開的理論障壁。

既然理論障壁也是魔法的一種，就免不了技後僵直，也就是損壞後的破綻。

你趁著這個破綻往前踏步，在掌中翻轉刀刃——

「喝啊啊啊啊！」

對殺人魔的側腹部使出力道強勁的刀背斬！

「嘎……！」

唰！銀色的鋼刀陷入了深藍色的制服中。

化身肉搏戰專家的你一刀將殺人魔的肉體攔腰打彎。

「唔啊！」

使勁揮出的刀背將殺人魔狠狠打飛。

往旁邊飛出去的殺人魔在陽臺上彈跳了兩三次，撞上碎裂的天使雕像。

「咳呼……嘎……噗……！」

帶著殺意的詠唱停止，灰色的書背從殺人魔的指尖滑落。

要使用詠唱魔法，就必須將《書》連接到魔力迴路，唸出咒語。失去魔導書的魔法師已經不具有任何威脅。

「我……我……怎麼能……在這裡被……！」

「……要繼承偉大博士的人，最強不死者的眷屬，是不會輸給區區一個殺人魔的。」

「唔……嗚嗚嗚……」

殺人魔被劇痛阻礙思考，卻還是企圖爬起來抓住魔導書……

「是我們贏了。」

但她卻輸給了戰鬥所造成的體力消耗，應聲癱倒在粗糙的砂磚陽臺上。

「……呼！呼……呼……呼……！」

從極度緊張的狀態中解放的你猛烈地上下起伏著肩膀，吸取氧氣。

劣勢讓你無暇放鬆，苦戰讓你甚至難以呼吸，但你卻反敗為勝。

你徹底發揮《書》的功能，戰勝殺人魔的魔法，也從死亡的深淵中拯救了被石化劇毒侵蝕的阿爾緹莉亞。

「呼……呼……！阿爾緹莉亞，石化的狀況還好嗎？」

〈……嗯，妾身有些疲憊。已經無法再維持「銀夜」了……！〉

「什麼？阿……阿爾緹莉亞！」

銀白之霧的深處才剛響起聲音，就有一陣風吹過了「夜」。

恐怕是因為支撐這個領域的吸血鬼真祖停止供給魔力，銀白色的薄暮急速淡化，逐漸溶解並消失在大氣之中。

「『銀夜』……！阿……阿爾緹莉亞！」

〈莫驚慌，不過是魔力衰弱罷了！不必擔憂妾身。〉

你呼喚吸血鬼的名字，就有一隻蝙蝠拍著翅膀出現在徹底放晴的戰場。看來只是因為從你那裡吸取的魔力已經衰退，讓她沒辦法繼續支撐銀夜而已。

「阿爾緹莉亞，太好了……！」

〈汝，現在比起妾身，取回真相更為重要！〉

降落在制服連衣帽中的最強吸血鬼用超音波催促你。

阿爾緹莉亞之所以會甘願冒險承受石化之毒，就是為了保護你想要「找出真相」的意志。

如果你想要報答她的犧牲奉獻，就不能白白浪費從殺人魔身上吸取血憶的絕佳機會。

「……我知道了。」

你將碎裂的護符收進制服的懷裡，重新面向殺人魔。

殺人魔失去了魔導書，理論障壁也遭到突破，魔力迴路更是已經耗盡氣力；但她的群青色雙眼裡依然帶著強烈的戰意，持續瞪視著你。

「……吸血……鬼……我絕不會……放過你……！」

〈……既然昨晚出現在書齋附近，就表示此人與汝父有所牽連。而有意奪去汝命之舉，

則加深了其關係帶有邪惡企圖之嫌疑！〉

（是啊。她會出現在那麼深層的迷宮，如果是為了殺死**造訪書齋的人**就不奇怪了。這傢伙知道五年前的事件，所以才會企圖殺了目擊者（我）……！）

〈「敵人」花費五年等待逃離了圖書館都市的汝，甚至計劃暗殺。除了謀殺偉大博士之仇敵以外，別無他人！因此只要吸取此人之血憶……！〉

「就可以得到殺父仇人的情報！」

你壓制住殺人魔，用膝蓋固定她的雙腳，做出騎乘般的姿勢。

就算殺人魔想要抵抗，也已經沒有用了！

「……殺了……我吧。與其承受……被吸血鬼俘虜的恥辱，我寧可……！」

「不要侮辱我，殺人魔。我要從仇人身上尋求的不是復仇，而是真相！」

為了防止殺人魔咬舌自盡，你勒住她的衣領。

「唔……咕……！」

「……從五年前的那一天開始，我就一直在找尋真相。我失去了魔法和記憶，還是為了查出真相，回到了圖書館都市！」

你用銳利的眼神瞪著殺人魔的群青色眼瞳，質問道：

「——回答我，殺人魔！五年前殺死我父親的……殺死奧月戒的凶手是誰！」

你渴望知道父親之死的真相——五年前的真相。

「……**你說你父親？**」

深藍色的雙眸就像是映照出內心的疑惑，微微瞇起。

「……父親姓奧月？可是應該是吸血祭品……難道是『筆者』的？」

殺人魔注視著你，就像是瘋狂地胡言亂語似的，說出一連串意義不明的詞彙……她可能是知道你還遠遠不及真相，想要用謊言來迷惑你。

「……還在裝瘋賣傻……！真是適合罪犯的膚淺手段啊！」

在魔法戰鬥中落敗，被你壓制住的仇家仍然想要用欺瞞和虛飾來掩蓋真相。你揪著卑劣刺客的衣領，低聲說道。

「唔……放……放開我，吸血鬼！你……你和我之間有個很大的誤會……」

「不可原諒……！如果妳要阻止我查出真相……！」

這個殺人魔背後的黑手是奪走你的一切的仇家。面對強行奪去人命的罪犯，用言語詢問真相也是白費力氣。

認為交涉和拷問都沒有意義的你——露出吸血牙說道：

「那我就把真相搶回來，殺人魔……！」

你從吸血鬼真祖那裡繼承了「血憶吸取能力」。這是能夠破壞任何虛假，找回真相的能力。

如果敵人不願鬆口，那就從血液中獲取情報吧！

「我要從妳的血中搶回五年前的所有記憶！」

為了用牙齒刺穿她的頸部，你粗魯地扯開礙事的襯衫衣襟——

叮鈴，一條金屬鍊發出清脆的聲音。

和你**一模一樣的水晶護符**在她的胸前搖晃。

「……啊？」

護符在殺人魔的肌膚上滑動，在豐滿的乳房之間輕輕搖晃，然後停止。

金黃色威尼斯鍊反射著陽光而閃閃發亮。

弧三角形的水晶封入了魔力，散發藍紫色的光輝。

所有的特徵都和令尊留給你的護符如出一轍。

「為……為什麼妳會有這個護符……」

面對無法理解的狀況，你茫然地低聲說道。

因為這個水晶護符是偉大博士奧月戒為了心愛的兒子所製造的魔導具，也是這個世界現在僅剩一個的，絕對防禦的魔力迴路。

它是令尊留給你的，帶著深深父愛的信物。

因此偉大博士奧月戒是不可能將這個護符送給殺人魔的。

「為什麼妳會有……這個護符應該是我父親才能製造的魔導具！」

「唔！既……既然你知道這個護符的來歷，那麼剛才的理論障壁……難道你真的是**奧月老師**的……？」

「什麼？奧……**奧月老師**？」

聽見粉色雙唇所說出的話，你揪著制服衣領的力道更加強烈。

殺人魔是你的殺父仇人——從你身上奪走一切的罪犯的同夥。

護符暴露在你的眼前，偽裝身分也已經沒有意義的現在，她應該沒有理由稱奧月戒為「老師」才對！

「不……不是『筆者』的刺客冒充奧月戒的兒子，想要除掉我嗎……」

「冒充我父親的兒子……別……別開玩笑了，殺人魔！是妳知道我和父親的關係，才會想要殺了我，讓真相永遠不見天日吧！」

你因熊熊燃燒的怒火而大叫，同時也為雞同鴨講般的對話感到愈來愈煩躁。

「殺人魔是仇家的同夥，也是企圖殺死你的刺客」。

種種情況證據明明都支持著這個推論……

唯有她稱令尊為「老師」的行為是無法說明的矛盾。

「……妳……妳到底是……？」

在你的腦中盤旋的疑惑推測出殺人魔的真面目之前——

「……奧月同學，我是偉大博士奧月戒的……**你父親的徒弟**。」

因絕望與失意而顫抖的聲音坦白了自己的身分。

「……嗄？奧月戒的……我父親的徒弟？」

強烈的憎惡和繃緊的神經在轉眼間舒緩。看來你和殺人魔之間存在著非常嚴重的誤解。

「妳……妳不是我的殺父仇人派來暗殺我的同夥嗎……？」

你認定為仇家的共犯的殺人魔其實是令尊的徒弟。

「我……我竟然犯下了這麼大的過錯……！我還以為是因為我接近了老師之死的真相，仇家才會派吸血鬼過來暗殺，我竟然……嗚……嗚……」

她也和你一樣，正在獨自調查偉大博士奧月戒之死的真相。

也就是說，先前的戰鬥場面全部都是沒有意義的鬧劇呢。

「——咦咦咦咦咦咦咦！」

「——不會吧啊啊啊啊啊！」

異口同聲的兩個慘叫響徹了「藥草院」的最外圍。

「那……那妳的這個護符是我父親給妳的嗎！」

「是的！這是救了我一命的奧月老師賜給我的，非常重要的……可……可是我卻對奧月同學犯下了這麼大的過錯嗚嗚嗚嗚……！」

「這……這個過錯未免也太大了吧！我可是被妳殺死了一次耶！」

「這……這麼說來……你原本是人類嗎！」

「妳發現的順序不對吧！我在教室遇到妳的時候不就一直這麼說了嗎！」

「因……因為那個時候！我……我也嚇了一跳，亂了陣腳……！」

「妳亂了陣腳就會用鉛筆刺別人的身體嗎！把我的胰臟還給我！」

「我就覺得那道理論障壁很眼熟……沒想到你就是老師的兒子，我……我真不知道該怎麼賠罪才好……！」

「道歉也不能了事！因為妳的關係，我變成了半人半鬼的C血鬼啊！而且要是沒有阿爾緹莉亞在，妳早就變成不折不扣的殺人犯了！」

「對……對……對不起……」

「我就說道歉也沒用了！妳不記得自己對我做了什麼嗎！妳用三十九支槍捅我又用鉛筆刺我的胰臟又打斷我的手指又打碎我的骨頭又差點石化我耶！」

你發洩激動的情緒，盡情臭罵殺人魔。

你偏偏被令尊的徒弟襲擊，差點和阿爾緹莉亞一起被石化而死，你當然有權利震怒。因為解除死亡恐懼的反彈，你正要繼續痛罵殺人魔的時候——

「……嗚……嗚……」

滴答一聲。

殺人魔的群青色眼睛輕輕落下一滴淚珠。

「……殺人魔，妳……！」

「……對不起。我只是……只是想要報答老師的恩情……可是我竟然把老師的兒子誤當成『筆者』的刺客……！」

「『筆者』？妳……妳是因為認錯人才會殺我……？」

聽到因後悔而顫抖的哭聲，你這才想到殺人魔發起戰鬥的理由。

殺人魔曾說過，「因為自己接近了奧月戒之死的真相，仇家才會派人來暗殺」。她把你「誤當成」仇家的刺客，才會想要在魔法戰鬥中擊敗你。

……可是，這樣是說不通的。

殺人魔要把你誤會成他人，因為會錯意而差點在魔法戰鬥中殺死你，就必須存在能將其誤當成你的**另一個人**。

也就是說除了你和殺人魔之外，某處還存在著**第三者**。

「等……等一下，殺人魔。妳該不會曾經被我們以外的人襲擊……？」

這麼想的你出言詢問殺人魔的話中之意——

「呼……呼喵啊啊啊啊！」

聽起來非常耳熟的貓叫聲打斷了你的話。

……請注意，你和殺人魔結伴走出教室，來到一個人跡罕至的陽臺，在魔法戰鬥之後壓制住她，還扯開了她的衣領。

透過青春期的不健全有色眼鏡來看，這些行為可以有以下的形容：

忘記和女朋友的午餐約定，你企圖用暴力擺平憤怒的女朋友而發起魔法戰鬥，卻被輕易擊敗。

當你被怒氣難消的女朋友追擊時，你召喚了自己的劈腿對象——銀髮少女（而且還是全裸），讓她代替你承受攻擊並身負致命傷，然後又將她轉移到別處。

而你們接著被銀色的霧包圍，你開始轉守為攻。你粗魯地壓制住女朋友，把她的衣物扒開——

你正要用（另一種）肢體語言強硬地為這場情侶吵架劃下句點。

「啊……什……不……不是那樣的！不是的，聽我說，卡露米雅同——」

「奧月這個大變態喵啊啊啊啊啊！」

貓族特有的高亢叫聲響徹了「藥草院」的最外圍。

「喂……喂，班長！現在氣氛正好，不可以打擾他們……唔哦哦！」

「放開我喵！我……我……我不能對這種不純異性交遊視而不見喵！」

耳朵和尾巴的毛都豎起來的卡露米雅從通往教學塔的出入口跳了出來。她的臉頰之所以一片通紅，一定是強烈的憤怒和羞恥心交互作用之下的結果吧。

「卡……卡露米雅同學！還有其他同學……不……不要過來！」

殺人魔用襯衫遮住雙手遮不住的豐滿胸部，慌張地大叫。從旁人耳裡聽來，有點像是差點慘遭強暴的少女正在難過哭泣的聲音……

「糟……糟糕，長相被看見了！」、「可惡！喂，班長，我們快逃吧！」

「唔呀！等一下，不要跳到我身上喵！好重！」

連看似小狗的男學生都跳出來硬是抓住想上前阻止你們的卡露米雅，制止她的行為。

他非常開朗地笑著，豎起大拇指宣言：

「放心吧，奧月、艾莉卡！我們什麼都沒看到，也不會告訴任何人的！」

我可以很明確地告訴你，他絕對不會遵守這個諾言。

「等……等一下，這是誤會啊！話說你們到底是從什麼時候開始看的！」

「快點詠唱逃走用魔法！要是被復學生抓到，就要被血祭來洩憤啦！」

「我才不會！」

「請……請請……請你放開我，奧月同學！」

你含著眼淚大叫。同時，殺人魔用膝蓋踢中你的背部。

「唔咳噗！」

「詠唱完畢！我要發行了，把班長抓好！發行．旋風雙翼！」

你發出滑稽聲音的時候，同學和一陣疾風一同消失了。不愧是「藥草院」的十年級生，把逃走用魔法用得易如反掌。

「哇……哇哇，要……要快點堵住他們的嘴！趁他們還沒有把這場魔法戰鬥的事情說出去的時候！」

「藥草院」的校規嚴禁學生之間進行魔法戰鬥。腰椎和坐骨神經被破壞的你在地上打滾著，一旁的殺人魔則帶著不知所措的表情站了起來。

「吸……吸血鬼！……不……不對，奧月同學！詳細情形等之後再說！我會阻止那些同學，保守你的祕密！」

殺人魔這麼喊道，慌忙地往圍牆區域內跑去。

現場只剩下半身不遂的C血鬼、蝙蝠模樣的吸血鬼，還有插滿最外圍牆面的無數石槍。

〈……唉，似乎全都走了吶。喏，汝打算趴到何時？趕緊讓腰骨再生，站起來吧。〉

「唔唔……不只是脊椎被破壞，才剛復學就在同學心裡種下了天大的誤會……！」

你忍受著猛烈的癢感和羞恥感，勉強坐起身體。

你這副模樣十分難看，實在不像是幾分鐘前還在進行一場賭上性命的魔法戰鬥。難道你的人生受到了無法完全正經起來的詛咒嗎？

「呼……呼……那……那個殺人魔說她以為我是『仇家的同夥』……！除了我和殺人魔以外，還有其他勢力存在嗎……？」

〈……沒想到那個殺人魔丫頭竟是汝父之徒吶……不過，當今是走為上策。繼續待在此處，恐怕會遭到處刑。〉

「咦！處……處刑是指被那個殺人魔處刑嗎？」

不，是被偉大博士的魔法處刑。

請你回想一下。這裡是四大勢力的第三名——「藥草院」的大本營，是具有壓倒性魔導實力的迷宮探索者齊聚一堂的地方。

即使是不容易被看到的最外圍，在有目擊者的情況下進行這種大規模的魔法戰鬥，被通報偉大博士也是理所當然的結果。

「糟……糟了！魔法戰鬥的事情被發現，我一定會被偉大博士殺了！」

你因為對死亡的恐懼而嚇得跳起來，用最快的速度逃出一片狼藉的陽臺。

在被偉大博士找到並處刑之前，你要快點逃回宿舍房間！

◇　◇　◇　【距離喪失記憶　還剩三百五十六頁】

你被逮到了。

「……那麼要冒昧地請問一下，因為老師聽說了不純異性交遊的傳聞。」

坐在輔導室的椅子上，背部靠著椅背的偉大博士用非常低沉的聲音這麼問道。

自從開始逃跑後不過八行的篇幅，原本在走廊上奔跑的你被帶到這裡，連發生了什麼事都不知道，驚慌失措地回答：

「奇……奇怪……？我到上一個瞬間為止應該都還在走廊上啊……？」

「因為事態緊急，所以儘管失禮，老師還是用空間轉移魔法請兩位過來了。」

看來你是被操縱空間的超強力魔法帶到輔導室的。

「雖然才剛轉移，老師想針對不純異性交遊的傳聞，請問兩位同學一些事。」

「那……那個……老師？請問那種傳聞是從誰那裡聽說的呢……？」

「是四五個學生說的。既然連老師都知道，應該已經傳遍整個年級了。」

「藥草院」的長時間午休害了你。看來目擊到魔法戰鬥的同學展開了一場超大規模的傳話遊戲。

「關於傳聞的內容……這個嘛，兩位同學畢竟也到了這個年紀。這麼多的男女相處在一起，應該也有些關係會發展成戀愛。」

「……死定了。要被老師的說教殺死了……！」

（什……什麼叫做被說教殺死啊！我們到底會怎麼樣？）

「不管怎麼樣，年輕男女之間，那個，呃，或許會發生**那種事**。可是，在學校做就是問題所在！**那種事**要在兩個人獨處的時候才可以做！」

「不可能敵得過那種魔法的，一瞬間就被抓起來了，死定了……！」

（那招的確很可怕！一眨眼就被轉移到另一個空間了！）

殺人魔害怕得牙齒打顫。或許是因為她魔導能力傑出，才更能夠想像自己和偉大博士之間的實力差距。

「為了滿足情慾的交際更是不可以！如果傳聞是真的，就算老師不願意，也得給你們相當重的懲罰。請問你們兩位有什麼想要辯解的嗎？」

「……我什麼都沒有做。明明什麼都沒有做……」

「我……我也向天地神明發誓，我絕對沒有做出不純的行為！」

「……那請問奧月同學是否有跨坐到艾莉同學身上，扯開她的衣領呢？」

「那是誤會！奧……奧月同學會扯開我的衣領是因為……」

「因為殺人……她說自己的心跳突然變得很不穩定，所以我只是想幫她看看！」

「……心悸嗎？那真是傷腦筋呢。那麼請問你們是否有在情侶吵架中使用魔法呢？」

「那並不是情侶吵架！」

「沒錯！那是不折不扣的互相殘……模擬戰鬥！毫無疑問！」

「校規是這麼寫的：『除緊急時刻外，校內禁止使用魔法』。惡作劇程度的魔法在原則上也是禁止的，更不要說是魔法戰鬥了。可是你們……」

小葉老師悲傷地瞇起眼睛，用充滿失望的語調繼續說下去：

「老師萬萬沒有想到，奧月老師的兒子和徒弟竟然會發起那種魔法戰鬥……」

「……奧……奧月老師的兒子……！」

（……既……既然小葉老師都這麼說了，就表示殺人魔真的不是殺人魔，而是父親的徒弟……）

你雖然害怕偉大博士，仍然偷偷瞄了殺人魔的側臉。

你即使親眼見到父親的護符，還是沒辦法相信……但就連令尊的同事——讓葉・達夫尼菲藍・瓦拉老師都這麼說。

這個殺人魔……應該說艾莉卡，真的是奧月戒的徒弟。

「那個……老……老師！那場魔法戰鬥是我該負起責任！錯不在奧月同學，只是因為我的誤會……！」

（前）殺人魔艾莉卡為了袒護你，低聲說道。

「可是校規就是校規。做了壞事就要接受懲罰喔。」

「……對……對不起……」

前殺人魔一臉抱歉地低下頭，用雙手抓住犄角，縮起身子。

她害怕的模樣讓人很難想像是之前的那個殺人魔……不過她的確有為殺了你又用鉛筆刺你又打斷你的手指又想要石化你的事情懺悔。

（……這傢伙真的有在反省……）

看著前殺人魔的乖巧側臉，你感覺到自己的內心湧起一股奇妙的感情。

自從令尊遇害後的五年，一路走來的你只求查明真相……自稱奧月戒之徒的她如果和你一樣正在尋求真相，那麼她所度過的五年或許也承受著和你同樣的絕望。

（……昨天的我是在父親的書齋所在的樓層被殺的……她會出現在那麼深層的迷宮，該不會是為了到父親逝去的地方悼念吧……？）

正如先前的記述，你死亡的樓層並不是一般的探索者會踏入的場所。除非是與奧月戒關係匪淺的人，否則是不會在那裡遇見你的。

你遺忘了過去，並不知道殺人魔和令尊之間發生過什麼事。可是既然她尊稱奧月戒為「老師」，在這五年間都持續調查著暗殺的真相，就表示這份恩情非比尋常。

偉大博士收為徒弟，給予和兒子相同的護符的少女。

她和你失去的過去或許有著深深的關係。

「關於不純異性交遊的事情，老師不再過問，可是艾莉同學要負責修好陽臺。奧月同學雖然沒有用到魔法，但還是不能不罰。」

「咦？啊，是……是……」

正如過去的描述，你的心沒有辦法接受任何魔法。既然要進入「藥草院」念書，關於你的事，大致上都已經通知過身為班導師的小葉老師了。

「老師想想喔……好吧。奧月同學，你現在手邊應該還沒有教科書吧？」

「是……是的……」

「雖然是有點嚴苛的懲罰，不過這一週的週五是假日，所以探索迷宮的日子會提前到明天。請你使用明天的探索時間，發掘自己的教科書。」

「咦……」

「藥草院」採用優渥的獎學金制度，學費和生活費都可以免除。（畢業後有義務將取自迷宮的大部分書籍上繳，所以正確來說是預借。）

當然了，教科書和輔助教材等抄本類也會免費發放，既然要自行準備這些東西，以普通學生的身分來說，這也算是一種輕度的懲罰。

「這麼說來……我應該可以使用『升降機』吧？」

「這個嘛，不可以使用教職員專用的喔。其他的升降機，你可以自由使用。」

（……這……這種處罰，小葉老師該不會是……）

〈嗯，或許是為汝著想吧。對無法使用魔法的汝而言，發掘與擴充魔導書乃當務之急，升降機也是不可或缺的工具吶。〉

你犧牲只有一千頁的珍貴餘命聽課，當然有一部分的目的是取得探索所需的知識，但升降機的使用權占了非常大的因素。

「請你加油……還是說，要進入迷宮會讓你不安呢？」

「不……不會，我……我知道了！我一定會找到需要的教科書！」

你察覺到老師的善意，對她深深一鞠躬。發掘教科書應該只是表面上的說法，老師是想要給無法使用魔法的你一個蒐集魔導書的機會。

「沒有異議呢。那麼為了防止傳聞繼續擴散，你今天一整天都要接受禁足喔。」

「我……我明白了，我會乖乖回到房間裡待著。」

「為了不要傷害家族的名聲，請好好反省。」

「……謝謝老師……很抱歉添了麻煩，小葉老師。」

你深深低下頭，然後打開古老的黑檀木門。

你把一臉抱歉的殺人魔側臉留在背後，離開了輔導室。

◇　◇　◇

【距離喪失記憶　還剩三百五十一頁】

「……呼，總算是平安回來了……」

你回到位於「藥草院」第三宿舍塔的房間，安心地吐出一口氣。

得到吸血鬼真祖的不死之身，你本來應該與肉體疲勞無緣……但或許是因為緊張的情緒終於放鬆下來，你突然覺得身體很沉重。

「……唉。今天早上走出房間，好像已經是很久以前的事了……」

〈嗯嗯，汝氣色不太好吶……對汝而言，吸血鬼化、記憶障礙、與殺人魔丫頭再會並戰鬥，這一百七十四頁可謂驚濤駭浪吶。〉

「半天之內就發生這麼多事，未免太密集了啦……唉，反正今天只能關在房間裡禁足，稍微休息一下好了……」

也好。雖然你有堆積如山的事情要思考，但目前還是先把戰鬥時弄得破破爛爛的制服換下來吧。

你讓疲勞的大腦停止思考，把幾乎化成一塊爛布的制服脫下來，順手扔到床上。

〈哇……慢著……噗呀！〉

「啊。」

〈做做……做什麼吶，蠢材！〉

你完全忘了阿爾緹莉亞還躲在你的制服裡。

銀白色的蝙蝠從你的衣服裡鑽出來，一臉哀怨地注視著你。

「抱……抱歉，阿爾緹莉亞，我滿腦子都在想事情！妳還好吧？」

〈唔唔唔……鼻子好疼吶，妾身要恢復原形，趕緊將衣服攤開！〉

「咦？衣服……啊！妳……妳把衣服塞在這種地方喔！」

你發現自己脫掉的衣服有點膨，這才發現阿爾緹莉亞原本穿的薄絹交領衣放在制服的連衣帽裡面。為了應付從蝙蝠變化成人身時改變的體積，她準備了用來換上的衣服。

〈這……這也無可奈何吧？即使是本真祖，也無法與衣物一同變化……〉

「那也不要把我的衣服當作收納空間啊！妳就跟之前拿出《書》的時候一樣，使用影子來收納，再躲到隱密的地方換上衣服不就好了嗎！」

〈什麼？難……難道汝想觀看妾身當場更衣！〉

「我才不想！我不是那種變態好嗎！而且妳要變回來就快點變啦！」

〈……哼，反正妾身就是斷崖絕壁……〉

你把被石槍刺出好幾個洞的絲綢攤開，蝙蝠就飛了進去，冒出一陣煙霧。

衣服發出輕輕滑過肌膚的摩擦聲，吸血鬼真祖恢復了原來的面貌。

「呼……維持縮小的模樣，妾身也累了吶。」

阿爾緹莉亞倒在背後的床上，就像是在享受床單的觸感，伸長了手腳。

「哦哦，人類的床鋪倒也不壞。簡直是極樂世界吶……」

「……妳要躺在床上是沒關係，但是不要穿成那個樣子亂動。」

你從交領衣縫隙之間露出的膚色上移開目光，在椅子上坐下。

「呼……」

（……今天遇到了好多麻煩。這一天和我在船上想像的「藥草院」留學生活有很大的差距。）

是的，沒錯。畢竟早晨一醒來，你就發現自己被殺人魔殺死，被吸血鬼救了一命，失去記憶的你甚至一絲不掛地和全裸的真祖睡在同一張床上……

而且即便是下定決心和殺父仇人一戰，這也是你第一次和他人搏命。

「……我差一點就死了。」

你低聲說道，現在才又想起剛才進行魔法戰鬥的恐懼。在戰場上的生死交關之際，魔法足以在一瞬之間結束人的生命。

（……我已經發誓要成為能夠拯救他人的人了……可是我卻和父親以前的徒弟戰鬥……還差點害死阿爾緹莉亞。）

在五年前的慘劇之夜失去父親的那一天，你就立下了誓言。

發誓只要是自己能夠觸及的範圍內，你絕不再讓任何人受傷。

（……暗殺父親的仇人很有可能是魔法罪犯。身為目擊者的我回到圖書館都市，對方就有可能想要我的命……我早就作好面臨魔法戰鬥的覺悟，所以為了不讓任何人受傷，我明明下定決心要變強了。）

可是你的身體因為恐懼而無法動彈，心靈被記憶回溯囚禁，覺悟被戰鎚輕易擊碎；你差一點就和令尊那時一樣，讓阿爾緹莉亞死去。

（……阿爾緹莉亞賭上性命救了陷入絕境的我……阿爾緹莉亞明明很清楚，自己失去了真祖的力量，或許會死。）

閉著眼睛躺在床上的阿爾緹莉亞帶著冰冷的靜謐，讓人產生彷彿她已經死亡的錯覺。只有微微透出臉頰的紅暈和跟著呼吸起伏的瘦弱肩膀勉強證明她還活著的事實。

天使般純潔的側臉讓人完全感覺不出最強之名所代表的威嚴。

（……這也是當然的……因為阿爾緹莉亞現在並不是不死之身。）

你下意識地握起放在椅子扶手上的手指。

（……不知道為什麼，阿爾緹莉亞幾乎失去了身為最強吸血鬼的能力……甚至只能透過吸我的血來逃出石化的束縛。）

正如這本《最後祈禱》的開頭，既然具有能夠一擊打落石槍的力量，阿爾緹莉亞就不可能被石化黑樁刺中。只要有連致命性的內臟損害都能夠瞬間再生的不死之身，應該有辦法抵抗石化的劇毒。

前提是吸血鬼真祖還留有全盛時期的能力。

（……如果我沒有用「吸血鬼」這個詞來斷定阿爾緹莉亞的為人，試圖去了解她的話，是不是就能更早發現她已經失去不死之身了呢？）

嘰的一聲，連接椅子木材的榫接處受到擠壓的聲音就像是在責備你一樣。

（……既然如此，這就是我的錯。我認定吸血鬼是人類的天敵，是危險的怪物，以為吸血鬼會救人一定是帶有什麼邪惡的意圖，滿腦子只想著和殺人魔的戰鬥……所以我才會差點害死阿爾緹莉亞。）

你的心胸深處感到一陣刺痛。

如果正如你的推測，阿爾緹莉亞真的是最強的不死者，而她給予你不死之身的行為只是為了排解無聊的童心，她所訴說的愛也只是對弱者的憐憫的話；你就算會感謝她救了你一命，也不會為罪惡感所苦。

因為吸血鬼真祖阿爾緹莉亞是危害人類的怪物。

她應該不可能會有為他人著想的「心」。

（……可是我錯了。阿爾緹莉亞不是不死之身，她很善良，又為我著想。明明知道自己可能會死……還是為了我擋下了石化之椿。）

你受到後悔苛責，注視著躺在床上的吸血鬼。

肩膀的輪廓還殘留著稚氣。單薄的胸口浮現肋骨的線條。瘦弱纖細的骨盆和腰部好像緊緊抱住就會折斷似的。

因為你不相信吸血鬼口中的「愛」，也不試圖去理解吸血鬼，阿爾緹莉亞才會承受石化的劇毒，差一點變成冰冷的石塊。

「……阿爾緹莉亞……為什麼妳……」

你猶豫得說不出話，正打算詢問吸血鬼的真心——

「……嗯？汝……汝在看什麼吶，妾身感受到非禮的視線！」

「！」

阿爾緹莉亞嬌羞的聲音打斷了你說的話。

「天……天色還亮，妾身不過小睡一會兒，難道與妾身獨處，刺激了汝之獸性嗎！」

「不……不是啦阿爾緹莉亞！我只是對妳……！」

「別……別想撒謊，汝看妾身的眼神有些不尋常吶！」

阿爾緹莉亞害羞地紅了臉，抱住薄薄的毛毯。

你帶著後悔的心情注視著因為自己的懦弱而受傷的身體，結果卻被她誤會成性方面的興趣了。

「妾……妾身這天使般的可愛睡臉竟在無意間迷惑了眷屬！」

「不要自己說自己可愛啦，我就說不是那樣了，阿爾緹莉亞！我只是想知道妳的傷口有沒有好好再生而已！」

「傷口？難……難不成汝想順從年輕的慾望，使妾身留下不可抹滅的傷痕！」

「絕對不是！」

「汝汝汝敢有此等非分之想，妾身就以真祖之力吸盡汝血！」

「……現在的妳根本沒有那種力量吧！」

你推倒了混亂得開始胡鬧的阿爾緹莉亞。迷宮最強的吸血鬼「銀夜」的肉體就這麼輕而易舉地被推到床上。

「噗呀！汝……汝究竟有何企圖？放～開～妾～身！」

「吵死了，給我冷靜一點，笨蛋吸血鬼！」

「啊嗚！唔唔，好疼吶，妾身發怒了，妾身要吸食汝血！」

被推倒的阿爾緹莉亞大叫著斥責你。你為了阻止真祖的失控，把她的細瘦手臂壓制在床的木框上。

吸血鬼真祖以為你要侵犯她，雖然嘴巴上用誇張的說法威脅你，卻沒有掙脫的動作。

……因為她很清楚。

和外表年齡相符，約十歲少女的臂力根本不可能推開你這個十五歲少年的肌力與體重。

「……為什麼要瞞著我？阿爾緹莉亞。」

「妾……妾身完全不明白這話是什麼意思吶！還不快放手！」

「為什麼要把妳失去吸血鬼真祖之力的事情瞞著我？」

「嗚……！」

你用低沉的聲音質問，迷宮最強的吸血鬼就害怕得叫了一聲。

「……這……這話是什麼意思？妾……妾身一點也聽不懂吶。」

「那妳為什麼不推開我？既然妳的力量足以劈開石槍瀑布，用衝擊波打飛門把，應該輕輕鬆鬆就可以把我的身體推開吧。」

「……這……這……」

彷彿盛滿鮮血的朱紅色雙眼滲出不安的神色。

被譽為「銀夜」的不死者之王竟然會畏懼普通人類的力量。

「……妳失去了真祖的力量，現在妳的能力只和外表相同的人類差不多吧……！妳明明沒有抵抗那招石化劇毒的手段……！」

「好疼……！」

極度後悔的你握緊吸血鬼真祖的手腕，她就痛得全身僵硬。明明就連比真祖遜色許多的你這個眷屬，被刺穿心臟也只會有癢感。

「……明明受了傷就會痛，身體被貫穿就會死……為什麼還要保護我，幫我擋住石化黑椿的攻擊！」

「……不……不是的，妾……妾身並非想欺騙汝……」

「那就回答我，阿爾緹莉亞！妳為什麼不說出自己失去不死之身的事情！」

面對像個孩童般堅決不認帳的阿爾緹莉亞，你不斷逼問她。

因為你非常不甘心，你無法原諒。

無法原諒懷疑吸血鬼的愛，傷害了她，還差點害她石化而死的愚蠢自己。

（……阿爾緹莉亞豁出性命保護了我。她為了救我，甚至不惜說謊。所以我絕對不能自私地讓她繼續隱瞞下去……！）

「……告訴我，阿爾緹莉亞……為什麼吸血鬼（妳）要對人類（我）……！」

「……因為汝是個傻子。汝是個會為拯救妾身而戰，甚至不顧性命的大傻瓜！因為汝太傻，妾身也是百般無奈才會撒謊吶！」

「我說妳啊，阿爾緹莉亞，我是認真在問妳問題！所以妳也認真地——」

——叮鈴。

被遞出來的護符項鍊發出了小小的金屬聲。

「啊……」

阿爾緹莉亞從你脫掉的制服內側取出的水晶護符——

「……若不這麼做，汝一定會如同這護符，犧牲自我。」

失去了封入的魔素光輝，只剩下空虛的透明水晶。

「……妾身很抱歉。妾身明知這護符是汝父所留下的遺物，對汝而言有多麼重要。」

阿爾緹莉亞用指尖撫摸著帶有弧度的倒三角形水晶。

這個動作可以開啟護符的附加功能，也就是播放令尊的影像。不過失去了魔素的光輝，水晶已經永遠無法再發揮映照出遺像的功能了。

因為為了從石化黑椿的威脅中拯救阿爾緹莉亞，你已經用完了令尊的魔力。

「……汝就是傻。若是知道妾身失去了不死之身，汝肯定會擔憂。若是說出真相，汝這般傻子一定又會胡來……！」

阿爾緹莉亞用毛毯蓋住鼻頭，用幾乎要消失的音量輕聲說道。

不符合最強之名的不安言語像是一把刀刃，狠狠劃傷了你的心。

「……喂，我真的要生氣嘍，阿爾緹莉亞……妳是我的救命恩人。因為有妳幫助我，我才能逃過一死。所以我……！」

「——那股力量！」

「！」

一聲悲痛的吶喊打斷了你說的話。

阿爾緹莉亞懺悔般地閉上眼睛，用力捏著被單，用顫抖的聲音低聲說道：

「……拯救汝的那股力量，也是篡奪自汝。所以妾身才下定決心，不吸取任何人的血憶也要拯救汝……但妾身終究只是個不從他人身上奪取能力便一無是處的吸血鬼（怪物）。」

「……為了我，妳放棄吸取血憶……」

聽見這段類似告解的獨白，你理解了吸血鬼的心境。

能力吞噬者阿爾緹莉亞一直都知道你把她當作怪物看待。她透過自己的血憶吸取能力得知你並不信任吸血鬼真祖。

所以阿爾緹莉亞為了向你證明自己的愛是真心的——

選擇不從他人（你）身上奪取力量，用失去不死特性的身體來面對石化黑椿。

「……所以妳覺得我被迫使用護符的魔力，會很生氣嗎？」

「因為……因為妾身知道。汝之所以寸步不離身地帶著這護符，就是因為這是代表父親教誨之信物。明知如此，妾身卻……妾身卻……！」

「……聽我說，阿爾緹莉亞。妳的確沒說錯，我很珍惜這個護符。再也見不到父親的容顏，我是很悲傷。可是我……」

「果……果然如此！汝珍惜那護符勝過妾身！所以在那本《書》的序章，汝才沒有使用封印於護符中的魔法！」

「我……我只是當時沒有想到而已！」

在這個故事的開頭，遭到殺人魔襲擊的你並沒有使用護符的功能。

雖然在沒有魔力迴路的狀態下就算發動護符，狀況恐怕也不會有所改變……但她似乎因此認為自己在你心中的地位低於令尊的護符。

「……都……都是妾身的錯！抱歉吶，妾身向汝謝罪……！」

「聽我說啦阿爾緹莉亞！我已經不會再把妳當成怪物了……！」

「妾身道歉，所以！所以求汝別厭惡妾身！」

看著鮮紅色的眼裡盈滿淚水，拚命哀求自己的吸血鬼——

「真是的……我知道了啦，妳冷靜一點，笨蛋吸血鬼！」

你用手指彈了一下阿爾緹莉亞的額頭。

「啊嗚！……好……好疼呀！汝怎麼如此對待妾身的額頭吶！」

「誰叫妳一直說蠢話！我一點也沒有後悔自己救了妳！這是我自己決定的事，妳沒有責任！」

「汝……汝……呼唔！」

你抓住膽怯的阿爾緹莉亞的肩膀，對她正面宣示：

「我認為妳比父親的遺像更重要！所以我才會使用護符的魔力！這不是妳的錯，是我自己想要這麼做的！」

這個世界上僅存兩份的父親遺像對你來說確實很重要。可是就算他的身影從記憶中消失，他的教誨也會繼續留存。

你決定遵從奧月戒的教誨，用信賴來報答阿爾緹莉亞的信賴。

「汝……妾……妾身……妾身……！」

「如果要用說的妳才懂，我就說給妳聽！如果說了還是不信，就吸我的血吧！」

你粗魯地把阿爾緹莉亞抱了過來，把自己毫無防備的頸部湊到她的嘴邊。

為了把你的心意傳達給吸食他人的血液與記憶的「能力吞噬者」。

「阿爾緹莉亞，我已經決定要相信妳了。」

「……汝啊啊啊……！」

原本徬徨不安的纖細手臂緊緊地抱住了你的背。

「——妾身也是！妾身也相信汝！自從受汝所救的那天開始，妾身就一直一直相信著汝！嗚咕……嗚嗚嗚嗚……！」

「……不要哭啦，笨蛋阿爾緹莉亞。鼻水都要沾到我的襯衫了啦。」

「囉嗦！既……既然是出自可愛的妾身，就連鼻水也可愛！況且可以用《摺紙》製作新品，這件衣服已經不需要了！」

阿爾緹莉亞繼續把鼻頭埋在你的衣服裡，用臉頰來回摩擦布料。

……圖書迷宮的銀夜，能力吞噬者阿爾緹莉亞。她一直活在名為不死的永恆孤獨中，他人的信賴一定具有十分特別的價值吧。

「汝……汝……！」

「……這樣妳應該懂了吧，阿爾緹莉亞。只要是為了妳，我根本不在乎護符。只要是為了報答妳的恩情，就算失去父親的魔力也沒關係。如果妳還是很在意護符的事，我可以乾脆從窗戶把它丟掉。」

「那……那可不行！與其丟掉，不如由妾身接收！」

「妳要接收……我就算了，妳帶著它也沒有意義吧？」

「有意義！」

你看了一眼房間裡的採光窗，阿爾緹莉亞就焦急地叫著抓住護符，為了防止被你搶走，她輕輕把護符放到胸前。

「……過去妾身奪取自汝之物，雖無法全數歸還，但還望汝收下。」

阿爾緹莉亞輕聲說道，溫柔地吻了水晶護符。

「……此時此刻起，這護符便是妾身的愛之信物。」

叮！一個高亢的聲音響起，她在護符中注入了從你那裡奪來的魔力。

「……妳把魔力注入到護符裡……」

「汝……若汝願相信妾身，就稍微低下頭吧。」

阿爾緹莉亞拉著破裂的金屬鍊兩端，這麼呼喚你。她將從你身上吸取的銀白色魔力重新注入了令尊的護符。

「妾身愛慕著汝，而汝信賴著妾身，以此為證。」

「……阿爾緹莉亞……嗯，我知道了。」

你察覺阿爾緹莉亞的意圖，恭敬地遵從真祖之命。

「……我再也不會懷疑妳的信賴了。即使記憶耗盡，面臨任何困難，我都不會忘記妳的恩情。」

為了回報捨命救了你的，這個善良吸血鬼的深深愛情。

「阿爾緹莉亞，我相信妳。」

「……嗯！」

阿爾緹莉亞聽見你的回答，心滿意足地點點頭——

然後把閃耀著銀白魔素光輝的水晶護符穩穩地繫在你的脖子上。

「……嗯呵，嗯呵呵♪這麼一來汝便屬於妾身了~♫是吧♡」

「……這個嘛，光是我還記得的部分，我就有兩次是被妳救了一命。我會好好報答這份恩情的。」

你溫柔地把阿爾緹莉亞放回床上，然後用手指撫摸戴在胸前的護符，確認它的觸感。

「變成吸血鬼的事，一開始讓我很絕望……可是既然妳是真祖，我當眷屬也沒有關係……這次我會成為能夠拯救妳的人。」

「嗯呵♪還真會討妾身歡心吶，這小子♪汝可真幸運♫這世上最為汝著想的，非本真祖莫屬吶♡」

「我……我覺得那是另一回事……可是，我的這條命是妳救回來的。如果妳願意相信我，我一定會回應妳的信賴。」

「欸嘿嘿♪要是敢忘了妾身，妾身就從制服裡猛扯那條項鍊，勒緊汝之脖頸！汝就作好覺悟吧♪」

「……好啦好啦。我會當作重要的記憶，確實記錄到《書》裡面的。」

「嗯呵呵♡既然這麼決定了，就趕緊找出《治療記憶障礙之書》，讓汝得以永遠與妾身相伴吧♪好了好了，為了明日的探索，準備就寢吧！」

「不不不，就算已經變成吸血鬼，我在這個時間也睡不著啊。因為還在禁足期間，所以不能出門，但還是可以確認明天的裝備……呃，阿爾緹莉亞？妳為什麼要拿棺材出來？」

阿爾緹莉亞對你的話充耳不聞，從自己的影子裡拿出一口棺材。沉重的巨大的棺材震撼了整個房間，因為這陣衝擊而應聲打開。

「嗯？說到棺材，當然是用來睡覺的地方了，汝在說什麼吶？」

「……對喔，吸血鬼的睡眠好像真的是這樣……」

是的。人類和吸血鬼對「睡眠」的定義有非常大的不同。

人類的睡眠是讓大腦的活動進入休眠以消除疲勞的行為，而吸血鬼的睡眠則是以自己出生地的土壤為媒介來恢復魔力的行為。

「喏，汝也有自己的棺材吧？趕緊躺進去吧♪」

「我才沒有什麼棺材呢。而且吸血鬼不是要睡在自己出生地的土壤上，才能恢復魔力嗎？」

「雖比不上土壤，但只要有媒介能與出生地產生魔力連結即可。以汝來說……喏，那個旅行箱不就很合適嗎？」

「就算我的旅行箱很大，也不可能躺在裡面睡覺吧！……啊，等……等一下阿爾緹莉亞，為什麼要把我的肘關節──好癢！好癢……住手啊！」

大概是她剛才為你戴上護符的時候經由體溫吸取了你的臂力吧。你的全身爆出一陣癢感，在轉眼之間被摺疊成輕巧的尺寸。

喀啦喀啦，啪嘰。

＊對你來說很重要的知識＊　吸血鬼可以被活生生地塞進旅行箱裡。

「嗚嗚嗚……！竟然落得要睡在旅行箱裡的下場，我恨殺人魔……！」

被收納到小空間裡的你在狹窄的棺材中潸然淚下。就算是從真祖那裡得到不死之身的代價，竟然要被勉強折疊全身的關節，難道命運女神跟你有仇嗎？

（這下不只是《治療記憶障礙之書》，我還需要《解除吸血鬼化之書》！我明天一大早就要進入迷宮，去父親的書齋一趟！）

你緊緊握起（不知為何）被塞到腳踝和耳朵之間的拳頭，這麼發誓。

想要從關節的癢感中解脫，在床舖上安眠，你就必須脫離吸血鬼的身分。如果是身為偉大博士的令尊所設立的探索據點——位於迷宮深層的書齋，或許還留有《能將你變回人類的書》。

話雖如此，今天的你受到禁足，無法使用升降機，要等到明天才能開始探索迷宮。考量到被老師發現的危險，你也不能為了準備而在「藥草院」四處走動。說到你能為明天所做的事，就只剩下好好睡眠以恢復體力了。

（……雖然時間還太早，我不覺得睏……但考量到剩下記憶(頁數)，明天的探索絕對不能失敗……為了回報阿爾緹莉亞的恩情，我一定要取得《治療記憶障礙之書》，解除這個詛咒！）

你在心中這麼發誓，在旅行箱裡閉上眼睛。

明天是迷宮探索日，一定會是非常忙碌的一天。請好好休養以恢復體力，從圖書迷宮的黑暗深處取回令尊的藏書吧。

◇　◇　◇

【距離喪失記憶　還剩三百三十一頁】

隔天清晨六點。

你將探索迷宮所需的物資全部塞進背包裡，來到距離第三宿舍塔最近的老舊機械式升降機的門前。

你要出發去令尊在圖書迷宮中設立的書齋，尋找《治療記憶障礙之書》。

「……呼……呼……呼……總算是……爬到……升降機這裡了……」

你放下緊緊勒住肩膀的行李，吐出一大口氣。這是你的主觀記憶中第一次的迷宮探索，所以你似乎太過慎重，帶了太多的行李。

「呼……我好像帶太多裝備了。如果可以把影子的世界用來收納，這麼大量的行李也可以輕鬆攜帶的。」

〈嗯嗯嗯，嗚嗚……〉

被陽光照到的銀白色蝙蝠在你的制服連衣帽中發出不耐煩的呻吟。

或許是性喜陰暗處的吸血鬼體質使然，阿爾緹莉亞也非常不擅長早起。

「……唉。既然沒有影子收納可以使用，我應該先去魔導書店買本《收納行李用書》才對……」

說得也是。進入迷宮的愈深處，要取得物資和糧食就愈困難，因此《收納書》對探索者來說是不可或缺的裝備。如果可以的話，最好能夠事先購買，但可惜在極東的島國鮮少有機會能夠買到《書》。

「而且自從抵達圖書館都市，我一下子被殺人魔殺死，一下子被變成吸血鬼，連去魔導書店的時間都沒有……喝！」

你推開升降機的安全門，把行李扔進載貨廂內。這麼一來到終點站為止，你都可以不必忍受背帶陷進肉裡的癢感了。

「呼……雖然離宿舍最近，這個升降機還真是老舊。」

你反手關上金屬棒組成的蛇腹式手動門，環顧升降機內部。

空間狹小的載貨廂地面上累積著薄薄一層灰塵，會留下鞋底踩過的痕跡。青銅製成的操作面板上到處都有綠色的鏽，顯示出升降機歷經的重重歲月。

和主教學塔的大型升降機相比，這座升降機似乎沒有什麼人在使用。

（……樓層的標示不是燈號而是齒輪式，就連緊急停止裝置也是用腳踢開的類型……既然沒有鎖起來，我想應該還能運作……）

「……嗯～總覺得讓人很不放心。」

你感覺到一抹不安，再次確認生鏽的蛇腹式手動門是否有鎖好，然後按下老舊的倒三角形下降鈕。

嘰……尖銳的摩擦聲剛響起，升降機便伴隨著輕微的衝擊開始下降。

老舊又低速的機械升降機通過了教學塔內的幾個樓層，然後進入一段漫長的黑暗區間。

斷斷續續地震動了一陣子後，你的制服領口處開始蠕動了起來。

〈嗯嗯嗯……汝，咱們是否已抵達迷宮底部……？〉

「……早安，阿爾緹莉亞。我們才剛搭上升降機，妳繼續睡沒關係。」

〈呼……嗯，妾身也差不多該醒了……〉

銀白色的蝙蝠揉揉自己的鼻頭，用超音波這麼低語。填滿升降機的黑暗對吸血鬼來說正好是早晨的朝陽。

〈……嗯嗯嗯，汝是何時將妾身放進制服中的呀？這升降機又將通往何處？〉

「這個嘛，應該是通往迷宮沒錯。可是從這個速度看來，應該不是可以一口氣抵達迷宮深層的路線。」

〈怎麼，只能前往淺層呀……唔，妾身好不容易消除睡意，總是一片黑暗實在無趣。

「藥草院」的升降機竟如此緩慢。〉

「這也沒辦法。教學塔的高速升降機應該更快，可是要我揹著這麼大一包行李走完那段空中迴廊，簡直就是地獄。」

〈唔，汝總算要開始探索迷宮，氣氛卻似乎稍欠感動吶……〉

「……也是啦，雖然我也以為歸鄉會更令人感動，但我可不是為了觀光而進入迷宮的喔。」

尚未完全清醒的蝙蝠閒得發慌，輕咬你的頸部。的確正如蝙蝠（阿爾緹莉亞）所說，升降機井內部瀰漫著霉味又寒冷，並不會讓人萌生探索迷宮的期待感，反而是加強了陰鬱的不安。

你正要前往的地方是偉大博士曾當作據點使用的書齋。雖然比發掘中的最深層稍微安全一點，但依然是個危險的樓層。

（……即使如此，那個書齋可能還留著跟五年前的真相有關的線索。父親所留下的藏書中或許會有能治療記憶障礙和吸血鬼化的《書》。圖書迷宮雖然危險，但一定值得一探究竟……！）

你用手指觸碰胸前的護符，鼓舞被不安感籠罩的心。

你之所以會離開遙遠的故鄉，不惜與家人離別也要回到亞歷山卓，就是想從圖書迷宮中尋得過去，為了在令尊遇害的這個地方找出那個慘劇之夜的真相。

「……我一定會找回來。找回我失去的記憶和魔法，還有五年前的真相。」

如果圖書迷宮的黑暗深處，奧月戒遭到暗殺的那間書齋裡有《治療記憶障礙之書》、《找回真相之書》、《成為偉大博士之書》正在等待著你——

你就必須跨越任何困境，爭取到那些《書》。

〈嗯，正是這股志氣！身為妾身之眷屬，可不能畏懼黑暗吶！〉

「是啊。好不容易回到圖書迷宮，我可不能連真相都沒有查出來就失去記憶而死……而且我也不能讓妳孤單一個人。」

〈呼嗯！……沒……沒錯。汝屬於妾身，妾身不許汝擅自喪失記憶！喏，確實作好探索的準備吧！既便是這座緩慢的升降機，也差不多即將抵達迷宮的黑暗深處……嗯？〉

阿爾緹莉亞突然停頓下來，低頭看著升降機的地板。

〈……周……周圍是否開始亮起來了吶？〉

「咦？」

你跟著阿爾緹莉亞的視線往下看，發現黑暗的升降機井深處透出些微的光線。往黑暗的迷宮下降的升降機竟然有光芒從下方照射上來，情況相當異常。

「奇……奇怪了，這座升降機應該會通往迷宮啊……好癢！」

從載貨廂的縫隙照射進來的光線讓你的吸血鬼皮膚產生一股刺癢感。

這是**陽光**。

「陽……陽光？我們明明早就已經進入地底下了！」

〈汝……汝，不對勁吶！陽光豈能照進迷宮內──〉

吸血鬼因突然出現的陽光而驚慌失措，正要開口對你說些什麼──

轟！

原本陰暗的視野一口氣明亮起來，**高掛天空的太陽**燒灼了你的視網膜。

「唔！這……這裡是……！」

你勉強睜開因為感到刺眼而閉上的眼瞼。虹膜收縮起來減少光量——讓你的雙眼映照出飄浮在空中的壯麗諸島。

「……是……是『圖書館』……！」

看見眼前一片宏偉的景象，忘了呼吸的你低聲說道。

首先最令你驚訝的是地底下竟然有天空存在。有燦爛太陽高掛的天頂消失在無邊無際的蒼穹中，甚至可用霄漢一詞來形容。

以藍天為背景，有純白雲朵纏繞的美麗群島連綿至遙遠的另一頭。這些島嶼被長長的石橋連接著，遠遠的下方還可以看到鳥族的翅膀和一棟棟的民宅。

「浮嶽圖書館」——沉睡在圖書迷宮深處的多種「圖書館」之一。

這裡是連結地上城市和圖書迷宮的物流、商業與文化的中繼站。

探索公會「藥草院」的心臟，美麗的浮游島之都不斷延續到天空的盡頭。

「……我……我還以為升降機會抵達那個陰暗的『閱覽室』……！」

圖書迷宮中大部分都是正六角形的「閱覽室」，不過偶爾也會發掘到稱為「圖書館」的

大規模書庫。

「圖書館」全都各有特色，人們都用「刃鐵圖書館」、「黑森圖書館」、「瀑布圖書館」等別名來稱呼它們。而等到《書》的發掘告一段落，化為閒置土地的「圖書館」就會像「浮嶽圖書館」這樣，變成人們的生活空間。

「……『藥草院』的教學塔下面還存在著這麼大的空間啊……！」

鋼筋組成的升降機井外面有家禽化的獅鷲在空中載運著貨物，讓仰望著這片天空的你讚嘆不已。

一般來說，以氮氣和氧氣為主成分的天空要呈現出藍色，就必須有會引起瑞利散射的濃密大氣一直延續到三十公里高的上空才行。

可是年代久遠的低速升降機不可能只花十幾分鐘就下降到那麼長的高度。也就是說在這座「圖書館」，「距離」的物理法則是不成立的。

〈……超音波沒有反射。看來這座「圖書館」似乎有空間扭曲的現象吶。〉

「超……超音波？空間扭曲是指……？」

〈……以汝這般傻子也能理解的說法而言，圖書迷宮即為神域，地上那些狹隘的常識皆不適用。〉

「唔……總……總而言之就是空間很大吧？」

你脫口說出自己的疑問，就被阿爾緹莉亞當成笨蛋了。因為你的物理學知識不足以談論

天空的藍，所以你往下望去。

升降機通往的浮游群島有移動式攤販的七彩屋頂比鄰排列著。時間明明還不到七點……不，正因為是這種時段。整座城市到處都有正要前往迷宮深層的學生和探索者。

已經化為家畜的迷宮生物搬運著貨物，人潮在大街小巷中來來去去的景象簡直就像是血液在名為「都市」的巨大生命體之中流動。

如果地面上的教學塔是「藥草院」的頭腦，這裡就是「藥草院」的心臟。

「浮嶽圖書館」是將圖書迷宮的睿智散播給人類的經濟活動中心。

〈汝！既然島上有如此多的書店，或許也有《治療記憶障礙之書》……！〉

「嗯！我本來打算直接去父親的書齋，那就去書店看看吧！」

你懷抱著高漲的期待，繼續低頭望著「浮嶽圖書館」。

◇　◇　◇

【距離喪失記憶　還剩三百二十二頁】

老舊的升降機時不時被「圖書館」的風吹動，緩緩地往下降。你以同樣的速度遠離雲朵並接近大地，都市的喧囂也愈來愈大。

抵達終點站的升降機發出嘰……的摩擦聲後停止。

你結束了高低落差一百多公尺的旅程，終於踏上「圖書館」的土地。

「……我終於……終於回來了！我回到圖書迷宮了！」

在依靠魔力飄浮的島嶼邊緣，你踩著突出在空中的升降機總站的石磚，靜靜地吶喊。

你終於回到了五年來心心念念的圖書迷宮。

〈哦哦哦……！汝……汝，這兒似乎是販售魔導書的島嶼吶！〉

仰望著大街入口的拱型屋頂，阿爾緹莉亞高興地叫道。以燒製磚塊為底座的招牌上寫著「歡迎蒞臨書店島」。

飄浮在圖書館的大大小小的浮游島——浮嶽會以買賣的商品作大致上的劃分，這座有許多魔導書店的島似乎就稱為「書店島」。

（浮嶽『書店島』……人潮多得不輸給地面上的『藥草院』……！）

〈畢竟是圖書迷宮中，亞人比例也特別多吶！……哦哦！看吶汝，有飛馬拉著貨車

呢！〉

開著許多露天商店的書店島大街有大批人潮川流不息。

壯碩的探索者揹著鋼鐵大劍。想要用便宜的價格採購書籍的旅行商人正在與店員交涉。化為家畜的巨大八腳蜘蛛載運著大量的書，走過街道。

〈迷宮裡面有這麼多……不，正因為是在迷宮中，才會有這麼多魔導書店吧……！〉

〈簡直是人山人海吶……嗯，交易如此活絡的市集，或許也有流通《治療記憶障礙之書》！汝，趕緊到店裡逛逛吧！〉

〈……是啊，先到大街上走個一圈吧！〉

你順著人潮的流動，通過以羅卡爾風格來裝飾的美麗拱門。

道路寬達十公尺的書店島大街上有五顏六色的書籍堆積如山。這些都是從迷宮出土的魔導書或是複製的抄本。你從人牆的縫隙中依序逛著每家書店的店門口。

〈……《可作為柴火使用之書》、《生活雜貨之書》、《食用書》、《移動用書》……光是看招牌，好像大多是日用《書》。就算是圖書迷宮內部，說不定也沒那麼容易找到稀有的魔導書。〉

〈嗯，這兒的露天商店似乎皆以抄本為主。價格較為高昂的魔導書或許會慎重保管在店內深處的金庫。〉

從迷宮出土的魔導書會依照稀有度和功能來決定其市價。若是稀有度B以上的《書》，就算價格比金銀財寶還要昂貴也不足為奇。把那麼貴重的書籍擺在店門口是很危險的，所以找不到稀有的魔導書也很正常。

「……嗯～好像沒有《治療記憶障礙之書》或《抄本用書》。」

〈嗯嗯……想購得稀有《書》，也得去到一定程度的高級書店才行吶。汝是否認識哪家書店的店員？〉

（咦？如果是父親常去的書店，應該會有……可是我幾乎失去五年前的全部記憶了。）

令尊是被譽為偉大博士的迷宮探索者，所以也曾到沒有任何人能靠近的迷宮深層發掘稀有的書籍。其中的幾成也會流入一般市場，既然你是奧月戒的兒子，或許會有書店願意將稀有書便宜賣給你……

（……可是既然有必要隱瞞身分，我就不能提到父親的名字。）

〈嗯……應該少有書店願意為來路不明之輩拿出稀有書。不論何處，買賣最重視的都是誠信。〉

（而且也不是只要存錢就買得到。雖然我記得每個月都會有「藥草院」為父親管理的遺產匯到我的銀行帳戶……）

〈恐怕也買不起《抄本用書》吧。〉

是的。《製造抄本之書》這種稀有書，一本的價格就足以買下一棟房子。就算存款足夠，考量到遇上失竊和詐欺的危險性，應該也不會有書店願意和生客作生意。

〈……沒辦法了。總之先買本《收納書》如何？〉

（也對，這麼重的行李快要讓我癢到受不了了。）

你靠近堆積著《收納書》的小山，環顧四周。

根據重量區分，店裡販售著《可容納五公斤之書》、《可容納二十公斤之書》、**山羊般烏黑光亮的犄角**、《收納液體也不會潮濕之書》。

「……嗯？」

你覺得好像有什麼奇怪的東西經過你的視野，於是再度掃視周圍。

店裡販售著《可容納五公斤之書》、《可容納二十公斤之書》、**看起來非常眼熟的漆黑犄角**、《收納液體也不會潮濕之書》。

「……喂，殺人魔，妳在那裡做什麼？」

「呀！」

一個叫聲從書堆後傳來，原本露出的角就馬上縮了回去。你大步走向角消失的地方，粗魯地把手伸了進去。

你抓住表面粗糙的棒狀物體並硬拖出來……

「——啊嗚嗚！你……你在做什麼呀，奧月同學，好痛呀！」

不出所料，躲在書堆後面的人正是殺了你的殺人魔。

〈殺……殺人魔ㄚ頭！〉

「果然是妳啊……！喂，殺人魔，妳到底在這裡做什麼！」

「請……請請……請放開我！角要折彎了！好痛呀！」

殺人魔使勁晃動頭部，甩開你的右手，卻用力過猛而跌坐在地上。角或許是她的弱點，哀怨地仰望著你的群青色雙眼滲出了淚水。

「嗚嗚，太過分了，為什麼要亂抓我的角！」

「我才想問妳『為什麼』！妳是什麼意思啊，殺人魔，為什麼要躲在暗處監視我！話說回來，為什麼妳會知道我在哪裡！」

「那……那是因為我在距離你的宿舍塔最近的升降機埋伏然後跟蹤……」

「阿爾緹莉亞，我們快逃！」

「不……不是的！我沒有打算繼續和你戰鬥！」

一聽見對方坦白自己的跟蹤犯行，你馬上作勢逃走，殺人魔就慌慌張張地否定了戰意。

既然她沒有打算戰鬥，究竟為什麼要跟蹤你呢？

「拜……拜託你聽我說！我之所以會跟蹤你，是因為那個……我……我想向你道歉！」

「啊？道歉？」

〈……還以為這丫頭想說什麼呢，道歉？簡直瞧不起人……！〉

聽到和殺人魔最沾不上邊的「道歉」兩個字，你們不以為然地嘆了口氣。難道她真的是為了懺悔自己的罪過，才會尋找你的嗎？

〈非也！汝，此人可是前天夜晚襲擊本真祖，昨日更差點將汝逼上死路的敵人。即便與汝父有緣，也絕非值得信賴之人！〉

（……是啊，我也持相同意見。我不知道她和父親是什麼樣的關係，就算是五年前受到父親認可的人物，現在也不見得是值得信賴的人！）

你一邊擺出準備抽取魔導書的架式，一邊低頭望著殺人魔說道：

「殺人魔，我不相信妳說的話。就算妳現在才想要道歉——」

「我很抱歉！」

殺人魔打斷了你的話，在「圖書館」的巷子裡對你磕頭。

「什麼？」

「我很抱歉……我很抱歉！」

「咦，殺……殺人魔……！」

面對殺人魔這氣勢逼人的下跪謝罪，你無法掩飾自己的動搖。你還以為情況會像是在迷宮深處遇見她的時候一樣，有三十九支石槍朝你飛來……

「對不起，奧月同學，對不起……！」

「呃，殺人魔？妳在這種地方下跪只會給我添麻煩啦！在魔導書店前讓別人趴在地上道歉，反而會讓我看起來像是壞人耶！」

「可……可是那樣我會過意不去的！我受了奧月老師的救命之恩，卻親手用魔法傷害了老師的公子……！」

「肉體的傷害還可以再生，可是妳卻讓我變成一個在人來人往的地方要求女生下跪的傢伙！這會讓我背負永遠好不了的社會性創傷吧！」

「嗚哇，那個男學生竟然在這種地方要求女生下跪……」、「……真是個渣男。」

「妳看吧，就跟我說的一樣！」

「可……可是根據我昨天在書店買的可疑文獻，這種下跪方式才是日本國最高等級的道歉方式……！」

「那是騙人的啦，妳都知道很可疑了還信！我受夠了，妳給我過來！」

「咦……哇……呀啊！」

你靠近殺人魔，粗魯地抓住她的左手臂，拉她站起來，然後把她帶進無人的小巷裡。就算要推測殺人魔的真意，在周圍的冰冷視線注視之下也沒辦法靜下來好好說話。

「唉……我說殺人魔，比起只模仿形式的下跪，重要的是妳有沒有心要道歉吧！如果妳真的感到抱歉，就不要用形式，而是用行動來展現！」

「……既……既然你說要用行動來展現，意思就是要我『脫』吧……」

「才不是！為什麼妳的思考方向這麼奇怪？是因為我把妳帶到小巷裡嗎？要是被路上行人誤會，會讓我無法繼續在社會上生存的！」

你感覺到（社會性）死亡的恐懼，打斷殺人魔所說的話。

從昨天的魔法戰鬥就可以略知一二……這名殺人魔似乎只要陷入恐慌，就會極度欠缺思考能力。

「真是的……如果妳真的有心要道歉，就先說明一下吧殺人魔！妳說妳被我父親救過，前因後果到底是怎樣？」

「……好……好的……」

不知道該不該解開胸前鈕釦的殺人魔一邊動著手指，一邊緩緩回答你的問題：

「……六年前，我被趕出家門，在迷宮裡徘徊，是老師救了我。」

「啊？被趕出家門……咦！妳本來是孤兒嗎！」

「……是的。我說的家指的是我出生長大的『聖堂』。你應該也知道，『聖堂』對亞人採取的是非常徹底的種族歧視主義。」

「聖……『聖堂』……！」

——所謂的「聖堂」，就是在這座圖書館都市爭奪霸權的四大勢力中的**第一名**。

它也是最為古老，最為強盛，最為龐大，而且最為腐敗的迷宮探索公會。

「只要混到任何一滴亞人之血，就不承認該人的一切人權」這種極為徹底的種族歧視主義除了少部分的純人，是所有公民厭惡的對象。

「既然是出生在『聖堂』，六年前被趕出家門……那……那妳是因為被自己的家人歧視，才會離開『聖堂』的嗎……？」

「……是的。」

「……！」

你想像起殺人魔的過去，下意識地移動視線。

殺人魔的頭部兩側有一對犄角從金髮中長出。這證明了她與純人種族有著不同的祖先，是稱為亞人的「受歧視種族」。

（……竟然被自己的家人歧視，原來這傢伙過著那麼悲慘的人生……）

「……如果沒有被奧月老師收留，我早就在迷宮的黑暗深處被迷宮生物吃掉了。」

「……是正在探索迷宮的父親正巧經過那裡嗎……？」

「是的。奧月老師很同情被親人拋棄的我，教我使用魔法，最後甚至說願意收我為養女……」

「什麼？收妳為養女……這麼說來，妳原本有可能變成我的妹妹嗎！」

「……如果是那樣，我就不會因誤解而殺死你了……可……可是六年前，老師肩負著非常重要的任務，所以我……嗚……直到那項任務完成前都被寄放在『藥草院』……！」

（……六……六年前，的確和父親很忙碌的時期一致……！）

多麼諷刺的命運啊。殺了你的犯人過去曾受令尊所救，原本就要成為你的妹妹。

要不是因為五年前，偉大博士奧月戒被身分不明的歹徒暗殺的話。

「——我！我被偉大博士救了一命，本來應該繼承奧月老師的遺志，當個拯救眾生的博士候補生！可是我卻……我卻……奪走無辜者的性命，讓你變成了吸血鬼……！」

「……父親的……遺志……」

聽到奧月戒的遺志這句話，你的心臟隨之脈動。

「受偉大博士所救的自己有義務要像偉大博士一樣拯救人們」。這和你這五年來持續懷抱的責任感是完全相同的。

（……父親的徒弟變成了殺人犯，我一直都無法信任她……可是聽了她剛才說的話，我覺得其中的確包含了父親的教誨……）

失去最愛的父親，陷入失意深淵的你一直以來的心靈支柱就是偉大博士所留下的教誨。

你想要成為不辱父親之名的人，這份意念鼓勵著你度過了無數個絕望的夜晚。

正如你重視父親的教誨——殺人魔似乎也想要以自己的方式報答奧月戒的教導。

（……如果剛才那些話是真的，這傢伙或許二度失去了家人……失去了重要的依靠……她的痛苦搞不好比我還要強烈。）

失去了父親後，你還有家人能作為內心的支柱。

你能夠忍受奧月戒之死所帶來的絕望，為了追求真相而持續努力五年，也是因為令堂和妹妹成為你的精神支柱，隨時陪伴著你的關係。

可是她——被趕出『聖堂』的亞人少女無依無靠，總是隻身忍受深深的孤獨與絕望，不斷鑽研魔導領域至今。

若非如此，年紀輕輕的她根本不可能磨鍊出足以自由操縱中高級魔法的魔導造詣。

「……我背離了老師的教誨……奧月同學，如果你不願意原諒我，那我……我……！」

「……」

你緊閉雙唇，沉默地注視著陣陣抽泣的殺人魔。

被家族拋棄，失去棲身之處，在「藥草院」這個未知的探索公會磨鍊魔導能力。對年僅十歲的少女來說，這恐怕是三言兩語難以形容的苦難之路吧。

（……這個殺人魔或許也跟我一樣，一直忍受著孤獨；雖然畏懼失去摯愛的傷痕，還是拚命假裝堅強，一路追求真相到現在。）

這名少女用雙手抓住椅角，膽怯地縮起身體的模樣，一點也不像是以殺人為樂的瘋子。

雖然差點二度殺死你的行為實在難以原諒……但如果這是受到失去恩師的傷痛，不斷尋求真相之後所犯下的過錯，那麼你就再也沒有理由責備她了。

「……妳真的有在懺悔自己的罪過嗎？」

「再怎麼懺悔都不夠……！我竟然把老師交給我的魔法，擊退邪惡的力量拿來對付無辜的你……！」

殺人魔十分後悔，用顫抖的聲音懺悔自己背離老師教誨的行為。

她的魔導造詣遠遠凌駕於「藥草院」的一般學生之上。磨鍊出此等才能的意念絕對不會是來自殺人的狂喜或是對力量的渴望。

憧憬著名為奧月戒的偉大師父、與你相同的理想──

被趕出「聖堂」的少女應該也努力活過了和你相同的五年。

「……妳叫什麼名字？」

面對跪在地上表示慚愧之意的**前**殺人魔，你突然問起她的名字。

「嗚……嗚……？我……我的名字，昨天就已經在教室裡說過了……」

「所以妳再說一次吧……我想妳至少不會是個以殺人為樂的人。既然這樣，叫妳『殺人魔』就違反奧月戒的教誨。」

「奧……奧月同學……可是我……我殺了你……」

「妳差點殺了我和阿爾緹莉亞，這當然不是光靠口頭道歉就可以得到原諒的事。但既然妳繼承了偉大博士的教誨，一定會努力贖罪。」

沒錯，人有時候總是會有意想不到的失敗。身為偉大博士的令尊看見反省自己的罪過並努力改正錯誤的人，應該也不會繼續責怪對方吧。

身為繼承奧月戒之遺志的人，你認為自己應該接受她的道歉。

「以妳的名字發誓吧，發誓『絕不再重蹈覆轍』……這麼一來我也不會再把妳當作殺人魔了。」

「……奧月同學……」

過去被當作殺人魔看待的少女聽到你的話，稍微搖晃著目光，然後用雙手拭去眼眶的淚水，毅然抬起頭。

「……我是艾莉卡．K．K．奧斯特拉爾……我一定會為殺了你的行為贖罪……！」

然後她用堅決的語調輕聲說出自己的名字。

「艾莉卡是嗎……嗯。那我以後會叫妳艾莉卡而不是殺人魔，妳也不要再叫我吸血鬼了。我從來沒有吸過任何一滴血，而且我還有奧月綜嗣這個名字。」

「我……我知道，我從昨天開始就沒有再叫你吸血鬼了！」

你微笑著說完，（前）殺人魔艾莉卡就困擾地皺起了眉頭。

這麼一來你和艾莉卡就從用魔法互相傷害的「敵人」變成追求同一真相的「戰友」了。

既然如此，你也應該幫助她贖罪。

「……就是這麼回事，阿爾緹莉亞，這傢伙好像有在反省了。我也拜託妳，妳願意原諒她嗎？」

「咦？奧……奧月同學，你到底在跟誰說話……」

〈……嗯，既然眷屬決定原諒，身為真祖的妾身也無由責備了。〉

你一呼喚，銀白色的蝙蝠就從制服中爬出來，用鼻子哼了一聲。艾莉卡似乎光是如此就發覺到蝙蝠的真面目，因極度的恐懼而臉色蒼白。

「奧……奧月同學？那那……那……那……那隻銀色的蝙蝠該不會是……！」

「咦？啊，對啊。她就是妳昨天差點石化的銀夜，阿爾緹莉亞。」

「～～！」

你說出阿爾緹莉亞的身分，艾莉卡就驚訝得瞪大了眼睛，發出無聲的叫喊。也對，要不是失去了力量，艾莉卡攻擊的對象就是被譽為迷宮王者的吸血鬼真祖了，會感到恐懼也是理所當然的。

「啊！可……可是現在的真祖應該已經失去絕大部分的力量！想想……想想想……想要殺死我也是沒有用的！我的血一點也不好喝！」

「阿爾緹莉亞才不像妳一樣隨隨便便就想殺人咧……妳到底有多怕啊……」

你擺出傻眼的表情，把阿爾緹莉亞放回連衣帽裡面。好了，既然已經協議停戰並和解，就該重新開始尋找探索用的《書》了。

「……就是這麼回事，艾莉卡，我們還要準備探索，下次『藥草院』見了。」

「請……請請……請等一下，奧月同學！我可以和你一起探索迷宮！」

「啊？妳要一起來嗎？」

「是的！我會跟蹤你，就是為了要幫助你探索！因為我的誤會，奧月同學才會落得要尋找教科書的下場，我當然要輔助你了！」

「因為妳的誤會……所以妳才會埋伏我啊。」

看來艾莉卡為了對你表達歉意，一大早就到你可能會使用的升降機終點站守著了。

被鎖定了距離宿舍最近的升降機並尾隨在後，實在是一件相當恐怖的事……但你對迷宮探索不甚熟悉是事實，如果她想要贖罪，借助艾莉卡的力量或許也是不錯的選擇。

「妳願意幫我是很好……但妳也有自己的探索進度吧？」

「沒關係的。我每個月的第一個探索日都會固定到奧月老師的書齋悼念……奧月同學一定也是要去那裡吧？」

「……是嗎？我知道了，既然妳願意，就助我一臂之力吧。我剛才打算買《收納書》，可是還沒決定要買哪一本。」

「啊，既然這樣，我把我的送給你吧！我正好整理了一下裝備，所以有多出一本！」

「咦？啊，等一下啦艾莉卡，妳突然打開《書》要做什麼……」

你還來不及阻止，艾莉卡就從肩甲中取出《收納書》並翻開書頁，然後壓到你的背包上。啟動的《書》發出「咻啵！」的聲音，將沉重的行李收進了筆記本大小的《書》裡。

「唔哦！……不……不愧是《收納書》，好驚人的收納能力……」

「對吧？雖然容量大但頁數少，不嫌棄的話請收下吧！揹著那麼大一包行李，實在沒辦法在迷宮深層走動。」

「……謝……謝了。這下子我真的卸下了重擔。」

再也不用忍受雙肩奇癢的你把《收納書》夾進肩甲，試著跳了幾下。裝備的重量神奇地消失，可以像平常一樣輕快地行動。這麼一來就算受到迷宮生物襲擊，也不會因為行李過重而被追上了。

（……嗯。對無法使用魔法的我來說，《書》果然是不可或缺的。《收納書》裡面好像還有一些容量，或許還可以再買些別的東西吧。）

〈……唔。汝想和這小丫頭一起逛那條商店街嗎？〉

（咦，我不是想逛商店街，只是想買東西而已……阿爾緹莉亞，妳心情不好嗎？我做了什麼奇怪的事嗎？）

〈妾身並非不悅……汝真打算信任這小丫頭？〉

（不，雖然不是全盤相信她，但我的探索能力幾乎只能依賴《書》和裝備，我只是覺得有需要請她幫忙採購……）

「對了，奧月同學，你有準備探索時要吃的糧食嗎？就算你是吸血鬼，活動身體還是會餓的吧？」

「咦？啊……啊啊，說得也是。阿爾緹莉亞，妳有什麼想吃的東西嗎？」

〈血液！〉

「……嗯，我會讓妳喝一點我的血，不要去吸別人的血喔。」

「聽……聽到剛才的對話，我大概知道答案了……如果要找賣生鮮食品的市場，我建議到食品島看看。」

即使是「浮嶽圖書館」的食品島，能夠買到的血液應該頂多只有血腸……不過也好，試著到其他島嶼走走吧。

你通過書店島的大街，確認「浮嶽圖書館」的概略地圖後離開書店島，展開一趟從食品島到雜貨島的漫長購物路程。

〈……唔。看來前方的食品島似乎是個相當有意思的地方吶。〉

在巨大的石橋上，看到路上行人手裡拿的東西，蝙蝠阿爾緹莉亞很感興趣地悄聲說道。

從長拱橋前方的食品島走來的人們約每三人就有兩人的手中拿著看起來十分美味的紙裝小吃。

〈……咕嚕。唔唔唔，看起來真美味……〉

（這座橋前方的浮嶽好像有很多升降機。我記得父親曾說過，物流愈是興盛的地方，就會有愈多好吃的料理。）

在天空中延伸的橋梁前方有飄浮之島出現在雲層間，彷彿被散發著白色光輝的高載重升降機之塔固定在空中。

「……話說回來，這還真是驚人的建築技術……」

「哎呀，奧月同學是第一次見到高速升降機嗎？那些升降機的其中一座也有連結到『藥草院』的教學塔喔。」

「是喔？那麼那座浮游島就是這座『圖書館』和地面上的中繼站嘍。」

是的。這座「圖書館」之中最大的浮嶽——食品島也是在迷宮的淺層和深層之間搭起橋梁的無數升降機所形成的交通樞紐。集結「藥草院」的智慧所打造的超高速、超高載重的升降機群支撐了圖書館都市與圖書迷宮之間的龐大物流。

〈……通往地上之升降機突破天際，通往深層之升降機貫穿雲海呀……嗯，確實是連本吸血鬼真祖都不禁懷抱敬畏之情的英姿吶。〉

（嗯。畢竟升降機的建築歷史就代表了人類探索迷宮的歷史嘛。）

直到踏入這個樓層為止，人類花費了六世紀的時間，也犧牲了無數人命。萬人遭迷宮生物所殺，十萬人被巧妙的陷阱所傷，百萬人在複雜的迷宮中筋疲力盡；然後才終於在七十年前將升降機的一端連接到這片土地。

升降機正是人類歷史的紀念碑。能夠安全搬運大量物資與人員的超高載重高速升降機是迷宮探索的基礎，也是全人類的寶藏。

〈……好了，快走吧。這裡是圖書館都市四大勢力中第三名的「藥草院」引以為傲的物流市集，一定有好吃的食物。買些東西來吃，阿爾緹莉亞應該也會高興的。〉

〈唔！妾……妾身可不是小孩子吶！豈會因為一點食物就高興……嗅嗅嗅……食物的氣味愈來愈濃了吶！〉

「嗯？……啊，真的耶。有一股麵粉的味道。」

你一邊仰望著高聳的升降機一邊走著，就快要抵達長拱橋的底端了。銀白色的蝙蝠用鼻子不斷嗅聞，接著你的吸血鬼鼻子也聞到了融化在空氣中的食物香氣。

你抵達了「浮嶽圖書館」之中最大的浮游島——食品島。

〈哦哦……！書店島就相當有活力了，這座島卻更為熱鬧吶！〉

「原來如此，味道就是從這裡飄出來的啊……！」

你和銀色蝙蝠一起走完拱橋，充滿活力的喧囂和炭火的煙迎接了你們。占據了橋頭附近的許多攤販正在使用木炭的火或《火書》來料理食材。

將獸肉捲在鐵棒上燒烤，再用長菜刀切下來食用的烤肉料理。在養殖雞蛇的身體裡塞入香草，烤得外皮香脆的大型烤雞。

使用冰凍魔法製造冰塊，再磨碎並淋上水果糖漿做成的刨冰。用水調製麵粉漿，倒在鐵板上煎成薄片，再包入牛類迷宮生物的乳製品和果實的可麗餅。

用史萊姆和紅豆一起燉煮而成的紅豆湯。在長著多隻腳的海生軟體動物上塗抹魚醬，烤得香氣四溢的海鮮燒烤。

擠滿了多種攤販的食品島入口就是因為到處都有各式各樣的吵雜聲，才能更強烈地凸顯出民眾的生活感。

「……這裡就是食品島，『藥草院』的廚房……！」

〈到處都是我沒見過的食物……！這整座浮游島竟然都是食品店，到底流通著多麼大量的物資啊……！〉

「這附近的店是以攤販為主。雖然和探索迷宮用的糧食不同，不利於保存，可是味道應該更棒喔。」

〈唔……唔嗯嗯……！到處都是食物的香氣吶！〉

從制服的連衣帽探出頭來的阿爾緹莉亞那雙鮮紅色的眼睛正在閃閃發光。不過即使不是對人類文明很生疏的吸血鬼，應該也會為這個食品流通網感到驚嘆不已吧。

「藥草院」之下有八十萬名亞歷山卓市民。支撐其大量糧食流通與加工的精密食品流通網如果沒有集中在這座「浮嶽圖書館」的升降機群和出土自迷宮的「後勤學（物流管理）」相關知識，就絕對無法成立。

〈地表擠滿了人群，妾身還納悶汝等是如何支撐那麼龐大的人口……原來如此吶。就是

從這兒將取自「圖書館」的糧食運送出去的呀。〉

「圖書館都市繁華的祕密就在於圖書迷宮之中吧……！」

「沒錯。『藥草院』的經濟有超過六成都是從圖書迷宮發端的。」

使用升降機蒐集起來的生活資源會透過有翼種族的空運或超高載重升降機，從散布於圖書迷宮內的肥沃「圖書館」運送到圖書館都市的各個角落。

這座島上的每一家食品店不只是與民眾生活密切相關的零售商，整體來說也是具備批發商功能的食品流通網中心。

「愈想愈覺得規模真是太大了……嗯，總之請給我一份可麗餅。」

「啊，也請給我一份。」

「馬上來。」

〈什麼？可麗餅！〉

或許是因為想像幾百萬人的生活，你的腦細胞渴求著優良的糖分。被香甜氣味吸引的你遞出銅幣，店員就馬上為你捲好了一份可麗餅。

「我咬……嗯，又甜又好吃！」

〈啊！妾身都還未決定要吃哪家店呢，豈能讓汝獨享口福！也給妾身吃一口！〉

吸血鬼嫉妒你可以吃到現做的香甜可麗餅，於是從連衣帽中伸出了嘴巴。可是靠蝙蝠的口腔大小，要咀嚼大顆果實應該很困難。

〈啊唔……唔咕……呼嘎！唔唔！這東西可真不方便吃！區區水果也敢與吸血鬼真祖為敵！汝，趕緊攤開妾身的衣物！〉

（不……不要為難我啦。在人潮這麼多的地方，露出吸血鬼的模樣太危險了啦。）

蝙蝠氣憤得開始亂動，你按住她的鼻頭，這麼勸阻她。

〈噗啾！唔唔唔！妾身也要吃可麗餅！嘎嘎嘎！〉

（好癢！不要咬我啦，我有什麼辦法？妳是吸血鬼啊！）

周圍有許多家畜化的迷宮生物和外表奇特的亞人，銀髮少女走在街上應該也沒有那麼引人注目……但即使如此，這裡也是迷宮內部。你們也有可能碰巧遇見像偉大博士一樣的老練探索者。

如果「圖書迷宮的銀夜」歸來的消息被世人知道了，圖書館都市一定會掀起一陣恐慌。雖然很可憐，但你可不能讓阿爾緹莉亞上街走動。

（……就算我說妳不是壞吸血鬼，普通人也不會相信的。而且妳穿的衣服已經在昨天的戰鬥中弄破了……）

〈唔！那件交領衣有何問題！以妾身的姿色，穿什麼衣服都很合適！〉

（不，問題就在於很合適吧……）

開了大洞的絹紗非常欠缺社會性防禦力。雖然「圖書館」的治安應該沒有那麼差，但妙齡少女穿著那種衣服到處走，實在是太危險了。

（……而且讓別人看到阿爾緹莉亞的肌膚，會讓我莫名地生氣……）

〈嗯？……莫……莫非汝是在吃醋？〉

（唔……不要擅自讀我的心啦，我才不是在嫉妒！）

你把（不知為何）用高興的聲音這麼問的阿爾緹莉亞塞進制服的深處。再繼續跟阿爾緹莉亞講下去，你可能說不過她。

〈噗呀！唔唔唔！汝太奸詐了，不公平吶！……妾……妾身也想像人類姑娘一樣，「和情人邊走邊吃」吶。〉

（不……不不不，我又不是妳的情人！）

〈這……這是什麼話！汝屬於妾身，也就是妾身的伴侶！〉

（我也不是妳的伴侶！）

雖然你這麼拒絕了她……但把阿爾緹莉亞塞在制服裡，自己一個人享受美食的確讓你覺得有點不公平。

生活在圖書迷宮的黑暗中，只以血液為食的吸血鬼接觸到人類的豐富飲食文化，會「想要吃吃看」也是極為正常的反應。明明同樣是吸血鬼，卻只有你可以和艾莉卡一起吃可麗餅，被罵奸詐也是沒辦法的事。

（……這個嘛，雖然我也希望阿爾緹莉亞能夠開心……）

你因罪惡感而別開臉，走在街道上的男男女女便映入你的眼簾。這座食品島有許多升降機和餐飲店，所以也是情侶的休閒去處。

「……如果是跟喜歡的人在一起，只是走在街上也會很開心嗎……？」

「咦……奧……奧月同學？」

你的心裡湧現一種無以名狀的感情，讓你輕聲脫口而出。

在這座壯麗的浮游島，充滿活力的商業都市度過的時光對阿爾緹莉亞來說，一定也是一段悠閒的時間。與她共遊雲朵環抱的美麗街道，想必是極具吸引力的一件事。

（……和那些人一樣，我和阿爾緹莉亞一起……？）

「奧……奧月同學？你說跟喜歡的人在一起，指的究竟是誰……」

「──不行不行！我不能讓阿爾緹莉亞穿成那樣走在街上！」

「啊……」

你用力搖搖頭，硬是矯正了差點被情勢牽著鼻子走的思緒。

不能讓阿爾緹莉亞穿著開了大洞的衣服在街上走，這才是最根本的問題。而且石磚路面太過粗糙，不適合讓失去不死之身的真祖赤腳走在上面。就算要用《摺紙》製作服飾，你也對女裝一竅不通。

「嗯，既然沒有衣服就沒辦法了！這座島也沒有賣女生穿的衣服嘛！」

「……當然了，因為這裡是蔬果店呀。」

「呃，哇啊啊！」

聽到突如其來的一句話，你轉過頭，看見一名上了年紀的老闆娘用傻眼的表情嘆了一口氣。你無意間在這間攤販前沉思，被誤會成要買東西的客人了。

「竟然看著我這裡的商品想著衣服的事情，你好像很煩惱嘛……是在想你身邊這位女孩的事嗎？」

「咦？不……不是……！」

發現自己在別人眼中就是個對身旁的同伴視而不見，一個人自言自語的危險人物，你因羞恥而不知所措；這時老婆婆抓住了你的右手，把某種東西塞到你的手上。

你打開手掌一看……發現是一張寫著「全品項八折！」的紙張。

「咦……這是折價券嗎？」

「別說了，我都知道。年輕人的煩惱一定都跟戀愛有關係。」

「戀……戀愛嗎？」

「不……不是的！我對阿爾緹莉亞並不是……並不是那種感情！」

「咦？阿……阿爾……」

「……嗯，看來你和身旁這位小姐並不是那種關係呢……原來如此，那就是男人了吧。為了吸引喜歡的男人，你想要穿女裝吧？」

「絕對不是！」

看來對方已經不把你當成喜歡自言自語的怪人，而是為禁忌之戀煩惱的同性戀了。圖書館都市的性觀念似乎比日本還要開放許多……

「呵呵呵，開個玩笑啦。我心愛的女兒嫁進了一家服飾店，現在好像正在舉辦新婚紀念特賣。就跟折價券背面寫的一樣，從那裡往右走到盡頭，過橋之後就可以到那家店了。」

（特賣……糟……糟了！要是這段對話被阿爾緹莉亞聽到的話！）

你迅速把連衣帽蓋起來，但為時已晚。

〈——汝還在磨蹭什麼！難得有折價券，別辜負這位老婦人的好意！鄭重道謝，然後前往該服飾店！〉

（妳的年紀比她還要大幾萬倍吧……啊對不起我不該提到年齡的！我會反省！都是我的錯，不要殘害我的毛根！）

〈嘎嘎嘎！……敢再提及歲數，妾身就吸光汝之頭皮血流。〉

你在心中喊出謝罪的話，襲擊後腦杓的猛烈癢感就消失了。

既然所有的毛根都被當作了人質，你就無力抵抗了。而且阿爾緹莉亞是你的救命恩人，沒有理由地將她困在制服裡也有違道德。

「唉……沒辦法了，我會心懷感激地使用這張折價券。」

〈嗯呵呵！一開始就該這麼說了吶♪〉

「……奧……奧月同學？你想要幫那個最強吸血鬼買衣服嗎？」

「不買的話，她一定會不高興的……婆婆，謝謝妳的折價券。我下次還會來妳這家店的。」

「……竟然要幫吸血鬼買衣服……」

艾莉卡好像說了些什麼，但你卻不以為意。你向蔬果店的老闆娘道謝，走向連接食品島和雜貨島的漫長空中橋梁。

◇　◇　◇

【距離喪失記憶　還剩二百九十三頁】

「……呃，呃……我覺得我這個鄉下人好像不太適合來這座島……！」

〈呵呵，沒那回事吶♪畢竟妾身是都市派的吸血鬼吶♫〉

渡過石橋後來到的雜貨島和充滿生活感的吵雜食品島截然不同，瀰漫著瀟灑時髦的洗鍊都會感。

紅磚鋪成的街道打掃得乾淨整潔，沒有雜亂無章的露天攤販，取而代之的是經過修剪的路樹。應該是模仿從迷宮出土的建築樣式，商店街上排列著向外突出的玻璃櫥窗，可以看見裡面擺設的裝飾品。

（嗚嗚嗚，氣氛太時髦了，我覺得好不自在……！）

你被來自橋上的人潮推擠，走進商店街……但這是你在主觀記憶上第一次體驗到大都會的氛圍，所以你不禁感到喘不過氣。

〈哦哦哦！汝，這兒有好多衣服吶！太驚人了，是玻璃窗！能使用透明度如此之高的玻璃，肯定是不錯的服飾店！〉

「……看來這裡的店相當高級呢。」

「我……我開始擔心自己的錢夠不夠了……」

直到從圖書迷宮中發掘出新製法為止，製造玻璃都要使用到大量的碳酸鉀，也就是大量的植物的灰。雖然人們將出產自「白堊圖書館」的碳酸鈉和石灰岩添加到石英裡，市場價格便一口氣下跌……

（即使如此，能夠用在窗戶上的大型透明玻璃應該也很昂貴……）

〈沒想到從前是寶石的物品，現在卻用在窗戶上頭吶。或許因為是成本比例低的手工製品，服飾業似乎相當賺錢呢。〉

（我接下來也要貢獻金錢給這個行業了……）

你根據折價券背面所畫的地圖，在商店街裡走動。

在井然有序的計劃都市轉了幾次彎，你們來到雖然偏小，卻有紅色藤蔓薔薇裝飾的時髦拱門花架前。

（……阿爾緹莉亞，這家店看起來就很高級耶……）

〈無須擔心，咱們有打八折的折價券！汝，還不快進去！〉

你在阿爾緹莉亞的催促之下拉開門，門鈴便發出陣陣聲響。

店內被發光魔導書照耀得很溫暖，木製的人體模型和裝著長金屬棒的移動式衣架上掛著五顏六色的衣服。

（……好多成衣……原來圖書館都市的服飾店裡面是這個樣子啊……）

「歡迎光臨！……哎呀？呵呵，有可愛的客人光臨呢。」

從店裡深處現身的年輕女性對你露出柔和的微笑。記憶中從來沒有來過女性服飾店的你緊張得渾身僵硬。

「呃……呃，那個……」

「哎呀！那張折價券該不會是在食品島的蔬果店拿到的吧？」

女性店員看見你手上的折價券，和善的笑容變得更深了。她看起來大約二十五歲左右，一定是那個蔬果店老闆娘的女兒。

「呵呵，既然我媽媽會給你折價券，你是不是想送衣服給心儀的女生呢？是那邊那位金髮女孩嗎？」

「不……不，我是……！」

〈什麼？汝……汝！難道汝中意這個小丫頭！〉

「不……不是的！我剛才也被問了同樣的問題，但不是那樣的！」

「哎呀，那麼是要買給誰呢？還是說你呀～是來買自己要穿的衣服嗎～？」

「我剛才也聽過同樣的話了，並不是！」

你被開了同樣的玩笑。她毫無疑問是那個老婦人的女兒。

「哦呵呵，開玩笑的啦。你或許從我媽媽那裡聽說了，我們現在正在舉辦新婚紀念特賣。不嫌棄的話～讓我來找一件適合你的衣服好嗎？」

店員小姐露出開心的業務式微笑，打開自己抱著的《書》。服飾店所使用的魔導書究竟具備著什麼樣的功能呢？

「我……我剛才也說過了，我不是要找自己要穿的衣服……」

「這樣呀？……也不是要幫旁邊那位女孩買吧？那可以告訴大姊姊嗎？奪走你的心的～是什麼樣的女孩呢～？」

「我……我就說了，對方不是我的女朋友！……那個，跟戀愛沒有關係，我是想要買衣服給恩人……」

「呵呵，『恩人』呀？既然她幫過你，一定是個很善良的女孩吧？」

店員翻著手邊的《書》，一臉愉快地發問。她是喜歡服務業，還是喜歡戀愛話題，亦或是她所攜帶的《書》需要透過問問題才能發揮功能呢？

「……奧月同學，你對她有什麼想法呢？」

〈汝……汝是怎麼想的？妾……妾身善良嗎？〉

「我……我是覺得她很善良……可是阿爾緹莉亞和普通人有點不一樣。」

「嗯嗯，她是個奇特的女孩嗎？」

「……是的。她有時候比我還要成熟幾萬倍，有時候卻又會突然表現得像個小孩子，向我撒嬌……是個奇怪的人。」

〈……唔……唔唔……！〉

「哎呀哎呀，你想送衣服給一個奇怪的女孩呀？」

「可……可是！她是救了我一命的恩人！」

店員小姐的語調裡好像帶有貶低阿爾緹莉亞的意思，所以你馬上反駁。

「阿爾緹莉亞賭上性命救了我，所以只要是阿爾緹莉亞希望的事，我也想要盡量幫她實現……！」

「……呵呵呵，從你剛才的反應看來，她好像不單單只是個恩人喔～？」

「剛……剛才那是在捉弄我嗎！」

你發現自己被套話了，羞紅著臉反駁。可是店員小姐彷彿事不關己，只是露出壞心眼的微笑。

「才不是呢，開玩笑的啦！話說回來，『救命恩人』還真是浪漫呢。她可能是個非常善良的女孩……或是她其實喜歡你喔。」

〈唔嗯嗯！什……妾……妾身對……對汝……〉

「……吸血鬼對奧月同學……」

「哇哇哇！請……請妳不要再捉弄我了！」

「哦呵呵，抱歉。可是多虧你跟大姊姊聊天，找到最適合那個女孩的衣服了。」

「咦？」

店員小姐彈了一下《書》的內頁，突然走了起來。

在吊著無數成衣的店內，她游泳般地撥開衣架，用毫不猶豫的腳步直線前進……

「──《尋找適當服裝之書》。根據大姊姊和《對話型錄》的挑選，這件衣服一定會很適合你喜歡的女孩。」

接著她從幾百件衣服中抽出了一套洋裝。

「……！這……這個顏色……！」

「『深緋色』。這是用迷宮裡生長的血色花朵當作染料所製成的特別訂製布。」

店員手中攤開的連身式洋裝和阿爾緹莉亞的雙眸是同樣的鮮紅色。

血液般的色彩染紅了極細的纖維。帶著莊嚴孤傲之氣的漆黑讓人聯想到迷宮的黑暗。躍動與頹廢、鮮明和陰暗渾然一體的這種顏色彷彿暗喻著兼具童心與年老智慧的吸血鬼真祖的內在。

「有點貴是它的美中不足之處，可是看在你這麼可愛的份上，我再送你鞋子和小配件。啊，如果現金不夠，還可以用魔法支票支付喔。」

「這……這……」

布料和作工似乎都很高級，在空中搖曳的洋裝邊緣還用黑色繡線繡了細緻的蕾絲。傍晚月色般的紅色和薄暮般的漆黑就像映照出統御黑夜的不死之王「圖書迷宮的銀夜」本身。

你想像著阿爾緹莉亞穿上這件衣服的模樣，內心受到強烈的吸引。

〈……汝……汝？就……就算並非如此高級的衣物，妾身也無妨……〉

現在才開始客氣的阿爾緹莉亞的聲音也已經無法傳進你的耳裡。

阿爾緹莉亞穿上這件衣服一定會很合適。

這樣的想法支配了你的大腦，購買慾就像熱病一般驅使著你。

「請問要多少錢？」

「我……我想想，六德拉克馬打八折是……」

「我買了。」

店員小姐還沒有心算完，你就已經從錢包裡掏出金幣了。

「啊……嗯，等我一下喔。我還要選一下適合這件洋裝的鞋子和配件。」

或許是被你的氣勢震撼到了，店員小姐後退了一下，臉頰有些抽搐。

可是你買得很划算。從布料和作工的品質來看，這個價格絕對不貴，甚至可以說是很便宜……

而且這件深緋色的洋裝一定會很適合阿爾緹莉亞的。

「……呵呵。你的表情好像寫著『真想快點看她穿上這件衣服』呢。」

「咦？……啊，我……我沒有啊！」

「……奧月同學，你……」

被店員小姐看穿內心，你羞紅了臉。你滿腦子都是阿爾緹莉亞的事，想法似乎都寫在臉上了。

「……『只有人類會穿衣服』喔。因為『迷宮生物不需要衣服』。」

「咦？」

聽到店員小姐開始背誦詩詞般的句子，你稍微退縮了一下。

「畢竟『迷宮生物沒有衣服也無所謂』。聽說『因為人類很弱小，所以才會為了保護自己而穿上衣服。贈送服裝給女性是帶有特別意義的行為』。」

「請……請問妳在說什麼？」

「『送衣服給異性就代表了「想要保護對方」的意思』……這句話呀，是我先生向我求婚的時候說的關鍵臺詞。你覺得不錯的話也可以拿去用喔。」

「好……好專業……！」

看著店員小姐那溫柔和善的微笑，你的心臟緊緊地收縮了一下。

「贈送服裝給女性代表了『想要保護對方』的意思」。

如果這是真的，你或許已經不把阿爾緹莉亞當成最強的吸血鬼，而是當成一名異性看待。

（……我覺得阿爾緹莉亞是我『想要保護的女孩』嗎……？）

「……呵呵。人生苦短，戀愛吧少年！我幫你把衣服和鞋子跟配件都包好嘍。」

「是……是！」

你接過遞到眼前的紙袋，然後交出幾枚金幣。

你慎重地抱著裝有洋裝的袋子，跟著店員小姐的引導，從裝有鐵門鈴的店門走出去。

「謝謝惠顧。如果以後你的女裝癖覺醒了，要多關照這家店喔！」

「咦，才……才不會覺醒呢！」

你留下慢半拍的吐槽，離開了服飾店。

你就這麼晃進無人的小巷裡，環顧四周。

因為這裡的通道是櫥窗的另一側，所以完全沒有人經過。就算阿爾緹莉亞變身時冒出煙霧，應該也不會有任何人發現。

「……呃，我買了阿爾緹莉亞的衣服。」

「……是呀，的確買了。」

〈唔……唔嗯，妾……妾身繼續穿那件破了洞的衣服也無妨吶！〉

阿爾緹莉亞剛才明明不斷催促你，卻現在才開始害羞。你不理會不知所措的蝙蝠，從紙袋裡取出洋裝。

「……拿……拿去換上吧，阿爾緹莉亞。如果要用人類的模樣上街，一定要穿上這件衣服喔。」

〈唔……唔！竟……竟想看妾身當場更衣，汝簡直非禮至極，非禮至極！唔唔唔……呼呀，嘎嘎嘎！〉

「喂……喂，不要咬我的頭髮！就算說換衣服，也只是冒著煙變回人形而已吧！好了，我幫妳把衣服攤開，快點換啦！」

你捏著鮮紅色洋裝的一端，方便蝙蝠飛進衣服裡。

〈……若……若是敢說不好看，妾身便吸光汝全身的血液！〉

「我才不會！反正妳快點換啦，笨蛋吸血鬼！」

〈唔……唔嗯嗯……！〉

銀白色的蝙蝠用帶有猶豫的遲疑動作慢慢飛向洋裝。然後她用較強的力道拍動翅膀，順勢滑翔至布料中……

「喝……喝啊！」

砰！一陣煙霧和聲音出現，吸血鬼真祖現出了原形。

而不出所料——這件鮮紅色的洋裝非常適合阿爾緹莉亞。

「……！」

從銀色煙霧中現身的少女就像是走出繪畫的女神。

白皙肌膚散發著冷光，紅色的裙襬如火焰般搖曳。

布料反射了明亮的陽光，讓膚色染上微微的朱紅，使阿爾緹莉亞就像是全身都包圍著輕微的熱氣一樣。

用柔軟的皮革編織而成的涼鞋讓原本就纖細的雙腳看起來更優雅，附贈的黑色頸鍊彷彿束縛不死者的枷鎖。

（……好美……）

阿爾緹莉亞就像是——就像是一個人類少女。

「怎……怎樣？說句話呀，蠢材！」

阿爾緹莉亞羞澀地仰望著你，用細小的音量輕聲說道。

按壓著穿不慣的裙子下襬，阿爾緹莉亞忸怩地遮掩著身體，讓你感到心跳加速。微微暈染臉頰的朱色紅潤了原本屍體般慘白的肌膚，讓人不禁忘了她是與人類相異的吸血鬼真祖。

（……如果阿爾緹莉亞跟我一樣是人類的話……）

發了高燒似的混亂頭腦開始想像絕對不可能實現的假設。

（如果她不是人類的天敵，只是個普通人類的話……）

胸口深處緊縮似的抽痛了一下，讓你下意識地伸手觸碰護符。

圖書迷宮的銀夜，能力吞噬者阿爾緹莉亞原本擁有足以威脅人類的力量。等同於無敵的不死之身與魔導，以及能從所有生者身上奪取血憶的「究極之夜」對人類文明來說，恐怕是最大的威脅。

可是現在的阿爾緹莉亞已經失去了身為吸血鬼真祖的力量。

（……如果阿爾緹莉亞是危險的吸血鬼，就絕對不會把不死之身和《書》分給我這個普通人類，也不會賭上性命保護我不被石化……）

以常識來判斷，吸血鬼會拯救人類，一定是為了把人類當作傀儡加以利用。可是阿爾緹莉亞數度推翻了你的常識，拯救了你。

超乎常識的理由，吸血鬼救人的原因——

或許就證明了她的「愛」是戀慕之情。

「……阿爾緹莉亞……」

「怎……怎怎……怎麼？」

阿爾緹莉亞的纖細頸部嚥下一口口水。

「汝……汝若有事相求……那個，妾……妾身也可姑且聽聽。」

彷彿盛裝著血液的鮮紅色雙眸像是在期待著什麼，眨了眨眼。

你被她眼裡的澄澈光輝吸引，緩緩開啟乾燥的雙唇，正要向吸血鬼真祖的內心發問——

「奧　月　同　學　！」

艾莉卡低沉的聲音阻止了你。

「哇！啊，艾……艾莉卡……？」

「別……別突然插嘴呀小丫頭！氣氛正好呢！」

「……奧月同學，我們的目的是查出五年前的真相，成為像老師一樣的偉大博士……雖然我不知道你正打算說什麼，但你不該做出違背奧月老師的遺志的行為。」

「違……違背父親，我……我並沒有……！」

你覺得那雙深邃的群青色眼睛好像看穿了你的心思，不禁別開目光。

面對隱藏五年前真相的圖書迷宮，你沒有選擇迷宮探索用的物資，而是以阿爾緹莉亞的洋裝為優先。

你覺得艾莉卡似乎注意到了連你的內心都還不了解的理由。

（……我剛才到底想要問阿爾緹莉亞什麼……？……阿爾緹莉亞明明就跟我所要追求的真相沒有任何關係……）

「……唔唔唔！妾身生氣了！氣得七竅生煙吶！」

「哇！阿……阿爾緹莉亞，妳為什麼要生氣？」

「囉嗦，只會讓妾身白白期待！妾身好不容易穿上衣服，汝肯定是覺得不合適吧！」

「沒……沒有那回事啦！我反而是看得入迷……！」

「唔唔！看……看妾身看得入迷？」

「不不不其實不是啦！呃，對了，剛好有形狀稀奇的雲……」

「雲？難道雲比妾身的服裝更重要嗎！汝這傻子！呆瓜！木頭人！妾身生氣了，不理汝了！」

「抱……抱歉啦，阿爾緹莉亞！雖然我沒有看得入迷，可是以一般人的眼光來說很可愛！雖然我沒有看得入迷啦！」

「不理汝了！」

雖然你企圖平息吸血鬼的怒火，卻反而讓她更生氣了。阿爾緹莉亞散發著陣陣怒氣，往小巷外走去。

「等……等一下啦，阿爾緹莉亞，雖然不太懂，可是我道歉！都是我的錯！」

你慌慌張張地追上隨風飛舞的鮮紅色洋裝。

「咚～！」

從小巷的暗處衝出來的神祕影子以猛烈的力道撞上了你。

「呃噗！」

「……真是的，終於找到你了喵，奧月綜嗣！」

「好癢啊！我的鼻骨好癢……呃，卡……卡露米雅？」

襲擊你的神祕人物豎起一對貓耳朵站了起來。

「藥草院」的制服連衣帽下的臉孔正是班長卡露米雅。

「汝……汝沒事吧！」

「是……是卡露米雅同學嗎……？」

「為……為什麼卡露米雅會出現在這裡……！」

「為什麼？不知道的話就捫心自問喵！」

你按著鼻子發問，卡露米雅就像生氣的貓咪一樣豎起了毛髮。適合運動的熱褲後方有尾巴正在用力甩來甩去，不需要多說明也知道，這是貓族心情極差的時候會有的舉動。

「這個變態！變態！大變態！奧月竟然是這種人，我真是瞎了眼喵！你這個玩弄女生的花心男！」

「變……變態？等一下，我聽不懂妳在說什麼啊！」

「別想裝傻喵！我都親眼看到了！艾莉是病嬌，奧月是劈腿男，那個銀髮的女生是寵物對吧！」

「什麼！我是病嬌嗎？」

「妾……妾身何時變成寵物了吶！」

「她……她才不是寵物！到底要怎麼看才能得出那種結論啊！」

「想騙我也是沒有用的喵！昨天大家都是這麼說的喵！」

「大家……等……等一下！妳該不會是在說昨天的魔法戰鬥吧？」

說到這裡，你終於理解卡露米雅憤怒的原因。

昨天躲起來將你與殺人魔的魔法戰鬥從頭看到尾的卡露米雅——

「沒錯喵！知道了就乖乖認罪喵，你這個女性公敵！」

似乎把你誤會成十分邪惡的女性公敵了。

「等……等一下，這是誤會啊卡露米雅！那只是加油添醋過的流言啊！」

「嘶啊！奧月太惡劣了喵！打破和艾莉的約定，讓她傷心，還想要用身體安慰她，一下子在上一下子在下……色狼色狼色狼！」

「我……我有被用身體安慰嗎！」

「該被安慰的是我吧！加油添醋也該有個限度！」

「突……突然闖進來做什麼吶，這隻蠢貓！」

「妳不要也被騙了！這個男生是個超級惡劣的變態混帳喵！他現在一定也想要把妳侵犯得亂七八糟！」

「唔唔唔！」

卡露米雅緊緊抱住想要插嘴幫你說話的吸血鬼。

或許是經由體溫讀到了卡露米雅的心思，阿爾緹莉亞的臉一下子漲得通紅，頭暈目眩地大叫：

「汝……汝！為妾身購買衣物，就是為了做出此等下流之舉嗎！」

「才不是！妳到底吸了什麼！事情愈來愈複雜了啦！」

奪取卡露米雅的記憶的能力吞噬者因猥褻的妄想而感到混亂，與你為敵。明明自稱為最強吸血鬼，她在戀愛相關的事情上卻完全派不上用場。

「受不了，長得像女生一樣可愛，卻是個超級大變態！竟然攻陷了以石面具聞名的艾莉，企圖在光天化日之下公然親熱！」

「我們並沒有！……不，雖然我剛才有對阿爾緹莉亞心跳加速……總……總之這是個誤會！我和艾莉卡並不是那種糜爛的關係！」

「嘶啊！都到這個地步了還敢嘴硬喵！你打破跟艾莉的午餐約定，其實是私下跟這個女生見面，遭到背叛的艾莉就想要跟男朋友殉情！可是十惡不赦的奧月把這個女生當作肉盾，貪圖艾莉的身體……呼喵！」

「我……我什麼時候有被奧月同學貪圖身體了！」

「為什麼會得出那種結論啊，真正變態的是妳們吧！」

吸血鬼和殺人魔的死鬥在青少年的眼裡看來，就像是情侶吵架嗎……？

「嗚嗚嗚，小葉老師竟然交代我到迷宮裡幫這個變態奧月帶路……我一定會一瞬間就被吃掉喵！再見了，我的膜……」

「我才不是變態！也不會吃掉妳！而且女孩子怎麼可以說什麼『膜』！呼……呼……這從頭到尾都是一場誤會！我們只是因為對彼此有過不幸的誤解，才會吵架（互相殘殺），根本沒有任何一絲戀愛成分……」

「……真……真的喵？不是為了吃掉我才說謊喵……？」

「回……回答呀，汝！汝並無非禮妾身之意……？」

「我向天地神明發誓，沒有！」

對於帶著輕蔑和畏懼的卡露米雅，以及帶著一點期待感的阿爾緹莉亞，你用震撼天地的吶喊回答。

卡露米雅猶豫了幾秒後，輕輕鬆開了抱住阿爾緹莉亞的手。

「喵嗯嗯……既然你都說到這個份上了，我就相信你喵。反正我也得幫你帶路。」

「……幸……幸好妳願意相信我。嗯，太好了……」

「還……還還……還不快放開妾身，這隻色情貓！汝，趕緊逃離此人吧！」

「還不行！我還要幫奧月帶路喵！」

「帶路……啊，小葉老師是叫妳來協助我探索嗎？可是妳應該也有自己的探索進度吧？雖然我很感激妳願意幫我帶路……」

「哼，你的嫌疑還沒有洗清喵！就算是探索公會的成員，你想要跟這個女生和艾莉一起來一趟左擁右抱的快樂迷宮探索，也門都沒有喵。」

「不……不，阿爾緹莉亞並不是我在公會的朋友……」

滿腦子妄想的卡露米雅似乎把你們當作「公會的同伴」了。

「藥草院」擁有近千的合作公會，從教育上的觀點來看，校方會獎勵加入校外公會的學生。這也是為確保學生畢業後能夠穩定進入職場的其中一項社會實習。

你在校內跟陌生的銀髮少女共同行動也沒有受到太多的懷疑，都是多虧卡露米雅用戀愛相關的妄想在腦中擅自猜測的關係。

既然如此，隨便辯解就會引發「那這個女生是誰喵？」的疑問，讓吸血鬼身分曝光的風險提高。你只能讓她繼續誤會下去了。

「好了，今天是探索日，我們去迷宮喵。就算對象是公會成員，只顧約會不顧探索的事情如果被小葉老師知道了，你可會被大卸八塊喵。」

「大卸八塊嗎！」

沒錯。因為參加校外公會是課業的一環，不探索而只顧玩樂的人必須接受懲罰（就算沒有大卸八塊那麼嚴重）。身為班長，她不能對你置之不理。

「可……可是我的目的地是有點特殊的地方……」

「嘶啊！如果你不乖乖聽話，我就把你跟這個銀髮女生的關係說出去喵！」

「什麼說出去，根本就是要捏造謠言吧！雖然那也很讓我困擾！」

你受到威脅了。如果你和阿爾緹莉亞一起逃走，就會受到社會性的致命傷害。不過你也不能讓毫無關係的局外人接近令尊的書齋。

「來吧，搭上升降機到深層去喵！」

你陷入進退兩難的局面，卡露米雅強硬地拉起你的手——

「很　遺　憾　！」

滿臉通紅的艾莉卡抓住了你的肩膀。

「呃，艾……艾莉卡？」

「奧……奧月同學約好要跟我一起去探索迷宮了！雖然我知道卡露米雅同學妳很喜歡照顧人，但現在希望妳可以讓我們單獨行動！」

艾莉卡介入你和卡露米雅之間，抱住你的左手臂。

這個像是對情人才會有的舉動和左手肘感覺到的柔軟肉感將你和阿爾緹莉亞以及卡露米雅的思緒打入混亂的漩渦中。

「妳……妳妳……妳在做什麼！」

「什……這這……這偷腥的牛，對妾身的伴侶做什麼呀！」

「……奧月綜嗣？你剛才不是說『我和她不是那種關係！』喵？」

「真的啦！不久之前我們還是殺個你死我活的關係耶！」

「哎……哎呀奧月同學真壞！竟然說什麼『不是那種關係』，你應該不是想要拋棄我，轉而跟卡露米雅同學交往吧？」

「什麼交往，我和妳根本就不是那種關係……！」

「唔唔唔……汝這是什麼好色的表情，趕緊分開！」

「等……好癢啊！等等，我肩膀要脫臼了！阿爾緹莉亞，那是讓肩膀脫臼的關節技！」

「……是喔，原來奧月是在對我說謊喵。好吧好吧，既然這樣你兩個就甜甜蜜蜜地去探索迷宮喵！」

大概是不高興了，卡露米雅快步走去。

她的背影往升降機的方向消失時，殺人魔放開了你的手臂。

「……呼，總算是騙過她了……」

「哇哇……啊……等……好癢……啊嗚！」

「啊，有什麼脫落了吶！」

喀嘰！一陣衝擊流竄過你的身體，你的右肩頓時感到奇癢難耐。支撐著半邊身體的力量突然消失，你想要勉強維持住姿勢，肩關節便脫臼了。

「唔咿咿……！我早上好不容易才把肩關節歸位……！」

「汝……汝，抱歉吶！妾身沒想到汝之手臂還能自由裝卸！」

「那……那個……奧月同學，你沒事吧……？」

「我有事，非常有事，可是這不重要。艾莉卡，妳為什麼要突然那麼做？竟……竟然假裝我們是男女朋友……！」

你用力按住脫臼的肩關節，這麼問道。

「為……為了讓卡露米雅同學放棄，我是不得已的！……因為讓她這個局外人靠近奧月老師的書齋就太危險了……」

「危險？我也不想讓無關的人靠近那個地方……可是那個書齋所在的樓層是那麼危險的地方嗎？」

你回想起模糊的記憶，腦中浮現出令尊的書齋。那個樓層相當深，的確比迷宮淺層還要危險，但你認為「藥草院」的十年級生並非不可能走遍。

「……雖然當時有父親同行，但五年前的我也去過那個地方。那個樓層對卡露米雅這個『藥草院』的博士候補生來說，會太危險嗎？」

「不，迷宮本身的確也有危險……但那個樓層的危險並不在於迷宮生物或是陷阱……存在於那個樓層的危險是……」

艾莉卡說到這裡，像是害怕某人的陰影般緊握住制服的下襬。她接著用低沉細小的聲音，像是在警告你似的悄聲說道：

「殺了奧月老師的魔法罪犯——這場計謀的『筆者』。」

圖書迷宮的黑暗深處潛伏著與五年前的事件有關的主謀——

邪惡的「筆者」。

「啊……筆……『筆者』……？」

聽見艾莉卡那暗示般的說法，你疑惑地重述一次。

邪惡主謀用卑劣的計謀設計偉大博士，從你身上奪走了一切。筆者這個別名——就像是執筆了主角（你）的人生。

「……主謀叫做筆者呀……以企圖扭曲登場人物（咱們）的命運之反派異稱而言，此名實在稍嫌戲謔呀。」

「……雖然不太願意與吸血鬼持相同意見，但我也這麼想……可是這正是奧月老師所稱呼的名字，也是老師的遺書中記載的詞彙。」

「啊……嗄？我父親的遺書！」

對筆者存在的暗示感到困惑的你面臨了更大的疑問。

偉大博士奧月戒是在你的面前遭到暗殺的。他為了保護兒子不被刺客的魔法所傷，中了卑劣的計謀而死去。

那場慘劇之夜應該沒有任何多餘的時間讓他留下遺書才對。

「父……父親竟然有留遺書……話說回來，為什麼那封遺書會在妳那裡！」

「……我是偶然拿到的……你應該知道偉大博士不只是第一線的迷宮探索者，同時也是最高等級的研究職吧？」

為了回應驚訝的你，艾莉卡從肩甲的縫隙裡抽出一本書。

「基於這樣的研究者性格——為了防止自己的研究資料散失，老師擁有非常多重的分散情報積蓄系統。」

「什麼？難……難道那本《書》是父親用來當作研究日誌使用的——」

「《記事書》。就是過去老師用來《自動複製書寫內容的書》。」

纖細的手指所打開的書頁上以令尊的筆跡記錄著探索日誌。

——十月十三日（五）　下午十點二十九分

■作業內容、進度：

・關於筆者的調查：

針對這幾個月來持續追查的陰謀，我終於接近到其核心部分。

看來「筆者」所擬定的計策似乎比想像中還要狡猾許多。

然而基於後述的理由，不予記錄其全貌。

■明日的課題：

・應對「筆者」的攻勢：

若調查結果屬實，我將在數日內與「筆者」當面對峙。

現今的戰力不足以對抗其魔導。

須盡早備齊《書》。

・保全情報：

以「筆者」之謀略（劇本）與我方戰力進行判斷，勝算只能說是微乎其微。

考量到我戰敗而死的情況，情報必須加以保全。

「父……父親早就察覺到凶手的陰謀——察覺到筆者了嗎……？」

你感到**難以置信**。

偉大博士奧月戒是「藥草院」的最大戰力，也是被譽為人類守護者的魔法師。世界上應該不可能存在殺意已經被令尊察覺，卻又能夠成功暗殺他的人。

（可……可是日期是父親被暗殺的三天前，筆跡也很像是父親的親筆字……！）

「……《記事書》是多本一組的《書》。它擁有將書寫進其中一本的內容複製到其他書裡的功能。而這一本《書》嚴密保管在小葉老師的研究室裡。內容在老師死後遭人竄改的可能性幾乎是零。」

「用來保存情報的研究日誌就這麼變成了遺書嗎……？」

「……是的。根據這本日誌的內容，奧月老師被稱為筆者的敵人覬覦性命，而為了對抗筆者的陰謀，老師應該留下了某種情報。」

「……！原來如此，如果這本《記事書》是真的，父親應該有把情報保存在某個地方才對！既然這樣，其中就有可能記錄著筆者的真實身分……！」

偉大博士奧月戒即使面臨死亡，也直到最後一刻都沒有放棄伸張正義。就算死於筆者的謀略，他也相信有人會繼承自己的遺志，因此留下了最大限度的研究成果，以破解其陰謀。

這些資料就保存在筆者的陰謀絕對無法侵犯的**某個安全又神聖的場所**。

「……艾莉卡，我還是得問一下，妳有把這一頁給其他人……」

「當然，你是第一個看到的……靠著單單一頁日誌，也沒辦法當作查出筆者身分的線索。」

「……我想也是。父親應該也不覺得這一頁的內容就足以當作對抗筆者的策略。」

「是呀。如果這本《記事書》是真跡，老師應該留下了用來對抗筆者陰謀的關鍵情報……我就是相信有情報存在，才會一直持續調查的。」

「調查……那妳前天會出現在迷宮深處就是因為……」

「沒錯。其中一個理由是為了調查奧月老師的書齋……而我出現在迷宮深處的另一個理由——」

「——以自身性命為餌，引誘筆者，是吧？」

原本沉默地聽著對話的吸血鬼真祖打斷了艾莉卡的話。

「吸血鬼真祖……！」

「阿……阿爾緹莉亞？妳說引誘筆者是什麼意思……？」

「若那本《記事書》的內容屬實，殺死汝父便是筆者的陰謀。這麼一來，汝父所遺留的情報，對筆者而言可謂致命弱點。」

「……是的。就像我尋求『情報』一樣，如果筆者也一樣想要找出並湮滅『情報』……筆者應該會想要消滅我。」

「筆者要將艾莉卡……！」

看來你被殺死的那一晚，你和艾莉卡會在令尊的書齋附近相遇並非單純的偶然。

假設筆者想要湮滅證據，因堅固的多重結界化為一座要塞的書齋就是可能殘留著決定性證據的危險地點。奧月戒的徒弟一旦接近那個地方，筆者為了掩蓋真相，就不得不出手攻擊。

「……我的猜測好像是對的，我到目前為止已經受到疑似筆者刺客的不明人物襲擊三次……前天殺害你之前不久也有。」

「妳……妳說什麼？」

「原來如此吶。攻擊咱們是在擊退筆者後不久。而當時咱們現身，這丫頭才會誤以為是敵人，進而迎擊吧。」

「等……等一下！既然艾莉卡遭到襲擊，就表示父親的書齋所在的樓層現在可能還受到筆者的監視嗎？」

「恐怕如此。有能力殺死偉大博士之人，持續監視五年倒也不算難事。若是有獵物落入該人設下的警戒之網，也會被輕易地**暗中消滅**吧。」

「暗……暗中消滅……！」

對於阿爾緹莉亞暗示的事實，感到恐懼的你屏息。

五年前的慘劇從你身上奪走了魔法與記憶以及父親。

筆者所計劃的陰謀，可能直到現在還在繼續。

「……汝，若此人所言不假，接近書齋便伴隨著危險。企圖殺死奧月戒之徒的鼠輩，恐怕也會奪取奧月戒之子的性命。」

「……可是反過來說，這就表示筆者的刺客有很高的機率會出現吧。只要能吸取那個刺客的血憶，就很有可能得到與真相有關的線索。」

「奧……奧月同學？你該不會是想要向筆者宣戰吧！」

「是啊。如果襲擊妳的人是筆者的刺客，我奧月綜嗣應該是對方最大的目標。我繼承了吸血鬼真祖的血憶吸取能力，能夠搶奪敵人的情報。」

「太……太危險了！就連我，光是逃跑也很吃力了！」

「如果妳怕危險，我就自己一個人去。這是奧月家的問題。」

「這……這也是我的問題！我不能忘記奧月老師的重大恩情！如……如果你不願意讓我同行，我就把這些《書》燒掉！」

殺人魔從肩甲縫隙中抽出《收納書》，沿著書籤貼打開書頁並應聲扯下，然後將撕破的地方朝下搖晃。

於是書頁的撕裂處發出「咻啵！」的聲音，有《書》掉了出來。

落在艾莉卡手上的是對你來說很眼熟的兩本魔導書。

「那些《書》是我從日本帶來的……！」

《將書的一頁包含功能在內加以複寫的書》──《鏡像複寫紙》以及……

《強制對象回答答案為是(YES)之問題的書》──《恆真審問書》。

《鏡像複寫紙》是可將其接觸到的其他魔導書的一頁包含魔法功能進行一次複製的魔導書。也就是說只要有那張書頁，就可以詠唱並發行一次複寫到的魔法。

而《恆真審問書》是在書寫下來的問題之答案是ＹＥＳ的情況下，面對任何對象都能強迫對方回答的強制審問書。它不只是能有效審問敵人，只要在詠唱中進行審問，就能夠當作打斷咒語的反魔法來使用。

「怎麼樣？從先前的魔法戰鬥來看，你擅長的應該是以魔導書為主軸的戰鬥方式！特別是這張複寫了『破刃暴風槍』咒紋的《複寫紙》，你應該非常需要它吧！」

破刃暴風槍直到失去魔法的五年前為止都是你的王牌魔法。

它是能夠直線放出魔力的風系中高級武裝解除魔法，也是能夠將被暴風包圍的敵人的所有武裝、障壁、魔導書都強制解除並加以拘束的必勝神槍。

你曾經將刻劃著該咒紋的魔導書頁當成護身符，隨身攜帶。

「唔……魔導書的書頁對現在的我來說確實很重要……！」

正如艾莉卡所言，對無法使用魔法的你來說，能夠應用在戰鬥中的魔導書極為重要。這兩本「能用在戰鬥上的書」，而且還是從日本帶來的稀有書被當成要脅的籌碼，你就無法隨意反抗她了。

「……奧月同學，你應該會帶我一起去吧？」

「汝那不死之身可是妾身賜予的。事到如今可容不得汝說此事與妾身無關。」

（前任）殺人魔和（現任）吸血鬼從左右兩側分別對你這麼說。你恐怕沒有說服她們的餘地了。

「……我知道了，一起去吧，阿爾緹莉亞、艾莉卡。」

「嗯。本吸血鬼真祖阿爾緹莉亞將以力量與智慧助汝一臂之力。」

「那……那個，我也會協助你的！」

……雖然這些人選的團隊合作令人難以放心，戰鬥力卻是無可挑剔。半人半鬼的你率領著吸血鬼和前殺人魔，走向通往深層的升降機。

◇　◇　◇

【距離喪失記憶　還剩二百六十一頁】

圖書迷宮第二樓層，四樓。從地面上數來第十四樓，直線距離為八十公尺多。你們抵達了偉大博士奧月戒的書齋所沉睡的樓層。

「……我們到了。」

「是呀。奧月同學，在不受戒備的範圍下盡量快點通過吧。」

艾莉卡經過升降機總站附屬的兵舍旁邊，小聲說道。

因為升降機是重要的探索據點，所以會是迷宮生物或敵對公會襲擊的目標。因此「藥草院」組織了專門的軍隊，執行各樓層的監視和守衛工作。

（配備魔導書和長杖的武裝衛兵，戒備很森嚴呢……）

「這兒若是被敵人突破，便可透過升降機直接前往人口密集地（圖書館）。既然是有怪物通過便會危及人類的要地，自然有重重戒備。靠現在的真祖（妾身）之力，強行突破也需要相當程度的吸血，別無端惹事乃為上策。」

「噓！既然知道就別說些嚇人的話！」

你們用眼角窺探衛兵，快步離開現場。

穿過推倒牆壁(書架)形成的升降機大廳，離開衛兵的視野之後——這裡就已經是黑暗與怪物所統治的圖書迷宮內部，無限閱覽室綿延不絕的幽暗魔窟。

（……這就是圖書迷宮的第二樓層。空氣的質感很明顯和淺層的「圖書館」不同……）

「請小心。這種沉浸在漆黑中的『閱覽室』才是真正的圖書迷宮。」

艾莉卡用嚴肅的表情低聲說道，從左肩的板金鎧甲中抽出《收納書》。她接著撕下貼著「攜帶裝備」字樣的書籤貼的書頁，將書本往下搖晃。一個小小的提燈從書頁中發出「咻啵！」的聲音掉出，落在艾莉卡的手上。

「《收納書》啊……原來如此，想拿出東西的時候就一定要撕破書頁吧。」

「是的。這對吸血鬼的眼睛來說可能有點刺眼，但為了不被誤認為罪犯，有必要點燈。請忍耐一下。」

艾莉卡從懷中取出火柴，從提燈的防風板縫隙點燃燈芯。攜帶提燈的微弱火焰在吸血鬼化的視網膜上鮮明地映照出迷宮的書架。

「好了，我們走吧，奧月同學。請跟我來。」

「不，我走前面吧。如果筆者真的在這個樓層布下了監視網，前頭就是最危險的。我不能讓妳站在那種位置。」

「唔。從昨天的戰鬥推測，你的不死之身對毒藥或是死亡陷阱應該也沒轍。現在請讓我走在前頭，引導你到老師的書齋。」

「嗯。以單純的戰力為比較依據，此人更勝於現今的汝。在迷宮擔任嚮導者不分男女，皆為熟悉道路之人。」

沒錯。因為魔法的威力並沒有性別差異，所以迷宮探索者的男女區別非常小。因此有多人在迷宮中移動的情況下，隊伍順序就會是純粹的實力排序。

原則上隊長要走在能掌握整體隊伍狀況的最尾端，擅長魔法和搜索敵人的副隊長則走在最前方；所以現在最適切的配置是艾莉卡帶頭，阿爾緹莉亞殿後，最弱的你則走在中央。

「原……原來我是這組人馬的吊車尾嗎……？」

「在圖書迷宮，經驗差異是攸關生死的重大差距。咱們三人相較之下，汝無疑是最弱之人。」

「……雖然不太願意與吸血鬼持相同意見，但我比較熟悉這個樓層。畢竟我前天還在這裡和筆者的刺客進行了一場魔法戰鬥。」

「……我知道了。艾莉卡，拜託妳帶頭了。」

即使有真祖給予的不死之身，沒有理論障壁的你也無法應付危險陷阱或是罪犯奇襲。

帶頭的工作就交給艾莉卡，盡早前往令尊的書齋吧。

◇　◇　◇

【距離喪失記憶　還剩二百五十九頁】

殺人魔、吸血鬼以及半人半鬼所組成的探索隊伍一邊戒備著陷阱、迷宮生物或魔法罪犯的突襲，一邊在迷宮深層緩緩前進。

（……這裡和「圖書館」不同，一直都是類似的景色……）

你提防著黑暗與書架的死角，環顧周圍。因為圖書迷宮的書架上隨時都會不斷生成魔導書，所以不管往哪裡看都是類似的景色。一旦迷失方向，要順利走出迷宮幾乎是不可能的。

（或許是艾莉卡有特別挑選路線，目前都只有遇到簡單的陷阱，但總覺得黑暗深處好像有微微的野獸氣味飄散出來……）

「……雖然相當淡，卻有股動物的血腥味吶。或許是由於鮮少有人類接近，這兒似乎成了肉食野獸的通道。」

「迷宮生物會走的路反而比較少有致死性的陷阱或捕食性的《書》，所以走起來很輕鬆。野獸的足跡還可以當作標記，而且眼睛看得見的怪物也比較好對付。」

「……原來如此。有了一定程度的戰鬥力，魔獸還算相對之下比較安全的吧。」

你說得沒錯。和能夠無聲無息地發動攻擊的機械陷阱，或是足以扭曲現實的魔導書不同，迷宮生物能從遠距離外偵測到，也是能用物理攻擊打倒的敵人。

若是有令尊這般程度的魔導能力，為了遠離潛伏在人類社會的罪犯，迷宮深處或許還比較安全。

（……我沒有記錯的話，父親的書齋應該有多重結界的層層守護。只要魔法鎖沒有被破解，那間書齋應該還維持著五年前的狀態……！）

你回想起過去自己跟隨著父親造訪書齋的記憶。

藉由多重結界化為一座要塞的那間書齋是你在五年前失去摯愛親人的地方，也是你失去魔法和記憶與夢想，發誓要全部取回的地方。

令尊的書齋或許還保留著有助於探索的魔導書、能夠治療記憶障礙的《書》，以及能指出殺父仇人的真面目，並引導你找出真相的線索。

「……艾莉卡，還要走多久才能到父親的書齋？」

「就快要到了。只要彎過這個書架的陷阱旁邊……你看，就在那裡。」

你跟在艾莉卡身後，慎重地彎過巧妙隱藏著陷阱的書架轉角……提燈的亮光便在閱覽室的迴廊深處照出一扇巨大的鐵門。

在圖書迷宮最深處的黑暗，直線狀的長型閱覽室前方有刻著魔法鎖咒紋的雙開式大門，就像是被時間的洪流遺落了似的矗立在那裡。

「……那個紋章是……」

「沒錯。那是奧月老師留在這個地方的多重結界，其魔力迴路的表層部分。」

你跟著艾莉卡前進，錯綜複雜的魔素路徑——只有偉大博士能夠解讀的咒紋和魔力迴路便在燈光的照耀之下浮現在你們眼前。

包含著堅固的障壁和無數魔導書，用以探索未到達深度的前哨基地。這裡就是五年前的你失去父親，而他可能留下了某種線索的，與筆者之間的因緣之地。

這扇門就通往偉大博士奧月戒過去所使用的書齋。

「……我們到了。」

艾莉卡在鐵門前停下腳步，沒有回頭，只是靜靜地低聲這麼說。

你體貼她的感傷，用同樣沉靜的聲音回答：

「從那一晚到現在，已經五年了啊……這間書齋一直都在等著父親的歸來吧。」

「……是呀。根據『藥草院』的搜查資料，沒有人能夠破解這道門鎖。只有渾身是血的兒子被傳送魔法送到地面上，察覺事態不尋常的『藥草院』派遣了救援部隊過來時……老師好像就已經在這扇門前斷氣了。」

「……這麼說來，父親可能是用盡了最後的力氣，為這扇門上了鎖吧……或許是為了將隱藏在這間書齋的『對抗筆者陰謀的手段』託付給某個**特定的人物**。」

你低聲這麼說，伸手摸索掛在脖子上的護符項鍊。落在掌中的水晶那銀白色的魔素光輝變得更加明亮。

「……！奧月同學，難道說老師的護符是這道結界的鑰匙……？」

「這間書齋的內外都滴水不漏地布滿了偉大博士的魔導結構。門也是魔導結構的一部分，對父親特有的魔力產生反應才能啟動。」

你一邊回答艾莉卡，一邊走向緊閉的大門，用護符的前端觸碰鑄刻在鋼鐵上的咒紋。

「因為魔力迴路的特性因人而異，所以靠我們的魔力是無法打開這扇魔法門的。不過這個水晶護符上的零件是模仿父親的神經的魔力迴路集合體。」

「模仿了老師的神經……這麼說來，灌注在這個護符裡的魔力……」

「是啊。迴路中流動的魔力會精鍊得非常接近父親的魔力。也就是說——」

你將意識集中在指尖，啟動了令尊的護符。

為了重新喚醒五年來苦苦等候主人歸來的魔導結構。

「我們能讓魔法鎖誤以為父親回來了，啟動解鎖系統。」

嗡……

偵測到奧月戒的魔力，咒紋發出淡淡的藍紫色光輝。

一瞬間，彷彿巨大齒輪機械正在運作般的重低音讓地面震動，某處有粗重的螺栓開始旋轉，緩緩推開十公分厚的鋼鐵大門。

「……自從五年前的十月十六日，我離開圖書館都市的時候開始……」

苦等主人歸來的魔導結構維持著那個慘劇之夜的模樣——

「我就一直想要回到這個書齋。」

為了迎接你的到來，敞開了書齋的大門。

「……我回來了，父親。」

微微的霉味與灰塵氣味一口氣灌進你的鼻腔。

你憋氣暫待了一段時間，走進房間內，點亮了辦公桌上的燈。火焰很快便穩定下來，將陰暗的室內照亮。

五年來無人造訪的書齋一直等不到主人，就像是被時間遺忘般靜止。散落著文件的辦公桌、塞滿書籍的牆邊書架、曾是你專用座位的椅子，全都和五年前的十月十六日相同，沒有一絲改變。

「……我好像來過這裡。我當初被安置的地點，應該就是這個書齋吧……」

跟在你身後踏入書齋的艾莉卡環顧室內，小聲地這麼說。對過去受令尊所救的她來說，這裡似乎也是充滿回憶的地方。

「……就像是時間靜止了一樣……」

「是啊……書架上的書、櫥櫃裡的茶葉和桌上的文件，都跟五年前的那一晚一樣。」

「……奧月老師五年前就是在這個書齋……」

艾莉卡仰望著書架上的書籍，搖搖晃晃地踏出步伐。

你一把抓住艾莉卡的手，拉住她的身體。

「呀啊！為……為什麼要突然抓住我！」

「我知道妳很感傷，不過也要注意腳下……只有**那裡**的顏色不一樣吧。」

「咦？……啊！」

你和艾莉卡的視線前方，書齋裡的地毯中央有個顏色和周圍稍有不同的紅黑色區域。只有這個部分欠缺絹絲的優美光澤，就像乾枯的屍骸一樣。

「……這片紅黑色的汙漬該不會是……」

「……沒錯……是**血跡**。」

你放開艾莉卡的手腕，輕輕用指尖觸碰深紅色和鐵紅色的界線。經過五年歲月的風化，凝固的血液應聲碎裂成粉末。

「五年前，父親就是在這裡被殺的。」

「啊……」

你的聲音就像是受到絕望的重壓，低沉又冰冷。聽到這句話，艾莉卡不禁啞口無言，只能呆呆地看著地上的血漬。

「……阿爾緹莉亞，我有件事想拜託妳。」

「嗯……是要妾身從這書齋中留下的血液吸取汝父之記憶吧？」

阿爾緹莉亞這麼說著走進書齋，然後低頭看著地上的血跡。

滲進地毯的令尊血液遠超出致死量。只要有圖書迷宮的銀夜，能力吞噬者的力量，或許能夠吸取到偉大博士的記憶。

如果艾莉卡的《記事書》的內容是真的，令尊應該已經查出筆者的真實身分。這麼一來，他的血液中就保存著與筆者的陰謀有關的情報。

藉由吸血鬼真祖的血憶吸取能力，或許有可能一口氣接近五年前的真相——

「……唔唔唔。抱歉吶，妾身辦不到。」

雖然你這麼想，阿爾緹莉亞的回答卻不符合期待。

「辦……辦不到……不是新鮮的血果然不行嗎？」

「嗯，新鮮度遠遠不足。從離開腦部的瞬間開始，記憶情報便會急速劣化。若非如此，吸血鬼何必特地靠近獵物，啃咬其頸部呢？」

「啊……對喔，這麼說也有道理……」

如果光是吸血就能獲得血憶，吸血鬼應該也不會靠獠牙，而是使用弓箭。畢竟只要等受傷的獵物逃走，再舔食留下的血液就行了。

「正因如此，吸血鬼才必須是不死之身。若只是被刀劍砍傷、被魔法灼燒便放棄吸血，可就只能等著餓死了。」

「……我問妳，吸血鬼會餓死嗎？」

「會因飢餓而瘋狂。」

「……死……死不了還真難受呢……」

「因此，吸取血憶是行不通的。姑且不論全盛期，如今妾身的能力完全不足。即使想取回血憶吸取能力，也沒有能吸血的對象吶。」

「血憶吸取能力……我問妳，既然我是妳的眷屬，我也有這種能力對吧？」

「……有是有，但汝之能力根本不及妾身的幾萬分之一吶。」

「我也不指望眷屬（我）能吸到連真祖（妳）都吸不到的東西。我只是在想，妳和我互相吸血，是不是就能增強能力了。」

你的想法如下：

①你吸取阿爾緹莉亞的血憶，使吸取能力加倍。

②接著換阿爾緹莉亞吸血，使吸取能力再加倍。

③只要不斷重複這個循環，讓能力不斷加強，應該就能讓吸取能力強得足以從風化後的血中吸取血憶——

「那也行不通吶。」

雖然你這麼想，阿爾緹莉亞的答案依然是否定的。

「不……不行嗎……我還以為理論上是辦得到的。」

「妾身與汝之間的吸取效率差距過大。若每吸一滴血就得被汝吸去數萬升的血，即便是身為不死者的妾身也會枯竭吶。」

「……我還以為兩個人互相增強能力就能辦到各種事……也對啦，我才剛變成吸血鬼，吸取能力怎麼可能比得上妳嘛。」

「若汝成為成熟的吸血鬼，且妾身瀕臨死亡，或許能辦到。只不過會花上兩億年。」

很遺憾，想要透過兩名能力吞噬者進行能力增幅，除非你成為真祖的成熟眷屬，且阿爾緹莉亞的力量極度微弱，否則似乎是不可能實現的。

「……可是，現在氣餒還太早了。就算不能吸取父親的記憶，這個書齋也很有可能還藏著父親留下來的情報。」

「是……是呀。根據『藥草院』的監視情報，這五年來似乎都沒有偵測到魔法門有被開關的跡象。這個書齋內部應該相當接近五年前的狀況。」

或許是艾莉卡獨自調查的成果，她從肩甲中抽出筆記本，展示筆記的內容。偉大博士遭到暗殺的「藥草院」為了維護公會的威信，似乎一直都有持續監視這個書齋附近。

「……不過，這下子這書齋也就不安全了。一旦得知汝父所遺留的護符能夠開啟魔法門，筆者恐怕會為了奪取護符而覬覦汝命。若此樓層在其監視之下，筆者之刺客便很有可能現身。」

「……說得沒錯。我就在這個樓層遇到了好幾次襲擊。」

「嗯……又或者，筆者可能是想逼迫這丫頭開啟書齋之門。只要得知開鎖方式，筆者便可暗中藏匿與自身身分有關的證據。」

「原來如此……就算有證據留在這間書齋裡，沒辦法打開魔法門就無法湮滅證據。所以筆者有可能想藉由攻擊艾莉卡來讓她打開門啊。」

「誠然。足以暗殺偉大博士的敵人不可能連個學生都逮不到。」

「……所……所以筆者是想要利用我嗎……？」

正如阿爾緹莉亞所說，如果筆者想要掩蓋五年前的事件，身為令尊之徒的艾莉卡應該是必須滅口的最重要人物之一。

明明有辦法殺了她卻不那麼做，就表示筆者是**刻意**放艾莉卡一條生路的。

既然如此，其中就必定存在某種意圖。

「由此可見，確實有方法可查明筆者之身分。若非如此，筆者也沒有理由干涉這丫頭與汝了。」

「……如果與筆者有關的證據全部都已經銷毀，有多少人想要調查真相都沒有用。反過來說，這就代表了敵人還沒有銷毀所有的證據，是這個意思吧？」

「所以和筆者有關的證據可能還留在某處……！」

「誠然。那麼，開始作戰會議吧。這樓層可能正受到筆者的監視。這兒有偉大博士遺留的藏書，以及阻擋攻擊的無敵要塞。只有此處得以確保安全。汝等可得作好萬全準備，抵禦筆者刺客的攻擊。」

「那麼……我提議探索這個書齋。就像吸血鬼說的，這個書齋可能還留有與筆者有關的情報。」

「是啊。那些情報或許能幫助我們抵擋筆者的攻擊。」

你低聲這麼說，掃視被燈火照亮的書齋一圈。

辦公桌上依然散落著文件。書籍雜亂地堆積如山。以室內門隔開的書庫應該也是很適合保存情報的地方。

「這樣一來，就要決定由誰負責哪個區塊……」

「汝，咱們該調查書庫。欠缺魔法的汝與筆者直接對峙，是無法戰勝其陰謀的。《書》之擴增乃當務之急。」

沒錯。你之所以決定造訪書齋，至少到昨天的中午為止都是為了從令尊的藏書中取得必要的《書》。

對失去魔法的你來說，《書》的擴增是必要手段。不加強書籍戰力，你根本無從擬定擊退筆者刺客的作戰計畫。

「……而且，汝豈能忘了。汝之記憶僅剩二百四十八頁。一旦落入遺忘之牢籠，汝便永遠無法查明真相。」

「……？記憶僅剩二百四十八頁……？」

「啊……對了，我好像還沒有跟艾莉卡說明過。」

不知道你有記憶障礙的艾莉卡聽到阿爾緹莉亞的發言，疑惑地皺起眉頭。

「……話說回來，你也還沒有把你為什麼會變成吸血鬼的原因告訴我。身為奧月老師的公子，為什麼會變成吸血鬼這種……」

「不要用那種口氣說吸血鬼。話說，我會變成吸血鬼都是妳害的。因為妳用石槍攻擊我，阿爾緹莉亞才不得不把我變成吸血鬼。」

「是……是我害的嗎？可……可是，為什麼你會跟吸血鬼真祖一起行動……？」

「……這個嘛，其實我不記得了。因為我的記憶好像只能維持八個小時。」

「八……八個小時！記憶只能維持八個小時，你……你沒問題吧？」

「就是因為有問題，所以我到目前為止都有使用《保存記憶之書》……那本《書》的頁數也只剩兩百四十七頁了。所以我才想到父親的書齋找《治療記憶障礙之書》。」

「……怎……怎麼會有這種事……奧……奧月同學，你應該馬上開始找《書》！」

「哼，還用說嗎？小丫頭，咱們要分工合作。綜嗣與妾身必須尋找《書》，然而考量到與筆者的戰鬥，也需要情報。」

「我……我知道了！我會負責調查這個辦公室的資料！所以奧月同學請一定要找到《保存記憶之書》！」

「嗯……嗯，我知道了，不要用角刺我喔。」

或許是對你變成吸血鬼的事感到內疚，艾莉卡用很有氣勢的聲音催促你去探索書庫。你被她的魄力（以及角的尖端）嚇到，和阿爾緹莉亞一起打開書齋的室內門，走進裡頭。

「……唔……這個書庫果然也積了些灰塵……」

羊皮紙和硫酸亞鐵的濃濃氣味在開關門時隨風揚起，刺激你的嗅覺。

在大氣中緩緩氧化的水綠墨散發出金屬氣味，顯示出這五年的時間流逝。靜止的黑暗中有無數書架占據整間書庫，在吸血鬼化的視網膜上形成模糊的影像。

「……好了，開始探索吧。我從《書》裡把燈拿出來。」

你從肩甲中拿出《收納書》，找到收納著背包的那一頁並撕下。

「哇哇！汝，慢著！那本《收納書》……！」

「咦？什麼意思——噗嗚！」

這個瞬間，從《書》的頁面中飛出來的背包猛烈砸中了你的臉。

「哇啊啊啊啊！下巴……下巴滴骨頭豪癢！」

「……從《收納書》中取出物體時力道不小，妾身本打算提醒汝……」

「嗚嗚嗚……阿爾咿莉阿，太晚縮惹啦……」

可能是因為塞了太大包的行李到《收納書》裡，以驚人的速度飛出書頁的背包重重地掉在地上，讓室內一陣搖晃。

下顎被撞個粉碎的你從口鼻冒出陣陣紅煙，邊拿出提燈點火。將迷宮的書架推倒，打通數間閱覽室所形成的書庫裡有幾乎是你身高的三倍以上的許多書架排列著，彷彿一座迷宮。

「……呼，下巴的骨頭總算好了……話說回來，我們要從這麼大量的《書》裡找出《治療記憶障礙之書》和《能用在戰鬥上的書》啊……」

「嗯。骨頭好不容易才痊癒，這下又得找到骨頭都斷了吧。」

仰望著塞滿整面書架的書，你感到有點頭暈目眩，低聲嘟囔。

雖然只是為了前往深層而建構的前哨基地，這裡也是偉大博士的書庫。其中保管的藏書量粗估起來至少不下數千。

「一、二、三……光是概略估算，似乎就有五千本以上吶……即便咱們分頭尋找，按照普通方式，記憶存量恐怕會先耗盡。只好使用手頭上的《書》，擬定『有效率地尋找《書》的方法』了。」

「既然這樣，開始找《書》之前，首先要確認現在有什麼《書》吧。」

是的。在無法使用魔法的現狀下，你的探索能力和戰鬥能力幾乎都要仰賴《書》。不論是要尋找《書》，還是與筆者的刺客作戰，你都必須確認自己手邊有什麼牌。

「我看看，《摺紙》不適合探索，艾莉卡還給我的《書》有……」

「是《恆真審問書》與《鏡像複寫紙》這兩本吧？」

「嗯。那些是我從日本帶來的一本和一張的魔導書。」

你從肩甲的縫隙中抽出一本《書》和一張書頁。

《能夠強制他人回答的書》——《恆真審問書》……

以及《能夠複寫〈書〉的書》——《鏡像複寫紙》。

「嗯……或許不適合探索，但似乎能對抗筆者。」

「……是啊。很可惜，這兩本《書》比起探索，更適合戰鬥。」

《恆真審問書》是《若問題的答案是「是（YES）」，就能強制對方回答的書》，屬於一本強制審問書。只要將問題寫在書頁上並詠唱啟動碼，不論面對什麼樣的對手，都能夠強制奪取情報。

「……在獲得血憶吸取能力之前，這本《審問書》都是我要用來對付仇人的王牌……」

「事到如今，打倒敵人並吸取血憶更快。雖然也有只審問必要情報後逃走，避免與之戰鬥的用法。」

「如果敵人是筆者的刺客，這種作戰應該行不通吧……」

「嗯……雖可持續審問敵人以阻礙其詠唱，但以剩下的頁數看來，似乎難以應用在戰鬥之中。」

「因為只剩下五頁了嘛……」

《恆真審問書》這類《調查人心之書》可以有效運用在商業交易和犯罪搜查等領域，所以就算是抄本，價格也極為昂貴。要在遠離亞歷山卓的島國日本購買，更是需要付出一大筆金錢。

你的家族大手筆買下的也只是被他人使用過的二手《書》，書背上空虛地黏著僅僅五張書頁。

「……而《複寫紙》對無法使用魔法的我來說也已經沒有用處……」

《鏡像複寫紙》是可以將其接觸到的其他魔導書的一頁包含魔法功能在內加以複製一次

的魔導書。

也就是說只要有這張書頁，就能詠唱並發行一次複寫在上面的武裝解除魔法「破刃暴風槍」，不過……

（……我因為心理創傷的記憶，失去了魔法運用能力。沒辦法使用需要魔力迴路的詠唱型魔導書……）

「嗯……這麼一來，終究只能使用《最後祈禱》來尋找《書》呀。」

「……是啊。雖然記憶容量已經沒剩多少，也只能寫下【鑑定魔導書的技能】之類的能力，一本一本地確認所有的藏書了。」

「不，妾身另有想法。若是順利，或許能減少記憶容量的消耗，找出所需的《書》。」

「咦，妳有方法可以不靠記憶竄改嗎？」

「不，記憶竄改仍然有必要，但比起書寫鑑定魔導書的技能，頁數消耗較少。首先得確認一件事，汝在五年前之前曾進過這間書庫吧？」

「嗯……嗯，雖然幾乎都忘了……」

「只要進過一次，原理上應該行得通。或許能將沉睡於汝腦中的『書庫記憶』取出，提昇探索效率。」

「書……『書庫的記憶』？要進行什麼特別的記憶竄改嗎？」

「嗯，且待妾身娓娓道來。」

阿爾緹莉亞點頭回應你的疑問，接著開始說明：

「舉例來說……汝應該也有經驗，汝是否曾突然憶起久遠的記憶，或是怎麼也想不起原本極熟悉的記憶？汝可曾深入探討其原因？」

「咦？……嗯，像是腦中一片混亂，找不到記憶放在哪裡，之類的嗎？」

「嗯。其實人腦中『搜尋記憶的部位』與『保存記憶的部位』是分離的。前者集中於顳葉，後者則分布於大腦新皮質全域。」

「唔……好……好像突然談到了很難懂的事。這些該不會是《腦醫學書》上寫的艱澀專業知識吧？」

「不，是妾身的實際體驗。」

「實際體驗？妳的顳葉有損壞過嗎！」

「沒錯。回到原本的話題，人腦中保存和搜尋記憶的功能是分離的。汝雖有需搜尋之記憶，卻無法搜尋。正如這書庫中的書。」

「有損壞過啊……原來如此，意思是書（記憶）明明存在於書庫（腦）中，卻不知道哪些書放在哪裡了吧……」

你望著書架上排列的書背，想像自己腦中的模樣。

就像是存放著數量龐大的日記，卻沒有書籍索引，所以無法使用的巨大圖書館。忘了某件事的大腦說不定就處於類似的狀態。

「無論是腦神經系統還是書庫，管理大量情報皆需要索引。也就是說汝父應該也製作了《記錄書籍資料的書》——《**索引書**》。」

「啊……對……對喔！如果父親有準備藏書的索引，五年前的我很有可能看過它放在哪裡！要是能靠記憶竄改來引出當時的記憶……！」

是的。藉由重新建構大腦的索引，應該就能找出書庫的索引。

而且這種記憶竄改與創造新記憶的情況不同，幾乎不會消耗頁數。因為藉由重新建構搜索功能來達到喚醒記憶的行為，就只是遺忘或想起你一開始就知道的情報，並不需要創作獲得情報的情節。

如果只是「想起」某件事，《最後祈禱》只要靠幾行文字就能夠加以實現。

（……這種記憶竄改只是「回想」，如果我本來就不知道索引的位置，或是索引根本不存在的話就沒有意義……可是如果只消耗幾行的篇幅就能引出我遺忘的記憶，就很值得一試……！）

你抽出《最後祈禱》與鉛筆，打開書頁準備書寫。

【我回想起這個書庫的索引放在何處，使用它找到了有用的書。】——15ℓ.

果不其然，重新建構完成的搜尋功能正確地回想起五年前的記憶——

你從書架上抽出一本《索引》，開始尋找《書》。

◇　◇　◇

【距離喪失記憶　還剩二百三十九頁】

八個小時過去了。

一回過神，你想起自己直到剛才為止都還在尋找著《書》。

「啊！時……時間又跳躍了……！」

藉由記憶竄改，探索書庫的過程已經自動完成，因此你的手中在不知不覺間出現了兩本《書》。

《再製紙用再生紙》：可以將使用過的《書》再次使用的《書》。

《滯時式　超速達信封五百入》：能以超高速送達信件的信封（已貼郵票）。

「……信……信封？」

你閱讀應該是自己所寫的說明文，疑惑地歪起頭。

《再製紙用再生紙》——《能夠重複使用〈書〉的書》似乎可以藉由再製頁數減少的《最後祈禱》來恢復記憶容量……

「……就算已經貼好郵票，速達信封能用在戰鬥上嗎……？」

「唔嗯……這可是汝親自挑選的《書》，應該有其用途吧。」

一臉無聊的阿爾緹莉亞坐在成堆的《書》上對你這麼說。連續幫忙找了八個小時的《書》，就算是最強吸血鬼似乎也會疲憊。

「……好……好吧，至少《再製紙用再生紙》好像派得上用場……呃，這本《書》裡面的頁數超少的！只剩三頁了！」

你打開異常輕盈的封面，錯愕地大叫。你原本心想有了《能夠重複使用書的書》就可以複製《保存記憶之書》，增加記憶容量，但這本《書》卻只剩下三張書頁。

「頁數這麼少，就算複製《最後祈禱》也多不到幾分鐘的餘命……！我還以為父親的藏書裡應該會有《治療記憶障礙之書》的……」

「唔唔唔……若能使用在其他《書》上，應該有無限種應用方式……但只靠這本《再生紙》，實在無法解決記憶障礙的問題吶。」

「……另一本《信封》連有什麼用途都不知道……」

這些是藉由記憶竄改而發現《索引書》的你從數量龐大的藏書中找出的《書》，我想應該有什麼有效的運用方式……可是平淡無奇的《速達信封》究竟要怎麼應用才好呢？

「嗯……或許實際用起來會是有用的《書》吧？」

「……我覺得好像不是很方便，不過還是試用看看好了。」

雖然附帶《滯時式》這種謎一般的說明，但既然是《信封》，就一定是能將物品寄送給他人的《書》。

你取出剩餘頁數相對之下比較豐富的《摺紙套組》，把書頁撕下來放進《速達信封》中。你接著在《信封》的收件人欄位寫下「阿爾緹莉亞」，再用附屬的封蠟（用以封起信封的蠟）封好——

「……唔喔！」

噗！信封應聲長出一對翅膀，在你的手掌上振翅起飛。《速達信封》漂亮地在空中滑翔，飛到阿爾緹莉亞的頭上，然後啵的一聲開啟。

「哇！送……送到妾身這兒來了！」

「……原來如此，會自動寄送的《信封》啊……雖然嚇了一跳，不過這和把《摺紙》揉成一團再丟出去有什麼差別？」

看著輕輕飄落的書頁，你無力地低聲說道。雖然能自動配送的信封是很方便，但你實在不覺得它能在戰鬥中派上用場。

「嗯……嗯……頂多是不確定收件人位於何處時也能使用吧。」

「……真是那樣的話，這種《信封》不知道能飛多遠的距離？假如寫下『筆者的刺客』再蓋上封蠟……」

你拿出第二個信封，寫下「筆者的刺客」並蓋上封蠟。結果不出所料，信封沒有長出翅膀，只是停留在你的手上。

「……也對，怎麼可能靠這種方法就能找出筆者嘛。」

「唔……汝，妾身有些不解，為何方才光是『阿爾緹莉亞』之名便能鎖定特定人物？若多人同名又該如何判斷？」

「我……我也不知道啊……可是聽妳這麼一說，的確很神奇。說不定有其他人和妳同名，它是怎麼鎖定收件人的？」

「唔唔唔……《書》或許能讀取使用者之記憶或情報吧？汝與妾身彼此相識，卻沒見過筆者對吧？」

「意思是《信封》會從我的記憶中搜尋收件人，所以只寫『阿爾緹莉亞』也能送到嗎？這麼說來，就算把人名縮減到只剩『銀』，應該也能送到吧？」

你半信半疑地拿出第三個《信封》，寫下「銀」並蓋上封蠟。於是《信封》便長出純白的翅膀，飛翔到阿爾緹莉亞的頭上並自動開封。

「咦，只……只寫一個字也能送到……？」

「……嗯，這或許是頗為有用的《書》吶。既然長有翅膀，即使敵人躲避也能追蹤，從遮蔽物後方亦能發送。即便不知收件人之名，若能透過記憶鎖定寄送對象，似乎同樣能寄送。」

「……原來如此。如果和使用《摺紙》製造火焰和牆壁的方法搭配，只要是見過一次面的對手，不管對方躲在哪裡都能攻擊……嗯？」

你喃喃說到這裡，感覺到腦海某處有靈光一閃。

這本《滯時式速達信封》就算是極為模糊的人名，也能透過搜尋使用者的記憶來進行寄送。其搜尋性能之強，即使只有「圖書迷宮的銀夜　阿爾緹莉亞・阿爾・阿塔納西亞・安納西亞・奧莎納西亞」之中的一個字也能送達。

很遺憾，「筆者的刺客」並不存在於你的記憶中，所以再優秀的搜尋功能也是英雄無用武之地，不過……

「……等一下。艾莉卡不是見過『筆者的刺客』嗎？」

在隔壁辦公室的艾莉卡的記憶中，應該存在「筆者的刺客」。

「啊！汝，那個小ㄚ頭遇襲時，應該親眼見過筆者的刺客！倘若先前的假設為真，此《書》是以使用者之記憶為基準來鎖定收件者！」

「是啊！就算我無法發送，艾莉卡應該就能啟動《信封》了！」

你這麼喊著跑了起來，踢散堆積如山的書，往室內門奔去。如果《信封》能送到筆者的刺客那裡，應該就能推測出對方的位置！

你猛力撞開黑檀木門，想要對艾莉卡發表自己的成果。

「艾莉卡！我好像得出大成果了！或許有方法可以找出筆者的刺——」

「——發行，石蛇奴僕。」

艾莉卡放出了魔法，石槍形成一道瀑布向你襲來。

「咦……嗚哇！」

石塊觸手纏繞住你的身體，將你固定在書齋的半空中。門關閉的聲音在你的背後響起，將你和吸血鬼真祖分隔開來。你還沒理解發生了什麼事，坐在辦公桌前靠著椅背的艾莉卡用沉靜的聲音對你說道：

「……奧月同學，你找到《治療記憶障礙之書》了嗎？」

「咦……咦咦咦？比起這件事，我比較想問妳為什麼要束縛住我……」

「……看你的反應，似乎沒有找到《書》呢。太好了，不枉費我花了八個小時想出『克服記憶障礙的方法』。」

「咦……什……克……克服記憶障礙的方法？」

聽到她突然告訴說有方法能解決記憶障礙的問題，你驚訝得大叫。

艾莉卡原本低頭看著攤放在辦公桌上的無數文件，聽到這句話後緩緩抬起目光，毅然注視著你。

「……奧月同學，你說自己想追求五年前的真相，是真心的吧？」

「艾……艾莉卡……？」

讓人聯想到深邃大海的群青色眼瞳在轉眼間散發出帶著決心的凜然光輝。

就像是眼神深處藏著隱而不明的真相一樣。

「……不會吧，艾莉卡。這個書齋有與五年前的真相有關的證據嗎……？」

你注意到一件事。雖然對你來說只是一瞬間的記憶，但你正在調查書庫的期間，艾莉卡也在令尊的辦公室調查了八個小時。

既然《最後祈禱》在調查書庫的期間完全沒有關於艾莉卡的描述，就表示她不是沒有找到任何應該向你報告的成果——

就是得知了決定性的真相，於是拚了命尋找證據。

「……是的話就告訴我吧。我就是為了查明真相才會來到這裡的。」

你的記憶容量僅剩二百三十二頁與八個小時。即便從書庫找到了《再製紙用再生紙》，也是相當少的時間。要繼承令尊的遺志，成為能夠拯救他人的人，你就必須治療自己的記憶障礙。

「艾莉卡，克服記憶障礙的方法到底是什麼？」

「……要實行那個方法，必須有清流的滋潤，也就是會流動的水。根據奧月老師的資料，這個樓層有『圖書館』，那裡好像有不受汙染的清涼泉水。請你和真祖到那裡等我。」

「咦，等一下，為什麼妳不和我們一起去？只有妳知道治療方法，而且也有可能會受到筆者的襲擊……」

「……很抱歉。我有準備工作要做。而且只要你和真祖在一起，筆者就絕對不會襲擊你。」

「我和阿爾緹莉亞在一起就不會被襲擊？的……的確，有銀夜在身邊，就算是筆者應該也不會隨便出手……」

艾莉卡沒有回答你的疑問，把辦公桌上的文件收起來，然後緩緩站起身。桌上唯一留下的一張羊皮紙似乎是通往「圖書館」的地圖。

「……那招石之魔法過了一定時間就會解除。請你們先到目的地等我。」

「我知道了。只要跟著地圖走，就會到那個『有水的圖書館』了吧？」

「是的……我就不耽誤你的時間了，我也會馬上出發。」

用沉靜的聲音這麼說完後，艾莉卡用手指觸碰書齋的開門裝置。令尊所建構的魔導結構於是啟動，厚重的大門緩緩敞開。

「……奧月同學，我既然受了偉大博士所救，就一定會拯救你免於遺忘的命運。就算這個舉動會讓你得知殘酷的真相也一樣。」

艾莉卡這麼說道，然後轉身踏入黑暗的迷宮。

冰冷的腳步聲在重新關起的魔法門對面迴響，最後消失。

【距離喪失記憶　還剩二百三十一頁】

「……呃，彎過這個書架再一路直走，應該就能到『圖書館』了……」

十幾分鐘後。一如艾莉卡所說，從石塊的束縛中解放的你按照她所留下的地圖，走遍了數十間閱覽室，前往據說有流水的「圖書館」。

「……嗯……汝，那張地圖真的可靠嗎？」

「嗯，這張地圖的筆跡跟父親一樣，我想應該值得信任。我很同情妳因為她的魔法而被書庫的門撞到鼻子。」

「嗯……哼！妾身與那人打從一開始便不投緣！突然連射石槍，用魔法關門攻擊妾身，還用猥褻的肉塊擠壓妾身之眷屬的手臂呢！」

「好啦好啦阿爾緹莉亞……啊，那道光是『圖書館』的嗎？」

你回應一臉不悅的阿爾緹莉亞時，陰暗的迷宮中出現一個淡淡的光點。你加快腳步靠近，長方形的白色光源便愈來愈大——

最後擴展在你的眼前。

「……這裡是和『浮嶽圖書館』不同的『圖書館』啊。」

你一踏進光芒裡，紅色的晚霞便灼燒了你的視網膜。你慢慢睜開眼睛，視野就一口氣展開，映照出漂浮在深紅色天空裡的無數樹木與噴水池。

「這裡也是在地底下有天空……圖書迷宮果然是個不可思議的地方……」

「……嗯，看來確實有豐富的清泉……」

「圖書館」以火紅色的雲為背景，有無數灰色圓盤漂浮在天空中。

圓盤上裝飾著草地與噴水池、庭園樹木，空中階梯連接著每個圓盤，在半空中形成一個迷宮，一直延續到天空的盡頭。

「啊，入口處的石碑上有寫名字……叫做『空庭圖書館』啊。」

「空庭圖書館」是存在於圖書迷宮內的各式「圖書館」之一。

這裡充滿了此處特有的花草樹木、動植物，是由美麗的空中庭園所形成的迷宮。

「……這麼一來，咱們便抵達了那丫頭指定的地點。」

「嗯，雖然夕陽很漂亮，但好像也沒有其他東西可以看了……」

你們乖乖移動到了這裡，不過既然關於治療方法的資料在艾莉卡手上，你們就無事可做。為了與她會合，你們也不能離開入口太遠，所以似乎只能在這裡打發時間了。

「嗯，這裡乍看之下好像沒有什麼危險的動植物……」

「太過深入並非明智之舉……話說回來，解除記憶障礙呀。事到如今似乎不該多問，不過那人真的值得信任嗎？」

「大概吧。如果是偉大博士的書齋，有解除魔法的資料也不奇怪，而且我不覺得艾莉卡會違背奧月戒的遺志。」

你說得沒錯。雖然曾企圖射殺你，但艾莉卡應該不會自願做出玷汙奧月戒之名的行為。只要不背離令尊的教誨，她應該都會是你的夥伴。

「……而且我就是因為沒有相信妳，才會差點害妳石化而死。所以現在比起思考被背叛要怎麼辦，我寧可試著相信。」

「唔……唔嗯……」

「沒問題的，我一定可以解開遺忘的詛咒。我不是答應過妳了嗎？不管有什麼困難正在等著我，我都不會忘了妳的救命之恩。」

「唔嗯……！……哼……哼，想哄騙妾身也是沒用的！反正汝這木頭人說這話肯定只是無心之語！」

「我不是想要哄騙妳啦。我只是想說我答應過妳了。」

「唔……唔唔唔……不……不理汝了！若不遵守約定，妾身便用那條護符項鍊勒死汝，作好覺悟吧！」

「知道了。我還不想死，我會謹記在心的。」

你微微笑著回答，轉頭望向「空庭圖書館」的晚霞。

「阿爾緹莉亞，反正艾莉卡也還沒有來，要不要稍微逛一下『圖書館』？只要別離入口太遠，休息一下子應該沒關係。」

「……哼……哼……沒辦法了，妾身就陪陪汝。」

阿爾緹莉亞仍然撇開臉，捏起你的制服一角。

「……哦，好大一座噴水池吶！」

「哦哦……好壯觀，會不會比亞歷山卓市中心的噴水池還要大？」

和阿爾緹莉亞一起登上空中階梯的你來到一個有著大型噴水池的圓盤。

圓形岩盤的外圍立著書架形成的牆壁，除了寬約兩公尺的石磚路，還有個直徑三十公尺左右的水池。

「……水的透明度也相當高……這些水到底是從哪裡流過來的？」

「哼哼，人類的狹隘常識在圖書迷宮是不管用的。有水憑空湧出也不稀奇，流往何處都不奇怪吶。」

「我是不知道妳為什麼要一臉得意啦……話說回來，這個地方這麼漂亮，卻連一個探索者也沒有。」

「因為這座『空庭圖書館』似乎已結束探索許久，也比其他『圖書館』危險。登上這座圓盤時，汝也看見了下方的雲海吧？」

「咦？是有看見沒錯，可是那些雲哪裡危險了？」

這座圓盤的下方只有一片無限延伸的白雲之海。鄉下出身的你只覺得這是一幅不可思議的美麗光景……

「……汝，發出超音波便可知，這座『圖書館』是**無底**的。一旦從圓盤或階梯上失足，便會在空無一物的天空中墜落直到永遠。」

「咦？會……會一直墜落下去嗎？永遠？」

剛才還能悠閒眺望的景色突然讓你感到恐懼不已。身為不死者的你並不會摔死，但永恆的墜落與死亡幾乎無異。

「而且『圖書館』因其特異之處，經常被選為戰場。」

「……既……既然除了飛行種族以外的人從圓盤上掉下去都會死，的確沒有人會想來……嗯，還是不要靠近邊緣好了。」

你決定盡量遠離圓盤的外緣。你脫掉靴子和襪子，然後把褲管往上摺起，踏進噴水池中。深度只到腳踝之上的清水十分涼爽，因為探索迷宮而累積的疲勞就像是被流水融化了似的。

「嗯嗯，好舒服喔！靠近噴水的地方不知道會不會更涼爽？」

你看著從圓盤中央噴出的流水薄膜，輕聲說道。要戲水是無妨，但可不要把我弄濕了。否則小心我用記憶竄改來讓你在社會上永無立足之地喔。

「喂～阿爾緹莉亞，妳要不要也下來？在迷宮走這麼久，妳也累了吧？」

「嗯……這樣呀，汝似乎還耐得住。」

你用雙手捧起清水這麼說，阿爾緹莉亞就有點不高興地回應了。

「咦，耐得住什麼？」

「……對汝這半人半鬼還不成問題，但吸血鬼是無法游過流水之中的。姑且不論全盛期，如今的妾身在流水中恐怕會立即溺死。」

「啊……對喔，吸血鬼好像有很多麻煩的弱點。」

「哼，妾身可是吸血鬼真祖。即便共享血統與不死之身，妾身仍是與汝這眷屬天差地別的怪物……汝就獨自戲水吧。」

「……阿爾緹莉亞……」

明明受到夕陽照耀，吸血鬼真祖的臉卻彷彿蒙上一層淡淡的陰影。你掀起一陣水波，撥開流水走向阿爾緹莉亞身邊。

「……妳真笨。既然妳是我的真祖，命令我『帶妳過去』不就好了。就算妳不能渡過流水，有我這個眷屬抱著就行了吧？」

「汝？哇哇！喂……喂，做什麼呀！」

你用雙手環抱住鮮紅色洋裝的腰部，一把抱起吸血鬼真祖。你接著溫柔地把她的身體放在噴水池中的踏腳石上。

「咿……流水！汝汝汝……汝絕對不准放開妾身！」

「啊哈哈，妳也太膽小了吧。流水根本沒什麼好怕的啦。」

你這麼說著抓住慌張得亂揮的雙手，因害怕水而顫抖的指尖便緊緊回握住你的手指。

「……妳看，沒什麼吧？」

「唔……唔嗯……嗚咕，汝就是這點狡猾！擅自握起妾身之手，若……若是溺水可該怎麼辦才好！」

「站在踏腳石上要怎麼溺水啊。喏，要不要坐下來泡泡腳？」

「……拿……拿《收納書》來……妾身不想濡濕這身衣服，讓妾身更衣。」

「好好好，眷屬謹遵真祖之命。」

你對語氣冷淡的阿爾緹莉亞微微一笑，把《收納書》輕輕放在她所站的石灰岩上。

「……聽……聽好了，閉著眼睛攤開交領衣等待。直到妾身允許為止，絕對不准睜開眼睛。」

「嗯，是放在我的制服連衣帽裡的衣服吧？」

你說完後閉上眼睛，你原本牽著的手就隨著啵的聲音離開，還可以聽到失去肉體支撐的鮮紅色連身裙被吸進《書》裡的聲音。

你用空下來的雙手攤開衣服，擺出方便蝙蝠阿爾緹莉亞飛進來的姿勢。於是啵的聲音再度響起，布料的觸感從你的指尖抽離。

「嗯，阿爾緹莉亞，妳變回來了嗎？」

你慢慢睜開眼睛——卻沒有看到阿爾緹莉亞的身影。

「……咦？」

咚！你旁邊的噴水處傳來物體受到重擊的聲音。

這時你腳下的流水開始染上鮮紅的血色。

「……阿……阿爾緹莉亞？喂……喂，妳到底在哪裡……」

你回頭望向噪音的來源，也就是圓盤中央的噴水處。

「！」

你看見吸血鬼在血液形成的水膜後方，雙手被花崗岩之槍貫穿。

「啊……阿爾緹莉亞！」

「莫靠近！」

「唔！」

你在最後一刻抽回往水膜深處伸出的手，石槍便從你的手指前方穿過。從地面竄起的石柱互相交叉，形成一座堅固的**石籠**，關住了吸血鬼。

「阿爾緹莉亞！這座籠子是怎麼回事啊，阿爾緹莉亞！」

「**吸血鬼**——」

「是誰——嘎啊啊啊！」

你回頭往背後的聲音來源望去的同時，飛來的石槍將你的雙腿釘在地面上。你忍受從大腿骨蔓延的痛楚，勉強睜開眼睛——

「具有**無法渡過流水**的特性。因此『空庭圖書館』的噴水池是束縛吸血鬼最堅固的牢籠。」

手上持有灰色魔導書的金髮魔鬼映入你的眼簾。

「什……艾莉卡！妳到底是什麼意思！」

面對慢慢登上階梯的艾莉卡，你怒吼著問道。

「妳明明說要繼承我父親的遺志……這就是奧月戒之徒的所作所為嗎！妳到底為什麼要做出這種像是偷襲的事！」

「……要告訴你真相，我也只能這麼做了。」

「真相？要是有人的腳被長槍釘住還能心平氣和地跟對方聊天，我還真想看看！」

「希望你能察覺我為什麼要瞄準你的腳。如果我一開始就打算殺你，就會像對付真祖一樣貫穿你的雙手，免得你抽出魔導書。」

「妳該不會是覺得只要沒有殺人的意思就可以刺穿別人的腳吧！」

你感覺到彷彿血液沸騰般的盛怒。解開了殺父之仇的誤解，你原以為你們已經不再是殺人犯與被害者，而是能建立起戰友之間的信賴……

「……可是妳卻背叛了我。妳想要回到殺人魔和吸血鬼的關係是嗎……！夠了，阿爾緹莉亞，把噴水池的底座打壞！那麼做應該就不會再有水簾噴出來了！」

「沒有用的。現在的真祖，臂力只和外表年齡相同的少女差不多。只要讓她遠離**吸取血憶的來源**，她就無法使用銀夜和瞬間詠唱，只不過是個無力的怪物。」

「什麼……妳到底對阿爾緹莉亞做了什麼！」

「……奧月同學，她什麼都沒有告訴你呢。」

「什麼都沒有告訴我的是妳吧，妳到底為什麼要這麼做！」

「——真祖的記憶只能維持三分二十六秒。」

「啊？」

艾莉卡的發言打斷了你的質問，讓你錯愕地吐息。

（……阿……阿爾緹莉亞的記憶**只能維持三分二十六秒**？）

「妳……妳到底在說什麼……！」

「烙印在真祖身上的遺忘詛咒每過三分二十六秒就會將她的記憶歸零。就是因為透過不死之血的輸送，你才會感染到同樣的詛咒。」

「將記憶……歸零……」

你對艾莉卡的猛烈怒火漸漸轉變成內心的動搖。

奪去受術者記憶的「遺忘詛咒」。這是束縛你的思緒的牢籠，本來應該跟吸血鬼真祖一點關係也沒有，只是你獨有的詛咒。

阿爾緹莉亞的記憶竟然只能維持三分二十六秒——

這件事，她一次都沒有告訴過你。

「……我……我不信！前天才剛遇見阿爾緹莉亞的妳，不可能知道這麼重要的情報！」

「……很遺憾，我並沒有說謊。如果你懷疑的話，我有證據能證明。要我唸給你聽也沒有問題。」

艾莉卡完全不理會你的困惑，從手中的魔導書裡拿出一疊紙張。你原本以為那是攻擊用《書》，往右肩伸出手——

「迷宮曆六百四十三年五月七日。『討伐魔王阿爾緹莉亞之作戰草案』**奧月戒　筆**。」

可是那幾十張紙卻只是報告書的草稿。

「！」

「『吸血鬼化所伴隨之各種症狀的觀察過程及對策』奧月戒　筆。『緩和變異性休克之藥草學臨床實驗』奧月戒　筆。『經評估為魔王阿爾緹莉亞所造成之犧牲者歷史資料』奧月戒　筆。『定時式遺忘咒術之不死者封印實驗』奧月戒　筆。『吸血鬼討伐戰役之各項費用第四次試算』奧月戒　筆。『吸血鬼化解除實驗　第二次報告書』奧月戒　筆——」

「奧……『**奧月戒　筆**』是怎麼回事……！」

聽到你用顫抖的聲音這麼問，艾莉卡停止了翻閱資料的手，用冰冷的聲音回答：

「這些資料全都是我在奧月老師的書齋找到的。」

撰寫這些文件的人，正是「藥草院」最優秀的偉大博士——奧月戒。

「……不可能……！」

「我就明白地說了。你還不是吸血鬼，也還有機會變回人類，更不需要什麼《保存記憶之書》。」

不，她所說的話必須是謊言。因為艾莉卡否定的所有事實都是你到目前為止當作行動指標的最根本情報。

如果連這些情報都是騙局，你的三百零六頁就全都是謊言了。

「你剛才的反應讓我終於確定……奧月同學，你被真祖騙了。」

「……我才沒有被騙……！我絕對不會受騙！」

艾莉卡沒有再回話，而是闔上手中的魔導書，把它插回肩甲的縫隙裡。她應該是想要表明自己並沒有繼續傷害你的意思吧。

「奧月同學，你是不是有這樣的**誤會**？」

群青色的眼裡帶著哀憐目光的艾莉卡繼續說道。她的聲調溫柔得不像是正在對想要殺死的對象說話——讓你有種致命的錯誤即將發生的預感。

「比如說被吸血鬼咬到就會變成吸血鬼，變成了吸血鬼就無法再變回人類，不尋找《保存記憶之書》就會完蛋。」

「！」

「你是不是有這樣的**誤會**？」

「妳……妳在說什麼……！」

艾莉卡所說的話簡直是無法理解的胡言亂語。

她的每一句發言都和你所知的情報相違背。有誤解的人明明應該是艾莉卡而不是你……

「——這些都是那邊那個瀕臨死亡的吸血鬼真祖灌輸給你的。」

你的情報來源是阿爾緹莉亞，只有這一點是千真萬確的。

「我就明白地說了。你還不是吸血鬼，也還有機會變回人類，就連尋找《保存記憶之書》的行為都是不必要的。」

「……不對，妳騙人……！」

「我再重申一次，我並沒有說謊。你讀過伯蘭．史杜克的書嗎？因為是很古老的文獻，所以其中也有落後時代的地方，但對於被釘在那裡的『正統不死之王』卻是十分實用的吸血鬼對策必讀書呢。」

「伯蘭．史杜克是描寫凡赫辛之活躍的，吸血鬼故事的發掘者……」

「沒錯。雖然最近愈來愈多的低等吸血種之中也有能夠『立即將吸血的對象轉化為吸血鬼』的吸血鬼，但卻和吸血鬼真祖的性質不同。」

「什麼？意思是就算被吸血鬼真祖吸血也不會變成吸血鬼……？」

艾莉卡點頭肯定你說的話，繼續針對「正統古典派吸血鬼」進行講解：

「混到吸血鬼之血的人會變異成稱為『吸血祭品』的狀態。這個階段雖然會被聖餅灼燒肌膚，卻還是會維持身為人的生命活動，受到日光照射也只會疲勞而不會死。就像是史杜克書中的米娜．哈克，或是**現在的你**。」

「……妳的意思是我還不是吸血鬼，而是『吸血祭品』嗎？」

「是的。人變成吸血鬼的時機是在解剖學上真正死亡的瞬間。人類是生者，而吸血鬼是死者。人類（生者）要變成吸血鬼（死者），死亡是必經過程。」

「……不，那樣沒辦法說明我的再生能力！我經歷過妳的殘酷拷問啊！如果我還是人類，怎麼可能還活著！」

雖然說起來很哀傷，但的確沒有道理。你承受過正如字面那般「要人命」的對待，如果你是「吸血祭品」，應該早就死了。

「我的意思是你是『死亡』的。並不是『已經死亡』的狀態動詞，而是正處於死亡途中的動態動詞——簡單來說就是『dying』而非『dead』。」

「不是狀態動詞……而是動態動詞……？」

「也就是說你的人類比例正在緩慢地減少中。經過與我的戰鬥後減少到七成，吸血鬼性就填補了不足的三成。你正在緩緩地接近死亡（吸血鬼）。」

「緩緩地接近死亡（吸血鬼）……」

雖然艾莉卡的說法有些難懂，不過她的意思如下：

①你是處於生死夾縫中的人類，正在緩慢地走向死亡。

②死亡的過程稱為「吸血祭品」，這個過程一旦結束，你就會成為真正的死者（吸血鬼）。

「……一般來說，吸血鬼化的過程會隨著流失血液而進行。如果發生戰鬥，因而傷害到你，僅剩七成的人性就有可能繼續減少。所以我才有必要在一開始就束縛住你的行動。」

「……那……那妳說『還有機會變回人類』是什麼意思……！」

「沒錯。就算是吸血祭品，你還是一個普通的生者（人類）。只要能除去混入血液的吸血鬼性，你就能變回原本的正常人類。」

雖然一時之間令人難以相信，不過如果是真的，那就太僥倖了。原以為自己已經死亡，變成再也無法回到陽光下的怪物，你卻還是個人類。

（……我還能……還能變回人類嗎……？）

「如何？這些事，那邊那個瀕死的真祖有告訴過你嗎？」

「這……！」

被這句話影響的視線——望向咬著下唇保持沉默的阿爾緹莉亞。

「……汝……妾……妾身……！」

「……她怎麼可能告訴你呢？你對真祖來說是個忠實的奴隸，也是緊急時刻的備用糧食。真祖是不可能蠢到給予家畜知識的。」

「……妳說的話聽起來很有道理。可是，我不認為阿爾緹莉亞是在欺騙我。因為阿爾緹莉亞救了我一命！就算妳說的話都是真的，阿爾緹莉亞救了我的事實還是不會改變！」

「你要相信吸血鬼真祖嗎？……我知道日本人視忠義為美德，但真祖直到十幾年前受到詛咒為止，都是威脅了人類五世紀之久的**怪物**呀。」

「不對！她是……阿爾緹莉亞是我的……！」

「我並沒有說錯。圖書迷宮的銀夜，能力吞噬者阿爾緹莉亞是——

殺了十萬多名人類的**魔王**。」

「……！」

殺了十萬多名人類的魔王。

你一時間聽不懂這句話是什麼意思。

（阿爾緹莉亞……殺了人？）

「你以前曾稱我為殺人魔，但魔王殺的人比我還要多得多了。」

（殺了十萬多名人類的……魔王？）

你努力想要理解艾莉卡所說的話，所以——

「正因為如此，在亞歷山卓爭奪霸權的『聖堂』、『騎士團』、『藥草院』、『工房』這四大勢力才會全部集合在征討魔王的旗幟之下——跟隨奧月戒的指揮投入吸血鬼戰役。」

「什……！」

聽到「奧月戒」之名，你的心不禁受到極大的動搖。

「妳是說父親他……奧月戒曾經挑戰過魔王（阿爾緹莉亞）……？」

「這是事實。銀夜殺人的紀錄曾多次出現在迷宮史資料中。據說全部合計起來，被害者高達十幾萬人。」

艾莉卡唸出令尊的遺稿，告訴你殘酷的事實。

圖書迷宮的銀夜——能力吞噬者阿爾緹莉亞過去曾是奧月戒的敵人。

（……這麼說來，我是在保護魔法罪犯……保護父親的敵人嗎？）

「老師率領四大勢力作戰，是成功打倒魔王的最大功臣。如果他還在人世，應該會集全亞歷山卓的尊敬於一身吧。」

（難道我應該站在消滅阿爾緹莉亞的一方嗎？）

「好了，這樣你還能繼續相信魔王嗎？相信一直欺騙著你的父親的敵人——迷宮史上最邪惡的吸血鬼，能力吞噬者阿爾緹莉亞。」

（我……我真的被阿爾緹莉亞欺騙了嗎？）

「……阿爾緹莉亞，她說的話……是真的嗎……？」

「……妾身……妾身……！」

「你問也沒用。在十幾年前，投入『聖堂』、『騎士團』、『藥草院』、『工房』的主力以及數千探索公會的吸血鬼戰役中，那個怪物就已經被關進遺忘的牢籠了。她中的就是『藥草院』最優秀的偉大博士——奧月戒的**記憶咒縛魔法**。」

沒錯。如果艾莉卡所言不假，阿爾緹莉亞的記憶就只能維持三分二十六秒。

就算問她真相，她也無法回答。

「魔王本該因此而毀滅。以數千名資深探索者的性命為代價。」

「……可是她沒有毀滅……因為迷宮裡存在著《保存記憶之書》。」

「是的。失去曾有的力量，衰弱成一介少女的魔王被魔獸和陷阱、魔導書、遺忘的牢籠殺死了無數次——卻一反老師的預料，取得了《書》。」

雖然沒有親眼見過，真祖阿爾緹莉亞的地獄卻在一瞬間閃過你的腦海。淪落為一名無力少女的她依靠著唯一剩下的不死之身，不斷尋找《書》。

死亡、遺忘再復甦，死亡、遺忘再復甦——只有對人類的復仇之意是她的心靈支柱。

「而那本《書》正是解開你的第三個誤會的關鍵。奧月同學，你因為每過八個小時就會喪失記憶，所以正在尋找《保存記憶之書》吧？」

「……是啊。我的記憶只能維持八個小時及一千頁……」

「你的確需要《書》。關於吸血鬼傳染給眷屬的遺忘詛咒，其解除方法在資料集中就像是後來被銷毀一樣，有著**不尋常的缺損**。可是你沒必要為了找《書》而去探索迷宮。」

艾莉卡抬起右手，用她的纖細手指指向阿爾緹莉亞。

「因為那個魔王就有了——

《圖書迷宮的吸血奇譚》。」

——《圖書迷宮的吸血奇譚》。

它正是這本《最後祈禱》的原點，也是《保存記憶之書》的原典。

被偉大博士的魔法關進遺忘牢籠中的吸血鬼真祖帶著憤怒與憎恨在黑暗的迷宮中徘徊，在無限的死亡與再生之盡頭抓住的——A級魔導書。

「魔王的記憶每過三分二十六秒就會消滅。所以只要奪走原典，讓她遠離《圖書迷宮的吸血奇譚》三分二十六秒就行了。那麼做就能消滅魔王，你也能得到《保存記憶之書》。」

這的確是能同時拯救人類和你的完美方法。

（……阿爾緹莉亞的記憶被詛咒了。所以就像是我遠離《書》八個小時就會失去所有記憶一樣……）

阿爾緹莉亞遠離《書》三分二十六秒，就會遺忘一切。

（忘記《吸血奇譚》的事，忘記我的事，連自己是誰都忘記……）

然後永遠被困在遺忘的牢籠之中。

「……魔王是足以威脅人類生存的最強怪物。她必須死。」

（我或許還是個人類……既然如此，魔王阿爾緹莉亞就是我這個人類的敵人。）

你的左胸感覺到一陣疼痛。

「而且……你的記憶存量也所剩不多了吧？就算把剩下的所有時間（頁數）都花費在探索迷宮上，也不保證能找到《書》。」

就算被小刀刺穿也不會感覺到痛的心臟——

（……艾莉卡說得沒錯，我的記憶只剩下兩百零九頁的容量。）

「就連A級魔導書《圖書迷宮的吸血奇譚》都能歸你所有。」

每聽艾莉卡說出一句話，就會感覺到一陣劇烈的疼痛，大聲哭號。

（……有了A級的原典，應該也很有可能治好我的心理創傷。）

「好了，殺死魔王吧。」

你明明就要作出正確的判斷——

（只要捨棄阿爾緹莉亞……我的問題就能夠全部解決。）

「能力吞噬者阿爾緹莉亞是個只能以搶奪維生的吸血鬼真祖。」

（所以就算我殺了阿爾緹莉亞，應該也無所謂吧？）

內心卻一陣抽痛。

你想像自己殺死阿爾緹莉亞，永遠遺忘她的樣子。

「……對不起，阿爾緹莉亞。」

你緊緊握起拳頭，喃喃說道。

「……！」

聽到這句話，阿爾緹莉亞的身體顫抖了一下。

鮮紅色的眼裡盈滿淚水，迷宮最強的吸血鬼浮現覺悟的笑容，這麼說道：

「無……無妨……妾身早已預期到這般結局。」

那張掩飾自己的笑容就像是貼著懺悔、悲壯、後悔和勉強裝出的堅強。

「……妾身終究是吸血鬼，終究是殺死十萬人的魔法罪犯……不……不只如此，妾身更是欺騙汝至今……」

面對死亡的恐懼，阿爾緹莉亞害怕得顫抖，卻還是拚命壓抑著哭聲。

「……很抱歉欺騙了汝。」

看到鮮紅色的雙眼閉起，淚珠滑落臉頰——

「——請原諒一瞬間為了解脫而考慮殺死妳的，差勁的我。」

你用幾乎可以捏碎的力道緊握住插在大腿上的石槍。

「什……！」

「汝……？」

（……我現在才理解為什麼考慮殺死阿爾緹莉亞的事情這麼令我心痛。）

「抱歉，我不能殺死她。我沒辦法作出那種覺悟。」

你用盡全身的力氣，開始拔起花崗岩製成的六角柱。

「你……你到底在做什麼！如果大腿動脈出血，會危及到你僅剩七成的人性的！」

「沒錯，汝尚有機會回歸人類身分！而且妾身可是欺騙了汝至今吶！」

「無所謂。恩人（妳）被吊了起來，我怎麼能被釘在這裡悶不吭聲。」

插進噴水池底部的槍尖應聲折斷。

「奧……奧月同學！你沒有聽到我說的話嗎？那邊那個魔王是奧月老師的仇敵！她可是殺死十萬多人的史上最凶惡魔法罪犯呀！」

「即使如此，她也是我的恩人。如果阿爾緹莉亞沒有救我，我早就在那個陰暗迷宮的深處變成其中一具無名屍了！」

（我會想要保護阿爾緹莉亞，而且不想忘記她——）

「阿爾緹莉亞對我伸出了援手。不管是在宿舍、走廊、教室、陽臺、圖書迷宮，她都一直待在我身邊！阿爾緹莉亞是我的恩人！」

（——一定是因為我開始喜歡上阿爾緹莉亞了。）

你一從大腿拔出石槍，傷口便冒出大量的血煙並瞬間再生。

「……真祖阿爾緹莉亞過去或許真的是個惡人。如果沒有真祖，或許不會有人在吸血鬼戰役中喪命，我也不會被妳殺死。」

「既……既然你明白這一點，為什麼還要違背奧月老師的遺志……！」

「即使如此！」

你丟棄沾滿鮮血的石槍，正面反駁艾莉卡。

「即使如此，父親也不會為了解決一切問題而將敵人趕盡殺絕！偉大博士奧月戒是個甚至願意相信並拯救敵人的人！」

沒錯。令尊不管面對什麼樣的罪人，都不會放棄給予救贖和寬恕。不是因為純熟的魔法，不是因為高深的知識，而是因為持續引導人們走向正途，人們才會尊稱他為「偉大博士」。

「父親教導我的『恩情的定義』絕對不會要我殺死曾經作惡的恩人！如果阿爾緹莉亞犯下了罪過，誤入歧途──我就賭上自己的命，把阿爾緹莉亞帶回陽光之下！」

「為什麼你就是不懂！你只是被魔王給利用了！她只是看準了你的天真和缺乏覺悟的心態，把你當成擋箭牌而已！」

「妳所謂的『覺悟』就是把恩人關進三分半的牢獄中，自己一個人獲得解脫嗎？那我可不要！就算過了八個小時就能忘得一乾二淨，我也一定會在八個小時以內就忍不住自殺！」

「……奧月同學，你真的是……！」

「沒錯！就像妳說的，我根本沒有『覺悟』。我一輩子都無法作好殺死某人的覺悟……可是！」

你將手伸向肩甲和左側腹部，抽出《書》和鉛筆叫道：

「──我早就已經作好不讓任何人死去的覺悟！」

沒錯，你發過誓。對於五年前的十月十六日，親眼見到父親受傷卻無能為力的自己，你立下了誓言。

你發誓成為能夠拯救他人的人──偉大博士。

「接招吧，艾莉卡・奧斯特拉爾。如果妳要殺了她——」

你在自己的記憶中刻下誓約之詞：

【我要拯救阿爾緹莉亞。】——1ℓ.

「就算代價是犧牲所有的記憶，我也要保護阿爾緹莉亞到底！」

「……我也已經作好覺悟了。只要是為了阻止你，我願意戰鬥！」

艾莉卡將文件塞進《收納書》，抽出魔導書作勢詠唱。

「投降吧，奧月同學！否則就算刺穿你的四肢，我也要阻止你！」

嗡！魔導書發出低吼。經過精鍊的大量魔素流經她體內的魔力迴路，散發出淡淡的光輝。再這樣下去，魔法就要來了！

（《書》，把力量借給我！要保護阿爾緹莉亞，我該寫什麼記憶？）

因為腳下有水，你們彼此的行動都會受到限制。請寫下在淺水上戰鬥的經驗，然後與她保持充足的距離。以此搭配提昇過的迴避能力，避免出血吧！

（知道了！——【我曾受過在流水中戰鬥的訓練。】——80pgs.）

「我絕不會把奧月老師的公子……把你交給魔王！我會把《圖書迷宮的吸血奇譚》搶過

來，救你脫離遺忘的牢籠！發行．石蛇突牙！」

鉛製金屬筆寫完句子的瞬間，艾莉卡周圍的水噴發起來，無數石槍朝你射出。她剛才假裝收起魔導書，其實早已機靈地裝填了永續魔法。

「我才不想用那種方式解決問題！我被阿爾緹莉亞救了一命！如果阿爾緹莉亞有罪，我也會跟她一起贖罪！」

你在水面上用流暢的動作躲開劃破空氣飛來的石槍之雨。灌注到腦中的記憶提昇了你在水域中戰鬥的能力。

「……你真的以為自己能打贏我嗎？剛才雙腳的失血應該減少了你一成以上的人性！你會引發變異性休克而死的！」

「變異性休克？阿爾緹莉亞，變異性休克是什麼！」

「咦……啊……汝……汝快住手呀！若是繼續失血，吸血鬼化將會一口氣加速！那麼一來將誘發自體免疫性過敏反應，使汝之精神死亡！」

「對了……我以前流血的時候，妳也說過變異性休克什麼的呢！」

身為吸血祭品的你本來是緩緩步向死亡的人。可是因為外傷等原因而大量出血時，不足的人性就會被吸血鬼性所取代。這個時候身體對流入的吸血鬼性所產生的排斥反應就是變異性休克，發病就等同於精神錯亂而死。

「聽懂了就快點投降！解放．二號！」

「唔！雙重詠唱嗎！」

聽見艾莉卡的詠唱震撼大氣，你開始戒備第二招魔法。

吸血鬼的不死之身不怕斬斷或毆打，卻不擅長應付以異物貫穿肉體的樁類攻擊。只要承受一擊就會降低運動能力，使你確定落敗。

（受到致命傷就會發狂而死，就算避開要害，速度減低也會愈來愈不利……！在找到反擊機會之前，只能盡全力迴避了！）

你為了專心閃躲攻擊，把《書》塞進右肩的肩甲裡，擺好架式。

然後為了提昇移動速度，你踩穩了水底。

「如果你想仰賴迴避──我就阻止你！」

你看見艾莉卡周圍的水流發出啪嘰啪嘰的聲音凍結。

「什麼！」

你反射性地從水面跳起，高高噴濺起來的水波就這麼定格。你和艾莉卡之間的三十公尺直線狀水域在一瞬之間結凍。

「水……水結凍了！」

「被躲開了？可是你別想逃！」

「唔，我就躲給妳看！」

寫入記憶的魔法理論學知識讓你直覺地做出迴避動作。隨後，艾莉卡腳邊的冰河往你正要著地的水域延伸。

你利用不死者的體能扭動全身，企圖往凍結的水面一蹬。可是冰一瞬間融化為水，發出嘩啦聲纏住你的腳踝。

「凍結吧！」

「唔啊！咕！我的腳！」

你的右腳被再次凍結的水流束縛，使你失去平衡而蹲坐下來。

「抓到你了！你別想逃出綑綁身體的冰水藤蔓！」

（不……不可能！沒有詠唱和《書》跟次要迴路，竟然能凍結又融化這麼大量的水！）

「可惡，我就把這種冰敲破……敲不破？」

你試圖靠蠻力逃脫，冰河卻頑固地束縛住你的行動。失去了血液和人性，更接近吸血鬼的你現在應該能輕易粉碎區區的冰牆才對——

（……不，不對！寫入記憶的魔法理論學知識告訴我，這其實並不是凍結的水，反而是……！）

「——**石化的水**嗎！」

「這叫做『咒血能力』！在我的體內流動的『惡魔之血』只要有一滴混入液體中，我就能夠選擇性地加以石化！」

「受詛咒的血（咒血能力），血液石化能力？」

「得地利乃兵法基礎！好了，準備接招吧！」

「唔！《摺紙》！變出牆壁！」

看到艾莉卡的魔導書發出光芒，你趕緊扔出《摺紙》。瞬間出現的砂袋築起一道牆壁，擋住滂沱的石槍之雨。

「我已經知道那種防禦方式了！橫亙大地深處之太古靈嚴！」

（這個咒語是「古王戰鎚」！想要把我連牆壁一起壓扁嗎！）

你的狀況非常危急。就算有《最後祈禱》，因變異性休克而嚴禁繼續消耗血液的你和傾盡全力的艾莉卡比起來，在魔法戰鬥能力上有數倍以上的差距。

對手是擁有雙重迴路，並從令尊的遺稿習得吸血鬼對策的強敵。而且你的底牌已經在昨天的一戰中被她得知，依靠奇計的作戰計畫便再也行不通了。

想要保護阿爾緹莉亞，你需要足以超越艾莉卡的魔法的「力量」。

「且聽撼地巨響！」

（就……就算說「力量」，我到底要怎麼得到能勝過她的魔法的力量！）

你勝過艾莉卡的，只有這本《最後祈禱》以及對阿爾緹莉亞的心意。能帶給你「力量」的記憶，一開始就只有一個。

【藉由對阿爾緹莉亞的心意，你可以超越肉體極限，變得更強。】——1ℓ.

（呃，你不是做不到那種事嗎！你明明說過自己只能竄改我的記憶，做不到需要物理變化的竄改啊！）

不，**只有**你是做得到的。

因為你曾被圖書迷宮的銀夜，能力吞噬者阿爾緹莉亞所救。

「以鐵鎚擊鋼，以礫石碎岩……」

請回想一下。你既不是人類也不是吸血鬼，而是個「C血鬼」。

你擁有非人的不死之身與血憶吸取能力，卻又保留了非吸血鬼的生命與活血；你不屬於白天或黑夜，就像黃昏一般，你是個「半人半鬼」。

「經古老鍛冶師之手！」

為阿爾緹莉亞著想的心能讓你的肉體稍微突破物理極限。可是這樣的差別也只是微乎其微，不足以顛覆數倍的戰力差距，擊敗艾莉卡。

然而你的血憶吸取能力——**還能從自己身上奪取已提昇的能力，使之加倍**。

「發行！」

好了，奧月綜嗣先生。

請吸食自己的血吧。

「古王戰鎚！」

（吸食——自己的血！）

艾莉卡完成詠唱的瞬間，你眼前的水面破裂了。

出現的岩盤掀起水花急速接近，正要毀掉你的骨骼——

噗滋。

你的犬齒刺穿左手皮膚的瞬間，岩盤就像是凍結般停止了。

（……停止了？）

世界變得寂靜無聲。你的視野變得如夜晚般昏暗，背上流淌的冷汗就像是有冰冷的鉛粒壓在皮膚上似的。

（這是怎麼回事……？該不會是走馬燈吧！全世界的事物都……愈來愈慢了！）

不，是你變得**愈來愈快**了。

中級的物質型放出魔法，古王戰鎚正在接近你。請用力敲打岩盤中央，破除艾莉卡的魔法。來，快點！

「……喝啊啊啊啊！」

你就像是一個人被獨留在減速的世界中，用原本的速度行動。你猛力揮出的拳頭將地面隆起的堅固岩脈如糖果般敲個粉碎。

「什……！」

在延遲的世界中，艾莉卡慢慢露出驚愕的表情。

（這……該不會是瀕死體驗吧？難道是剛才的出血引發了變異性休克！）

任何事都應該明確解釋才行呢，否則就會產生像你這樣的愚蠢誤會。

你或許忘了，你是迷宮最強的吸血鬼「能力吞噬者」的眷屬。

你還有六成的比例是人類，所以身為吸血鬼的能力遠遠不及阿爾緹莉亞，但你依然擁有與她同源同質的能力。

將吸血對象的能力——正確來說是**將對象與自己的能力差距加倍的能力**。

（……咦？……這麼說來，這個減速世界該不會是你的——）

是**我們**的能力。《書》的力量無法達到物理上的竄改，只能微微提昇身體能力，約數萬分之一，不過……

（……只要我藉由吸取自己的血憶，使些微的能力提昇加倍的話……！）

最終就能夠將能力增強到十幾倍左右。這也就是所謂的加乘作用。

「記憶竄改和自我吸血……這就是我得到的『力量』！」

你用全身施力，凍結的水面就慢慢出現了裂痕。

「選擇性血液石化能力」。繼承石塊惡魔血統的異能之血——「咒血能力」是對吸血鬼來說幾乎是天敵的強大能力。

可是血統受到詛咒這一點，你也一樣。繼承能力吞噬者的血憶吸取能力，半人半鬼的C血鬼卻擁有真祖也不具備的強大王牌。

那就是透過竄改記憶來獲得能力——

以及透過自我吸血來使能力加倍的「力量」。

「連……連一個音節的詠唱都沒有，就把古王戰鎧給……！奧月同學！你該不會是變成吸血鬼，和魔王一樣能使用無詠唱魔法了吧！」

「……這不是魔法。我只是相信阿爾緹莉亞而已！」

說出自己對阿爾緹莉亞的心意那瞬間，你的思考速度變得更快了。相信吸血鬼的強烈決心超越了物理極限，為你帶來「力量」！

你對雙腳灌注力量，使勁踩踏水底。咚！一陣猛烈的衝擊震撼了圓盤，你踢破了冰塊，往艾莉卡疾衝而去。

「唔　！　別　想　靠　近　……　！」

在減速的視野中央，艾莉卡緩慢大叫，同時對永續魔法灌注魔素。魔導書呼應了術者的意志，形成一陣石槍豪雨。

（我要保護阿爾緹莉亞！）

可是在超越物理極限的你面前，槍林彈雨也形同靜止。你一把將浮在空中的石槍搶了過來。

（要躲開這麼多石槍很困難……既然這樣，我就用這把石槍打穿它們！）

你舉起右手，朝著艾莉卡旁邊不遠的空間用力一丟。你擲出的石槍用衝擊波震飛了彈雨，刺中障壁後一擊粉碎。

「呀……呀啊啊啊……！」

（然後……跳進打穿的洞！）

你的身體能力提昇了十幾倍，所以能夠一步跳躍將近二十公尺的距離。一瞬間接近艾莉卡的你在她的身邊著地，抓住她的手臂。

你接著用拉著朋友的手的輕柔力道，把她的身體拉過來——

「不要再打了，艾莉卡！」

嘩啦！你掀起一陣巨大的水花，讓艾莉卡的身體沉入水中。

「噗呼！咳咳……咳咳！」

在不到一秒的剎那間被打入水中的艾莉卡混亂地吐著水。確定獲得勝利的你為了不要讓她溺水，把她拉了起來。

「咳咳……呼……呼……奧……奧月同學，請你恢復理智……！」

「妳早就知道我很清醒了吧。如果我被阿爾緹莉亞洗腦，就算要殺人也得阻止我的話，妳就應該詠唱石化毒牙而不是古王戰鎚。」

沒錯，艾莉卡並沒有詠唱號稱吸血鬼剋星的石化魔法「貫穿萬象之石化毒牙」，而是詠唱只利用岩盤的動作進行攻擊的「古王戰鎚」。

就算你的身體能力強化到極限，面對光是接觸到就能使對象石化的劇毒黑椿，除非使用令尊的護符，否則也無法防禦。

「妳沒有拿出全力，所以才會這麼輕易就輸給我……這不就代表妳對殺死阿爾緹莉亞的事也抱有遲疑嗎？」

「這……這……可是……呀！」

你粗魯地把想要別開臉的艾莉卡拉了過來，試圖說服她。

「那就別殺她。如果只想靠殺人來解決問題，我們就會變成和『筆者』沒有兩樣的『惡人』……父親絕對不會希望如此。」

「就……就算這樣，奧月老師和魔王曾經敵對的事還是事實呀！」

「我知道。可是我要相信救了我的阿爾緹莉亞。」

你這麼說著放開艾莉卡，緩緩轉頭望向水池的中央。

你看著被釘在噴水基座上的吸血鬼真祖。

「……阿爾緹莉亞。」

「……汝……汝，莫靠近……！」

吸血鬼的聲音從晃動的水幕後方傳來，制止正要往噴水處走去的你。對於沒有對你坦白過去的事，她或許感到內疚。

「別說傻話了，妳受了重傷啊。如果不從我的血裡吸取自然治癒能力，妳應該連修復肉體都做不到……別再執著於過去的事了。就算艾莉卡說的事是真的，十幾年前殺過人的魔王（妳）和救了我的真祖（妳）也不同。」

「……自然治癒並非問題所在。束縛妾身之遺忘詛咒每隔三分二十六秒便會將『阿爾緹莉亞的存在本身』歸零。不論是肉體傷痛、流淌的鮮血，還是過去魔王（妾身）所犯下的，連真祖（妾身）也渾然不知的罪。」

被石塊觸手束縛的吸血鬼真祖緩緩抬起頭。隔著斷斷續續的透明水幕，你和深紅色的眼瞳四目相交。

「……阿爾緹莉亞，妳……」

「……妾身並不想知道。妾身恐懼著過去。以偉大博士所施行的遺忘詛咒為由，妾身不斷逃避著自身的罪孽。」

阿爾緹莉亞就像是抵抗著恐懼，輕輕回望你。紅色的雙眸晃動著，但卻隱藏著決心探究自身過去的覺悟之光。

「而如今的這個剎那，正是妾身該面對自身過去的瞬間吧。面對記錄於這本《圖書迷宮的吸血奇譚》中的，真祖所不知的魔王之記憶。」

——咻啵，熟悉的聲音響起。

吸血鬼真祖阿爾緹莉亞將《自己的記憶本身》遞到你的面前。

一本《書》靠著超常的魔力排斥著重力，自行飄浮在空中。

這本魔導書染著優雅的深紫色，鑲嵌著珠寶裝飾的皮革封面用美麗的燙銀文字寫著書名。

它就是你所追求的《治療記憶障礙之書》，也是《真祖阿爾緹莉亞的過去》，而且或許還記錄著《五年前的真相》。

「因此，妾身還望汝閱讀此《書》。」

《圖書迷宮的吸血奇譚》從吸血鬼真祖的影子中顯現。

「《保存記憶之書》的原典……！」

「……汝，既然汝願相信妾身，妾身也願相信汝。即便在受到奧月戒之詛咒束縛而不為妾身所知的過去，妾身是個不該存在的人類公敵。」

飄浮在半空中的《吸血奇譚》就像是順應持有者的意思，在虛空中無聲地滑動，停止在你的眼前。

「妾身相信汝必將給予本真祖適當裁罰。」

阿爾緹莉亞將《書》中刻劃的記憶交給自己所相信的你閱讀。

「……嗯，我知道了。」

你理解了阿爾緹莉亞的心思，靜靜低語。

吸血鬼真祖過去受到偉大博士詛咒，每過三分二十六秒就會被關進遺忘的牢籠中。重複了無限次記憶喪失的最強吸血鬼，其半生就記錄在這本書裡。

《圖書迷宮的吸血奇譚》就是阿爾緹莉亞的人格本身。

（……這本書記錄了阿爾緹莉亞的所有過去，是《保存記憶之書》的原典。如果它的功能和《最後祈禱》相同……我就會藉由這本魔導書的記憶竄改而得知阿爾緹莉亞到目前為止的人生。）

是的。正如這本《一千零一頁的最後祈禱》代表了奧月綜嗣這個人的存在——

A級的原典《圖書迷宮的吸血奇譚》就代表了阿爾緹莉亞本身。

希望你閱讀它的請求是出於最深的信賴，而你也想要回應這份信賴。

「……阿爾緹莉亞，我相信妳。」

你往冷冽的清流中踏出一步，走向飄浮於空中的《書》。

「所以，告訴我吧。」

稱為原典的魔導書彷彿呼應你的聲音，發出更強的魔素光輝。

「告訴我被妳遺忘的，吸血鬼真祖的過去。」

接著，你對《圖書迷宮的吸血奇譚》輕輕伸出手。

『那本《書》可不能讓你讀。』

轟的一聲。

火紅燃燒的灼熱長槍劃入你們之間。

「……咦？」

那是一把纏繞著強大熱能的火炎之槍。

這團烈火包含著驚人的魔力。炎槍將石化過後的水之岩盤如奶油般貫穿，使周圍轉變成岩漿，沉入其中——然後引發一陣爆燃。

「什……嘎啊啊啊啊啊！」

剎那間，你的視野迸出一片閃光。

激震將你拋出，以猛烈的加速度搖晃感知平衡的三半規管——讓你重重地撞上某種堅硬的物體。

「呀啊啊啊啊！」

「嘎啊啊！呃啊！」

你全身的骨骼都被劇烈的衝擊震碎了。

你還不知道發生了什麼事，勉強撐開被光與熱灼燒的雙眼。

因不死特性而再生的視網膜映照出艾莉卡被爆焰震飛，撞上書架的模樣。一瞬間就被燒紅潰爛的那雙腳暗示了你和艾莉卡的肉體與衣物在一瞬之間承受了多麼龐大的熱能。

「咕嗚……！這……這是怎麼……魔法？阿爾緹莉亞！」

發覺有某種致命性危機來臨的你反射性地想到阿爾緹莉亞。這份意念使思考能力加速，增強不死特性，讓肉體再生。

「阿爾緹莉亞，妳還好嗎！阿爾緹莉亞！」

你望向燒盡「圖書館」的火牆的另一頭，尋找阿爾緹莉亞的身影。

就像是要遮蔽你的視線，紅蓮之影翩然降落。

「唔！敵人嗎！」

『再裝填・一號。』

咻碰！火焰漩渦應聲形成，利用爆炸的壓力保護術者不受墜落的衝擊所傷。

包覆全身的漆黑服裝和你第一次遇到艾莉卡時所見到的黑衣很類似。可是對方的臉部被大大的連衣帽遮住了，在全身周圍纏繞的火焰漩渦散發著強烈的壓迫感——

『發行．劇痛炎槍。』

對方是能讓你一瞬間理解力量差距的強敵。

「連……連裝魔法？」

熊熊燃燒的烈火凝聚起來，形成剛才襲擊你的那種紅蓮長槍。

突然現身的襲擊者將使用魔法時不可或缺的詠唱壓縮到僅剩三句。其驚人的熟練度和魔力的運用效率就證明了這個敵人非比尋常。

「到……到底是什麼人……！」

『燃燒吧。』

輕聲低語振動鼓膜的同時，黑衣魔法師高舉起炎槍。對方的運動能力強到連現在的你都難以看清，毫無疑問有使用強化體能的次要迴路。

「啊！艾莉卡危險！」

你踢飛書架，使之阻擋到炎槍與艾莉卡之間。劇烈燃燒的槍尖就算沒有直接擊中，也靠輻射熱燒焦了你的右臂。

「咿……啊！我……我的手！」

『……迴路解放・二號。神之女，王之后，貌有三面之偉大女神啊。』

（而且連這傢伙也是雙重迴路！）

你在變成溫水的池中拚命掙扎，第二重詠唱就從你的頭上傳來。你已經完全無法理解現在究竟發生了什麼事。你正要閱讀《吸血奇譚》的瞬間，突然有一把火炎之槍飛來，讓你差點死在擁有壓倒性力量的襲擊者手下。

（這麼純熟的魔導能力是怎麼回事？強化體能的次要迴路、連裝魔法和雙重迴路？為什麼這麼厲害的魔法師要突然襲擊我們！）

「奧……奧月同學……！這個魔法師就是襲擊我的……筆者的刺客……！」

「妳……妳說什麼？」

艾莉卡忍痛擠出的一句話讓你的頭腦加速領悟真相。

有令尊的書齋沉睡的這個樓層一直受到筆者的監視。攻擊艾莉卡的筆者刺客應該也有注意到襲擊當時就位在附近的你。

而筆者或許就是想要趁著這場戰鬥的混亂……

（該不會——是要在這裡一口氣除掉追查五年前真相的人吧！）

從這個世界上消滅掉你和艾莉卡。

「艾莉卡，快起來！如果這傢伙是筆者的刺客，我們就暫時撤退，重新——」

『二號・發行。終冬劫火。』

你正要抱起艾莉卡的瞬間，詠唱的聲音從背後傳來。你正想要回過頭，彷彿太陽的猛烈光芒與熱能便灌注在你的右半身。

「咿……」

你連**那是什麼**都看不見。紅銅色的光芒填滿了你的視野。

「——嘎啊啊啊啊！」

伴隨著猛烈的爆炸，暴露在光芒中的你的半身就這麼粉碎成黑炭。

你再次撞上書架，衝擊使你不禁吐息。然而右肺的右半部卻已經化為焦炭，呼出的氣息連同灰燼一起從裂開的胸腔漏出。

「嗚……嘰……！」

幸運地躲過光芒的左眼在燒燬「圖書館」的火焰深處捕捉到敵人的身影。右手持炎槍，左手持魔導書的襲擊者為了給你最後一擊，在熔化的岩盤上緩緩走來。

（糟了……！如果這傢伙是筆者的刺客，再這樣下去一定會被殺掉！）

你把手伸進沒有被燒燬的肩甲，把夾在裡面的寫著「筆者的刺客」的《速達信封》壓到被火焰熔化的封蠟上。

「不……要……靠近啊啊！」

『白費力氣。』

飛過去的《信封》還來不及打開，往下揮舞的炎槍就燒斷了書頁。裝在信封裡面的《摺紙》輕輕在襲擊者的面前飄落。

「摺……《摺紙》，變成水袋！」

炎槍散發的龐大熱能讓皮革袋子中的水分瞬間沸騰。

在「藥草院」裡就連三年級生也知道，一百度的水和水蒸氣之間的體積比是一千七百倍以上。無處可去的水蒸氣會一口氣衝破皮革袋子——

（——引發蒸汽爆炸！）

猛烈的爆炸產生，以超乎負荷的衝擊襲向魔導士的理論障壁！

「接招吧啊啊！」

嘰嘰嘰！干擾音伴隨著噴發的白煙，爆炸的風壓吹熄了火焰。

瞬間產生的衝擊波干擾了敵人的理論障壁，描繪出複雜的魔法陣。

（正中目標！受到這麼大的衝擊，魔力迴路應該會產生逆負荷……！）

『我說過了，白費力氣。』

「！」

然而被防禦魔法削弱的壓力波如微風般輕撫敵人，只能稍微吹起對方的黑色連衣帽。

冉冉上升的濛濛水氣中，黑色連衣帽輕輕拍打了襲擊者的肩膀——

『無法使用魔法的你，就連**卡露米雅這種程度的棋子**都贏不了。』

卡露米雅的樣貌在炎槍的照射之下，令人戰慄地浮現。

「……啊？」

『嗨，該說「初次見面」嗎？**奧月綜嗣**。』

卡露米雅刻薄地瞇起紫水晶般的雙眼，露出輕蔑的笑容。她的聲音彷彿鈴鐺落地般清亮，其中卻帶有明顯的嘲笑和嫌惡之意。

臉部五官、說話音調明明都和那個待人和善的卡露米雅一模一樣——

你卻不禁有種正在面對一個**恐怖怪物**的感覺。

「卡……卡露米雅？為什麼……為什麼妳會出現在這裡……！」

『「卡露米雅」？……噗……哇哈哈哈！不愧是低等種族，你還沒有發現啊？都到了這個地步，面對這種狀況還不懂？哈，真是太精采了！』

卡露米雅她——**看似卡露米雅的某個人**發狂似的笑著說道。她的聲音讓你感覺到某種深層的恐懼，下意識地把背部靠到書架上。

『回想看看吧。是誰迎接了剛抵達圖書館都市的你？是誰第一個造訪你的宿舍房間？是誰在陽臺妨礙你吸取那邊那個亞人的血憶？是誰埋伏了正要進入迷宮的你，介入你們的對話

——**是誰**？』

「！」

就像是痴迷地沉浸在邪惡的愉悅中，或是因毒品帶來的快感而酩酊大醉，**那東西**露出毀滅性的笑容，這麼說道：

『堂堂偉大博士奧月戒的兒子該不會連想都沒有想過吧？**你造訪了圖書館都市，殺父仇人怎麼可能不會與你接觸呢**？』

此人宣稱自己就是與這個故事的筆者有關的人物。

「卡露米雅……卡露米雅．羅德多克森！妳該不會是……！」

『很可惜，那是假名。這個個體不過是我們所準備的其中一個諜報終端罷了。讓我重新自我介紹吧，偉大博士的遺孤。』

「假名？諜報終端？妳到底在說什麼！」

『別大聲嚷嚷，雜種。高貴的純人特別放下身段跟你們這種垃圾亞人說話呢。你應該表明自己的敬意吧，比狗屎還不如的半人半鬼。』

「什麼純人……卡露米雅，妳不是貓族的亞人嗎！」

『肉體確實如此！可是既然有《能夠竄改自身記憶的書》，就算有《能夠竄改他人記憶的書》，也沒有什麼好大驚小怪的吧？』

「竄改？……你……你該不會是竄改了卡露米雅的記憶吧！」

那東西露出發狂般的邪惡笑容，回答你的問題：

『沒錯，她的記憶被改寫了——經由我們「聖堂」之手。』

四大勢力的第一名——「聖堂」竄改了卡露米雅的記憶，讓她監視你。

「……竟……竟然做出這種事……！」

『呵呵呵，竄改記憶真是了不起的力量啊。就算是智能低落的雜種，也能像這個個體一樣，被我們「聖堂」當作棋子來活用。』

「為什麼……為什麼『聖堂』要以我為目標？你們的目的到底是什麼！」

『為什麼？真是個蠢問題啊，雜種。「聖堂」的職責當然是監視和調整了。』

「監視？調整？只為了這種事，你們就竄改了卡露米雅的記憶嗎！」

『這話還真是失禮啊。派間諜深入其他勢力的骨幹，將祕密與謀略當作籌碼操作，這正是賢者的沙盤遊戲。我們的用腦方式和你這種低等種族可是不同的。』

帶著瘋狂的雙眸流露出卑劣的喜色，繼續說道：

『腦漿不足的你似乎只把記憶竄改用在「技能的習得」上，但那和記憶竄改這種力量的本質相距甚遠。記憶竄改是在他人腦中植入虛偽記憶，能夠捏造人格並限制其行動的「筆者的全能」，也就是**改寫人生的能力**。』

「……混蛋……！你們就是這樣躲藏在他人的記憶裡，幹了一大票壞事吧！」

『何錯之有？亞人這種劣等種族不過是純人的家畜，我們只是透過記憶竄改來施行教育罷了。』

「閉嘴！我再也不想聽到你說出任何一個字！」

『哎呀哎呀，我只不過是植入了「殺死與奧月戒扯上關係的人」的**限時記憶**而已。不愧是奧月戒的兒子，充滿了連變形蟲屍體的價值都沒有的正義感。』

「你……你這傢伙！不只是卡露米雅的人格，還想要侮辱我父親嗎！」

『我怎麼敢侮辱他呢！以「聖堂」的角度來說，這反而是最高級的讚賞呢。因為偉大博士奧月戒是個連「聖堂」都難以操縱的棋子。』

「還想說嗎！父親才不是會被『聖堂』的計畫玩弄的人！」

『不，他就是棋子。你的老爸是個魔法厲害又很有人望，不會被金錢或地位收買，熱衷於研究，充滿正義感的聖人君子對吧？』

「什……什麼意思……你到底想說什麼！」

『不是啦，你還不懂嗎？奧月戒這種正派人物的存在，對「聖堂」來說不就只是應該消滅的「惡」嗎？』

「……！」

『所以我們就把不必要的棋子請出棋盤（遊戲）了。』

噗哈哈哈哈！一陣卑劣無比的笑聲傳進你的耳裡。

「……是你們殺了他嗎？是你們『聖堂』奪走了我的父親嗎！」

『什麼話嘛，「聖堂」只會監視和調整而已。殺了你父親的人並不是我們。』

「你拿什麼臉說這種話！」

『是真的，「聖堂」一直都在監視。不只是五年前離開圖書館都市之前的你，還是被趕出「聖堂」之後的艾莉卡・奧斯特拉爾，甚至是偉大博士奧月戒死亡的瞬間。』

「閉嘴！我才不會被種族主義者的胡言亂語迷惑！」

『不對吧！你只是不想知道而已吧？你根本沒有在追尋真相！你只是為了否定過去的絕望，才會回到亞歷山卓！你真正想尋找的《書》就是那本《竄改記憶之書》！』

對方的聲音漸漸變得更加瘋狂，就像唸咒一樣帶著明顯的起伏，最後變成高聲大叫。

『——你只是想要**否定過去**！你只是為了否定過去的罪孽，才會在圖書迷宮中徘徊！為了不要回想起五年前的真相！為了隨自己的意改寫絕望，讓自己覺得「父親的死不是我的錯」！』

「不……不對！我是為了找回真相，才會回到圖書館都市的！」

『我才沒有說錯！你只是假裝沒有發現而已！聰明的你繼承了偉大博士之血，照理說早就已經查出筆者的真面目了！連這麼簡單的刪去法，你都假裝自己解不開，忘得一乾二淨！你根本就是在逃避真相！』

「你……你到底在說什麼？你們『聖堂』才是殺死我父親的筆者吧！」

『啊哈哈，你又想用這種方法逃避啊！那你就自己想想看吧！五年前，你的父親正在追捕魔王阿爾緹莉亞！然後奧月戒死了，只有魔王活了下來！**到底發生了什麼事**，連想都不用想吧！』

「……你……你給我閉嘴！」

『沒錯，你會否定！你在圖書迷宮中徘徊，就只是為了否定過去的絕望！為了遠離殘酷的真相，沉浸在溫柔的虛構世界！如此悲哀的你，值得「聖堂」的憐憫和救濟！』

「不對！我……我是為了查出五年前的……！」

『因此就讓我告訴你吧！五年前的那一天，在那個書齋殺了你父親的是——

——吸血鬼真祖啊。』

一張書頁翩然飄落。

從卡露米雅的黑衣下襬出現的紙張就像是一開始就設定好了似的，在冰層上滑動到你的腳邊，然後靜止。

從《書》中撕下的書頁上所寫的一行文字——更正確來說是蓋過大部分頁面的黑墨水以某種命運般的引力吸住了你的目光。

你的視線無意識地在老舊的羊皮紙上移動——

『送給你吧。這是來自「聖堂」的弔唁。』

在筆跡粗魯的黑線之間，你找到這樣的一行文字：

■■■■■■■■■■■■■■■■■■■■■■■■■■■■■■■■■■■■■■

——【阿爾緹莉亞貫穿了奧月戒的胸膛，殺死了他。】

■■■■■■■■■■■■■■■■■■■■■■■■■■■■■■■■■■■■■■

『……你覺得我在說謊吧？覺得「聖堂」是為了欺騙你才捏造了這個證據。可是奧月綜嗣，這張書頁確實是從《圖書迷宮的吸血奇譚》上撕下來的。』

吵死了，你這麼想。

『你誤解了記憶竄改這種力量。這並不單是給予經驗或技能的力量，而是刻劃虛偽的記憶，扭曲人格，甚至操控行動和感情的「筆者的全能」。』

「聖堂」所說的話令你感到不快，在停止的思緒中留下吵雜的回音。

你明明什麼都不知道，什麼都不想知道，對方卻口無遮攔地說個不停。

『而且記憶竄改並不是你獨享的特權。被竄改過記憶的，不只有你和這個亞人。』

所以你在心中大叫「閉嘴」。於是刺耳的聲音突然停止——

『因為「聖堂」從吸血鬼戰役之前就開始……嘎……呼！』

吸血鬼真祖的手臂貫穿了卡露米雅的身體。

「——因為『聖堂』與本魔王阿爾緹莉亞有著祕密的**合作關係**。」

貫穿卡露米雅的胸口的纖細小手緩緩抽出。

『嗚……哈哈。就連這個個體的性命，都是「聖堂」的其中一個棋子……咕……嘎哈啊啊！』

「辛苦了。此人的血液將一滴不剩地化為本魔王與『聖堂』之糧。」

受到致命傷的卡露米雅失去支撐身體的力量，癱倒在凍結的水面上。

「……阿……爾緹……莉亞？」

「唉，汝實在愚蠢。事到如今仍無法理解嗎？」

從卡露米雅背後現身的吸血鬼真祖將手指上沾染的血液舔乾淨，然後拿起在冰之岩盤上方飄浮的《圖書迷宮的吸血奇譚》。

阿爾緹莉亞的纖細手指翻了翻《書》的內頁……

然後停在決定性的那一頁。

「妾身之所以竄改記憶，欺騙汝至今……」

她所翻開的《圖書迷宮的吸血奇譚》用根本不可能看錯的大字——

「正如此處所寫——【妾身正是殺害奧月戒的筆者】。」

明確地寫著你尋求了五年的真相。

你感到一陣暈眩。

「……妳一直在……欺騙我嗎？」

「呵呵……嘻嘻……啊哈哈哈哈！妾身怎麼會到了這一刻才想起呢？」

這陣暈眩就像是整個世界都反轉過來了似的。

「妳救我的時候所說的話，還有灌注到這個護符裡的魔力都是……」

「呵嘻嘻嘻嘻太瘋狂了！嘻嘻嘻哈哈哈是妾身殺的嗎！偏偏是妾身！」

如果這一切都是幻覺，是變異性休克所引起的精神錯亂，不知道該有多好。

「妳對我展現的眼淚和笑容，全部……都是謊言嗎？」

「呵嘻……呵嘻嘻。這麼一來就別無他法了。事已至此，結局只有一個。」

所以你用哀求般的聲音對阿爾緹莉亞問道：

「……答我——回答我，吸血鬼真祖！」

然而，答案十分殘酷。

「死吧，奧月綜嗣。以汝命為食，成就妾身霸業。」

存在於你和阿爾緹莉亞之間的，某種無可取代的東西崩壞了。

某種東西崩壞了。

「……嗚啊……啊。」

「嗚……！」

發出聲音，就這麼分崩離析。

「嗚啊啊啊啊啊啊啊！」

你激動地慟哭，將書架踢飛。接著你從肩甲中抽出《最後祈禱》，一邊大叫一邊衝向阿爾緹莉亞。

在你與阿爾緹莉亞的回憶繼續被玷汙之前，在她成為人類的敵人之前，你認為就算要以剩下的全部人生為代價，你也必須阻止她。

「我要阻止妳……在妳弄髒雙手之前，我要親手阻止妳！」

可是就在你撲上去揪住阿爾緹莉亞之前——

「■■■——發行・薩斯利德影槍。」

一瞬間發行的魔法化為黑色的矛林，阻擋了你。

「唔……啊啊啊啊啊！」

黑色細帶般的影槍貫穿了你的身體各部位，將你固定在半空中。人類根本無法察覺到的超高密度魔法言語在一瞬之間就形成了影槍。

（瞬……瞬間詠唱……超高密度魔法言語……！）

「呵呵呵，汝實在愚蠢。如此醜態，如何阻止妾身？如何阻止迷宮最強吸血鬼，圖書迷宮的銀夜，本魔王阿爾緹莉亞？」

從阿爾緹莉亞的全身冒出的影子拾起了《一千零一頁的最後祈禱》。既然《書》被奪走，你就再也無計可施了。

「……我一直相信著。妳的眼淚和笑容還有妳說的話，我全都一直相信著！可是妳……妳卻要踐踏這一切，背叛者！」

「噗呼哈哈哈！眼淚？笑容？妾身說的話？汝還未注意到呀！」

阿爾緹莉亞露出打從心底感到可笑的扭曲表情，難忍狂喜似的叫道：

「這本《一千零一頁的最後祈禱》幾 乎 都 是 妾 身 的 創 作 吶 ☆」

好了，這個故事似乎即將來到最高潮。

「呵嘻嘻嘻嘻！哎呀，妾身都忘了寫到第幾頁了呢！」

你是否曾經想過？

想過《書（我）》本身是一本小說，只是某人所寫的虛構產物。

「本魔王豈會在僕人面前哭泣！該部分必為謊言（虛構）！」

如果你沒有想過，請現在開始思考。

「汝或許正在閱讀一本《書》吶。真正的汝或許躺在『藥草院』的床上，正在閱讀一本謊話連篇的書吶！」

究竟到哪裡為止是現實中發生的事，又從哪裡開始是虛構的呢？

「又或者，汝可能還在日本，熱衷地閱讀著父親所帶回來的故事吶。如何？只要停止讀《書》，或許還有幸福的日常等待著汝呢。」

從一頁之前？從一百行之前？還是說其實這個故事打從一開始就全都是謊言呢？

「可惜呀，奧月綜嗣。妾身是持續矇騙汝至今的，奧月戒的仇人吶……不過儘管放心，汝今後再也不必受苦了。」

阿爾緹莉亞露出帶著瘋狂慈愛的微笑，溫柔得殘酷。

「本魔王阿爾緹莉亞將燒盡一切。■■■——」

圖書迷宮的銀夜以超高密度魔法言語在一瞬之間編織出大魔法。

在這本《一千零一頁的最後祈禱》中——

「永別了，綜嗣。」

寫下道別之詞。

謎謎
謎謎
謎謎
謎謎
謎謎
謎謎
謎謎
謎謎
【讀者(你)絕對無法認知到的謎樣文字持續排列了兩頁】謎謎謎謎謎謎謎謎謎謎謎謎謎謎謎謎謎
謎謎
謎謎
謎謎
謎謎
謎謎
謎謎
謎謎
謎謎

【距離喪失記憶　還剩二百六十一頁】

謎謎
謎謎
謎謎
謎謎
謎謎
謎謎
謎謎
謎謎
謎謎
謎謎
謎謎
謎謎
謎謎
謎謎
謎謎
謎謎
謎謎

讀完到目前為止的故事，你從虛構小說中覺醒。

「——啊！呼……呼……呼！」

初夏的明亮朝日刺激著睜大的瞳孔。填滿周圍的都市喧囂與心臟的脈動混合在一起，聽起來就像是在腦中迴響。

「呼……呼……呼……！」

直到剛才為止都還在眼前的慘狀已經消失得無影無蹤。

熊熊燃燒的瓦礫轉換成上午的室外咖啡廳，焦臭與血腥味變成了伯爵紅茶的香氣，方才流竄全身的劇痛也舒適地融化在清涼的微風中。

你癱坐在椅子上環顧周遭……發現眼前是一座環抱著大理石雕像和噴水池的熱鬧廣場。

「……亞歷山卓的市中心？」

你移動視線，看著街道整整一分鐘。然後你發現這裡是圖書館都市的市中心，稱為「英雄廣場」的公園區裡的一家咖啡廳。

「……噗啊！什麼嘛，原來是發生在《書》裡的故事啊……！」

緊張的情緒一口氣放鬆，你讓身體陷進椅子的靠背裡。

以常識來判斷，被魔王的魔法打中的人類必死無疑。因為你似乎還沒有死，所以就代表剛才的慘劇只是一部小說。

「……呼，劇情的發展也太急轉直下了吧。沒想到吸血鬼真祖會是**主角**追查了五年的殺父仇人……」

你把標題叫做《一千零一頁的最後祈禱》的抄本──《**書寫以自身為主角之故事的書**》扔到胡桃木製成的桌上，啜飲起開始冷卻的紅茶。

從你開始閱讀這本小說起，似乎已經過了一段時間。室外座的陽傘外可以看到中央街，路上來來往往的人群變得比先前還要密集。

吸血鬼戰役戰勝紀念祭的早晨被燦爛的陽光照耀得閃閃發亮。

「……嗯～雖然很想知道《書》的後續，可是約好的時間差不多快到了。」

你喝完剩下的紅茶，把《書》插進制服口袋，站了起來。雖然你對小說的結局很好奇，但也不能一直沉浸在閱讀中。

【因為你是就讀「藥草院」的十五歲少年，與十幾年前拯救人類的偉大博士奧月戒和六年前以養女身分加入家庭的妹妹生活在一起。】

【而且為了慶祝**人類在吸血鬼戰役中獲勝**的紀念典禮，你約好和朋友出來採買，以進行「藥草院」所需的準備工作。】

「——綜……綜嗣哥哥！」

「啊，艾莉卡，我在這裡！」

聽到聲音的你回過頭，看見自己的【妹妹】在大街上朝你直奔而來。

「呼……呼……早……早安，哥哥。」

「啊哈哈，早安，艾莉卡。妳不用跑得這麼急啦。」

像隻小動物似的跑來的妹妹（艾莉卡）在你的身邊安心地吐氣。

蓋住睫毛的瀏海還留有稚氣，群青色的眼睛開心地仰望著你，可愛的笑容帶著撒嬌的氣息；這些特質都和虛構小說世界裡的艾莉卡正好相反。

「哥……哥哥，艾莉卡是不是讓你等太久了？」

「時間還沒到，不會啦。我剛才一邊看《書》一邊等。」

「……該……該不會又是那本《能進入故事中的書》吧……？」

你露出《書》的封面，艾莉卡就膽怯地捏住了你的制服。看來這個有點戀兄情節的妹妹似乎對哥哥（你）沉浸在《書》中的事感到不安。

「對啊對啊。這次新書的題材是『如果吸血鬼真祖在現代復活的話』。父親竟然被邪惡的魔王殺死，我還被奪走了魔法和記憶呢。」

「咿……！竟……竟然說爸爸被殺死……！艾莉卡討厭可怕的《書》啦！哥……哥哥你

好壞……！」

「噗呵呵，妳太膽小了啦！這只是虛構小說的故事而已。」

「……艾莉卡……那本《書》裡的艾莉卡是什麼樣子呢……？」

「父親被殺之後，我就離開了亞歷山卓。因為這樣，妳和我沒有相遇，變成了陌生人。」

「陌生……人……？不——不要！」

「呃……唔哇哇！等……艾莉卡？」

你說出陌生人一詞的瞬間，妹妹艾莉卡發出悲痛的聲音，撲到你的懷裡。柔軟地擠壓在你胸前的身體因恐懼而微微顫抖。

「抱……抱歉，我沒有嚇妳的意思……」

「艾莉卡不要跟哥哥分隔兩地，艾莉卡再也不想要孤單一個人了……！就算是在《書》裡，艾莉卡也要跟哥哥在一起！」

「艾莉卡………抱歉，沒事的。」

你溫柔地摸著兩支角間的髮絲，安撫妹妹。

艾莉卡在六年前失去了家庭，被趕出「聖堂」。如果令尊在五年前過世，她恐怕就必須一個人克服喪失家人和棲身之處的絕望。對一個細膩又脆弱的少女來說，那恐怕是足以扭曲人格的嚴酷考驗。

艾莉卡或許是因為想像到那種絕望，才會感到如此不安吧。

「……別擔心。父親被殺的事情只不過是虛構的故事而已。」

你拉近艾莉卡，環抱她的身體。為了保護重要的妹妹不被過去受傷的陰影籠罩心靈。

「我會一直待在妳身邊的。我會變成像父親一樣的偉大博士，強得足以保護妳和其他人……所以沒事的。」

「嗯……欸嘿嘿♪哥哥好溫柔……♪」

艾莉卡在你的臂彎中高興地微笑著。你一邊用笑容回應她，一邊輕輕地撫摸她的金色捲髮。

「哇噗！……呵嘿嘿，哇噗哇噗♪哇噗哇噗♫哥哥，如果你願意更珍惜艾莉卡，親……親一下艾莉卡也沒關係喔！」

「哇哇，不行啦，不要在這種地方撒嬌。」

「不管啦，兄妹親臉頰也沒關係……！」

艾莉卡帶著輕飄飄的幸福笑容，正要親吻你的臉頰時——

「……你們在人來人往的大街上做什麼呀，阿綜、艾莉！」

「哇呀啊！」

兒時玩伴（卡露米雅）的聲音從背後傳來，介入了甜蜜的氛圍。

「卡……卡露米雅！」

「早安，阿綜！……所以，你剛才到底想對我妹妹做什麼？」

卡露米雅雙手抱胸，帶著凶狠的微笑向你走來。

紫水晶般的眼睛讓人聯想到黎明的天空。深棕色的頭髮剪齊至肩膀的長度。那張像貓一樣大膽無懼的笑容來自於你的死黨兼艾莉卡的姊姊——卡露米雅。

可是在虛構小說中的她頭上那對存在感強烈的貓耳已經消失，現在的她是個徹徹底底的純人，與「聖堂」的陰謀根本無緣。

「不……不是！艾莉卡不是想要偷跑……只……只是因為哥哥讀了一本可怕的《書》，所以艾莉卡才想要安慰哥哥……！」

「少騙我了！我一眼就看得出阿綜一大早就在想些色瞇瞇的事啦！在這種人潮洶湧的市中心，你們到底想在光天化日之下做什麼呀？」

「不……不不不，我才沒有那麼想咧！我們只是聊了一下《書》的情節而已！」

「是喔？那到底是什麼色色的《書》呀？嗯嗯？是跟超級可愛的卡露米雅大人我相親相愛卿卿我我的《書》嗎～？」

「姊……姊姊，那不是奇怪的夢，是變態的夢啦！」

艾莉卡害羞得漲紅了臉，拉了拉卡露米雅的制服下襬。她們明明是共享一半血統的同母異父姊妹，妹妹艾莉卡和姊姊卡露米雅的個性卻正好相反。

「不，才不是那種猥褻的《書》呢！雖然卡露米雅有貓耳和貓尾巴，像貓族一樣喵喵叫……」

「貓耳！咦，你真的有在幻想我嗎？啊，我要收取幻想使用費嘍！雖……雖然我以前的確有戴貓耳變裝……嗚嗚，羞死我了！」

原本想要開你和艾莉卡的玩笑，卻反而讓自己成了話題，卡露米雅紅著臉連忙揮手。

「啊……父親征討『聖堂』之前，妳好像真的有戴貓耳。」

「……嗯……嗯。那段時間真的很辛苦。艾莉長出角，母親因為通姦罪被大卸八塊，最後連艾莉都差點被處死……」

六年前，卡露米雅冒著生命危險幫助差點被「聖堂」處死的艾莉卡逃走。後來她留在「聖堂」，為了拖延追捕妹妹的行動，奮不顧身地掩蓋證據。可是她的行動最後終於曝光，使她代替妹妹被關了起來。

「雖然成功讓艾莉逃出『聖堂』，卻換我被軟禁了。要不是奧月老師和阿綜來搭救，我們現在真的不知道會怎麼樣。」

「……對不起，姊姊。都是因為艾莉卡，連姊姊都遇到危險的事……」

「別在意別在意！我們現在都在『藥草院』，老師也對我們很好，而且……呃，那個，要不是因為那起事件，我也不會遇見阿綜了。」

卡露米雅微微紅著臉，一臉害臊地注視著你。讓人聯想到紫水晶的美麗雙眼中似乎隱含著戀慕之情。

「……我跟你說喔，阿綜，別看我這個樣子，其實我很感謝你救了我們喔。五年前如果不是有阿綜和老師在，『聖堂』的惡行一定不會被揭穿，我們姊妹也沒辦法像現在這樣平安地生活。」

「……卡露米雅……」

卡露米雅靦腆地這麼說的瞬間，這五年來的記憶在你的腦中復甦。

令尊阻擋著「聖堂」的主戰魔導士隊的期間，接獲他指示的你深入敵營，將被軟禁在可怕牢獄中的卡露米雅救了出來。

「我現在還活著，是多虧有阿綜……所以阿綜，你不必再像以前一樣孤軍奮戰嘍。為了報答你的恩情，我也要成為偉大博士。我不會讓阿綜一個人承擔重擔的。」

卡露米雅害羞地微笑著，但卻坦率地向你發誓。

因為她被平安救出，你們才能得到與「聖堂」的陰謀有關的證言，使令尊最後得以告發「聖堂」的惡行並繩之以法。卡露米雅的存活也證明了這個世界的「聖堂」之陰謀早已被防範於未然。

跟虛構小說的世界不同，「聖堂」已經不是萬惡之源或悲劇的元凶了。

「……咳……咳咳！那我們去採買戰勝紀念祭要用的東西吧！既然幻想過我，阿綜就要努力幫我提東西喔！」

「不，那不是幻想，是《書》裡的故事啦。」

你想要解開這個誤會，這時遠方的晴空傳來了宣告八點到來的鐘聲。同時，「英雄廣場」的噴水雕像應聲噴出清泉。

「哇哇，已經八點了！啊，阿綜你看，奧月老師的噴水池！」

「卡……卡露米雅，我會覺得害臊，不要大叫父親的名字啦。我們快走吧！」

「啊，哥……哥哥、姊姊，等一下嘛！」

你牽起卡露米雅的手，在有著閃亮水花妝點的石像周圍繞行。

彷彿將過去的景象直接石化的寫實雕像就是這個廣場的名稱由來。

偉大博士右手持長劍，左手持魔導書，以強韌的意志力制伏敵人；長髮吸血鬼輸給他的智慧與勇氣，拜倒在劍鋒之下。

支撐著栩栩如生的雕像的大理石臺座上，刻著這樣的題名：

「吸血鬼真祖之死與救世英雄」。

「好，蘋果酒用的菜薊葉子買了，洗指水用的玫瑰香料也買了。還有……」

「……姊……姊姊，哥哥他……！」

「嗯嗚嗚……！卡……卡露米雅，東西太重了啦！」

難以忍受快要扯斷雙臂的重量，你對兒時玩伴卡露米雅提出抗議。

為了準備戰勝紀念祭，在亞歷山卓市中心步行將近三個小時之後，你們購買的物品已經超過了三十公斤。

雖然這點重量只要用《收納書》就可以輕鬆搬運，但可惜身為班長的卡露米雅嚴禁浪費錢，所以提重物的人（你）總是很辛苦。

「卡……卡露米雅，反正是用我的零用錢買的《書》，使用《收納書》應該也沒關係吧……」

「我說不行就是不行！戰勝紀念祭是『藥草院』的活動，阿綜的《書》是阿綜買的，我身為班長，不可以公私不分！……而……而且要是用了《收納書》，就不能叫阿綜提東西了……」

「不，如果不用提東西，我就可以一個人在房間裡看《書》了吧。」

「所以才不行！」

「……嗯嗯，哥哥，果然還是不能用《收納書》。」

「為什麼！」

姊妹兩人以不明的理由禁止你使用《收納書》。

你輕輕嘆了口氣，無奈地重新提起東西並抬起頭。

這時你在街上來來去去的人潮中看到熟悉的面孔經過。

「嗯？那該不會是……？」

「……嗯？哦，這不是奧月嗎！」

「哎呀，好巧喔，奧月哥哥。奧月妹妹和班長也在呀。」

聽到你低聲說話的聲音，和你同班的小狗型男生就驚訝地回過頭。一個喜歡八卦的女生和他走在一起，看到妹妹艾莉卡和姊姊卡露米雅便微微一笑。

「你們三個人在一起，是要幫忙今天的戰勝紀念祭嗎？還是沉浸在剛考完試的解放感中，終於跟其中一個人越過了那一條線呢？」

「咦！阿……阿綜，你對艾莉出手了嗎！」

「啊嗚！姊……姊姊，不……不要抓我，啊嗚啊嗚！」

「……不要一見面就開黃腔。我並沒有跟任何人越過那一條線。」

面對「藥草院」的兩個死黨，你傻眼地回應。

和虛構小說世界的主角（你）不同，現實中的你從小到大都生活在圖書館都市，跟這些老朋友的孽緣也已經持續了將近十年。

你們的關係與其說是交情好得沒有隔閡，不如說是太過熟悉所以省去了禮貌……不過即使如此，你也算是擁有不錯的朋友。

「……我說奧月，我可是口風很緊的男人喔。快點告訴我，你到底對姊姊還是妹妹出手了？」

「我絕對不會相信你，笨蛋。我還在忙著準備戰勝紀念祭咧。話說，你好歹也是準備委員之一，有空就來幫我提東西啦。」

「呵，交給我吧奧月。靠我鍛鍊出來的肌肉唔喔好重啊！」

「我可要先說，我也有用強化體能的次要迴路。」

接過袋子的男生失去一半的平衡，然後總算站穩腳步。雖然論力氣是他在你之上，但這麼多的東西可不是不使用魔力就能夠搬運的重量。

「哼……咕嗚……唔哦哦哦哦！不……不錯嘛奧月……！竟然把遺傳自老師（伯父）的魔法運用能力用在提東西上，享受姊妹約會的樂趣……可是我的肌肉是不會輸的！」

「好啦好啦，不要比那種無聊的事了，一半給我拿吧。」

女生也啟動次要迴路，從男生手中搶走一部分的東西。說了這麼多，兩人似乎都願意幫忙做戰勝紀念祭的準備工作。

「奧月哥哥，這些東西拿去主教學塔的舞會大廳就可以了吧？啊，如果還有要買其他東西，我們可以一起去，反正我們也有準備委員的工作。」

「咦？既然這樣，你們也可以今天一早就跟我們去的。」

「啊啊，那是因為某個班長說『我要和阿綜一起去所以請個別行動』。」

「哇哇哇哇！阿……阿綜，我們快去下一家店吧！」

「哇……等……卡露米雅，不要推我啦！」

卡露米雅就像是要打斷對話似的推起你的背，催促你往「藥草院」的公會區前進。

高座天上的主教學塔周圍有「藥草院」的合作公會和相關人士的住家聚集成一座市鎮。

連接其石製城郭和市中心的公會門上裝飾著慶祝戰勝紀念祭的垂掛布幕。

「哦哦，你們看，現在好像在拆鷹架。戰勝紀念祭的準備也進入最後階段了吧。」

「因為每年都有，所以一看到那些裝飾就會有種暑假要來了的感覺呢。」

高度超過五十公尺的公會門周圍用圖書迷宮的堅韌木材搭起了鷹架，正在為戰勝紀念祭的大門裝飾作最後的調整。

你們正要緩緩通過行人和載貨生物（怪物）來來去去的公會門時——

「……哥……哥哥，那邊！」

「咦？」

「誰——誰來抓住我的家畜啊！」

聽到商人求助的聲音，你們和周圍的路人同時回頭。

喀啦喀啦啪嘰啪嘰！木材裂開的聲音響起。

企圖甩掉貨物的八腳獨眼象用牠的巨大身軀衝撞正在拆解中的鷹架，粗暴地將鷹架壓毀的景象映入你的眼簾。

（糟糕……再這樣下去，鷹架就要倒塌了！）

身為「藥草院」博士候補生的探索經驗讓你瞬間認知到危險的狀況。

撞擊木製鷹架底部的力道化為強烈的波動，使整座鷹架彎曲，應聲折斷了上層較細的結構。這是大規模崩塌的預兆。

「大家聽好，我們去幫忙！」

「危……危險！」

你還沒有採取行動，艾莉卡就一個箭步衝了出去，趕到站在鷹架下方的小女孩身邊。

「艾莉！」

「艾莉卡！卡露米雅，你們把大象抓起來！」

你立刻抽出《速達信封》，在轉眼間寫下「右門」、「左門」，然後把信封綁在用《摺紙》製造的繩子兩端並寄出。

往天空振翅飛翔的《信封》飛向左右兩邊的副門，在空中牽起繩索，驚險地接住差點倒向廣場的鷹架。

「好，停住了！艾莉卡，快帶著那個孩子離開！」

「這……這裡很危險。快……快抓住姊姊！」

「……艾莉卡，上面！」

艾莉卡扶起被突然發出的怪異聲響嚇到而跌倒的小女孩。可是你看見正上方的傾斜鷹架上有工具箱滑落，沉重的工具正要散落下來。

「唔！要趕上啊！」

你趕緊抽出《收納書》，打開書頁並丟向工具之雨。從天而降的鐵塊被吸入《書》裡，沒有傷害到艾莉卡便消失無蹤。

「哇！哥……哥哥，謝謝你！」

「艾莉卡，快點進到我的障壁裡！」

「唔……！奧月，抱歉，我們抓不住牠了！」

你跑向艾莉卡，讓她進入理論障壁的範圍內，這時同學的聲音從背後傳來。從卡露米雅等人的拘束魔法中逃脫的巨象對你們抬起頭。

「艾莉卡，抓住我！然後從我的肩甲裡拿《複寫紙》出來！」

「好……好的！」

你對強化體能的次要迴路灌注魔力，抱起妹妹和小女孩。

你接著把手指放在艾莉卡取出的魔導書上，開始**詠唱魔法**。

「——魔力迴路，解放！」

「奧月，牠要衝過去了！」

「阿綜！」

「其乃撐天粱柱，鎮國礎石，鎮守龍田之風暴女神啊！」

同學發出短促叫喊的同時，巨象完全掙脫了束縛，用八隻腳開始衝刺。你定睛注視著直逼而來的身軀，對魔力迴路灌注魔素。

「充滿大氣之神靈且聽召喚，以無形之臂束縛阻風之刃。」

伴隨著壓倒性動能的尖銳象牙正要逮到你的肉體的那個剎那——

「此刻，為獻予汝之誠心祈願——」

「哥哥，就是現在！」

「賜以神代風暴之恩寵！」

你用力踩踏地面，帶著三人份的體重往天空跳躍。

「發行！」

面對失控暴衝的魔獸，你在半空中鎖定目標。

「——破刃暴風槍！」

你解放龐大的魔力，用暴風之槍貫穿了魔獸。

咻嗡嗡嗡！一陣強烈的疾風吹過廣場。

帶著魔力形成一陣漩渦的暴風鎖鏈抬起體重高達數噸的巨大身軀，將牠拘束在離地一公尺的空中。不只如此，精密的魔力運用連接起差點崩塌的鷹架，用風壓支撐住結構。

「好！各位，我已經將迷宮生物抓起來了！如果有人受傷，請讓我們幫忙施予治癒魔法！」

你把艾莉卡和小女孩放下來，對周圍的人潮這麼喊道。

差點遇到崩塌慘劇而恐慌不已的行人面面相覷，發現沒有任何人受傷……最後不約而同地開始鼓掌。

「……咦？奇……奇怪？需要治癒魔法的人……」

「奧月，你好像立了大功耶。」

男同學這麼說著拍打你的肩膀，周圍同時響起一陣歡呼。

「做……做得好啊年輕人！不愧是『藥草院』的學生！」、「喂，我們快點過去撐住鷹架！」

「他姓奧月，這麼說來他就是那個英雄的……！」、「消滅魔王的偉大博士的兒子！這可是個大新聞，我要去跟整個公會炫耀自己被英雄的兒子救了一命！」

「……大哥哥、大姊姊，謝謝你們救了我！」

原本被艾莉卡抱著的小女孩這麼說著低頭行禮，然後踩著小小的步伐走向待在人潮中的家人。

「……呼。太好了，阿綜、艾莉。」

「啊，姊……姊姊！大……大家都在看我們……哇哇哇！」

艾莉卡因鬆了一口氣的感覺和羞恥心而開始慌張，一屁股跌坐在地。周圍的人發出溫暖的笑聲，讓艾莉卡連耳朵都漲得通紅，低下頭來。

「啊……啊嗚……哥哥，快……快躲起來！」

「哇，別躲在我背後嘛。來，艾莉卡做了值得稱讚的事啊。」

你拉起妹妹的手，扶她站起來，這時遠方傳來「咻嚕嚕嚕……」的風聲，接著響起一陣「砰！」的爆炸聲。

用風魔法的風壓施放的煙火在仰望天空的人群眼裡映照出七彩的光芒，宣告吸血鬼戰役戰勝紀念祭的到來。

填滿周圍的歡呼變得更加強烈，讚頌令尊與你們的榮譽。

「「「──『藥草院』萬歲～！」」」

宣布戰勝紀念祭開始的白日煙火與群眾呼聲在公會門的天空中迴響。

◇◇◇

咻嚕嚕嚕嚕嚕嚕……砰！

宣告前夜祭的高潮來臨的半夜煙火在初夏的夜空中綻放魔素的光輝。

「呼。今年的前夜祭應該也可以圓滿結束。」

隔著陽臺，你回頭望著學生在主教學塔舞會大廳交談的喧囂，並讓身體靠在背後的扶手上。

多虧最近的準備工作，「藥草院」內部的戰勝紀念祭的前夜式也舉辦得很順利。離開舞會的中心，被包圍在迴廊傳來的弦樂器音色與隨著夜風飛舞的蘋果酒香氣中，讓你有種努力終於有了回報的感覺。

「……呵呵，真和平。」

你朝最外圍的夜空伸出手，品嚐著靜謐的喜悅，如此低語。

現在，生活在這片天空下的每一個人一定都跟你一樣聆聽著煙火的聲音。在吸血鬼真祖已經毀滅，「聖堂」的惡行也被導正的世界，他們都和你一樣熱愛和平。你打從心底為此感到幸福，在虛空中緊握住拳頭。

「……不知道為什麼，星空明明跟平常沒有什麼不同，今天卻有種溫柔的感覺。」

新月在夜空中散發光輝，在地球的白道上繞行的小衛星圓環正如銀河般閃耀。就像是將天空分隔為兩個世界的彼岸與此岸之縫隙。

「是因為讀了這本《一千零一頁的最後祈禱》嗎？」

你小聲這麼說，然後從晚宴用燕尾服的內口袋中取出《最後祈禱》，把手肘靠在陽臺的扶手上，靜靜地打開皮革封面。

「……《一千零一頁的最後祈禱》。《書寫以自身為主角之故事的書》啊。」

其書頁上所呈現的故事是現實中不可能發生的幻想。

不管是偉大博士的死、艾莉卡的絕望、卡露米雅的記憶竄改、「聖堂」的陰謀、你的記憶喪失，甚至是吸血鬼真祖的背叛，全都是謊言。

「……這樣就好了吧。」

你就像是緩緩吐出放棄的氣息，靜靜地低語。

過去《最後祈禱》中的主角希望成為「能夠拯救他人的人」。「正因為是充滿悲劇的世界，才想要成為能夠拯救他人的人」，其意念或許比這個世界的你還要強烈。

正如沒有猶豫就沒有決心，沒有悲劇就沒有救濟。

正如沒有戰鬥就沒有勝利，沒有苦痛就沒有幸福。

你覺得那似乎是只有在經歷深沉絕望之後才能孕育出的崇高願望。

「反正全都是虛構的。」

而正因為如此，你才能靜靜地愛惜著這個和平又安穩的吸血鬼戰勝紀念祭之夜吧。

「……嗯，差不多也快到閉幕式的時間了，後續就等回到房間再看——唔哇！」

當你正要闔上《最後祈禱》的瞬間，一陣強風突然吹過最外圍，從你的手中奪去皮革封面。

被北非的夜風擄走的《書》撞上幾公尺下的空中迴廊屋頂，書頁從書封裡飛散出來，消失在黑夜裡。

「啊啊……我都還沒看到結局耶……」

你頹然放下反射性地往空中伸出的手臂。

夜間往大海吹拂的陸風，一定會將《最後祈禱》帶到地中海，使之散落在美麗的海波之間吧。

你已經永遠無法得知《一千零一頁的最後祈禱》的結局了。

「……算了。反正從記憶被竄改的時候開始，主角（我）就幾乎死定了。」

看破一切般的低語融化在夜風中，你回頭面向通往舞會大廳的陽臺。

「……哥……哥哥？」

「啊，艾莉卡？」

你的視線落在聲音傳來的方向，便發現偷溜出舞會的艾莉卡從通往舞池的迴廊的柱子後方露出一隻眼睛看著你。

「怎麼了？參加舞會已經很累了嗎？」

「啊……嗚……舞……舞會很開心，可是，因為哥哥不見了……」

艾莉卡這麼回答，一邊注意還穿不習慣的高跟鞋鞋跟，一邊小步朝你走來。她緊捏著藍色晚禮服的裙襬，或許是心裡有什麼令她感到不安的事。

「……哥……哥哥，艾……艾莉卡，生……生氣嘍！」

「咦，為什麼？我有做什麼讓妳生氣的……啊，我覺得很好看喔。群青色的禮服就像有波浪拍打的夜晚海洋一樣漂亮，頭髮也是卡露米雅幫妳捲好的吧？很少看妳穿露出胸口的衣服，護符的魔素光芒剛好成了點綴，很高雅。」

「啊嗚嗚！不……不是的，不是這件事，不是這件事！」

你還以為艾莉卡是在徵求服裝的感想，她卻滿臉通紅地揮揮手。如果跟晚宴的打扮沒有關係，她究竟為何生氣呢？

「不是那樣！……是……是因為哥哥什麼都沒有說就……不見了。」

「啊……抱歉，妳是來找我的啊。」

「是……是的……今天的哥哥，明明就在艾莉卡身邊，卻好像在看某個很遠的其他地方……好……好像就要離開艾莉卡……」

「笨蛋，我怎麼可能離開妳？我可是妳的哥哥啊。」

「哇噗！」

你說道，把手輕輕放在艾莉卡的頭上。可是平常總是很容易就被說服的妹妹今天卻沒有破涕為笑，表情仍舊不安。

「……就……就算是兄妹……就因為是兄妹……因為兄妹不是情人，說不定沒辦法一直在一起，所以……！」

艾莉卡用微微顫抖的聲音這麼說，然後緊捏住你的燕尾服袖口，用帶著確切決心的深藍色眼睛向你問道：

「……哥哥，你……你願意和艾莉卡在一起嗎？在比家人還要更近更近的地方，艾莉卡可以一直跟哥哥在一起嗎……？」

「……艾莉卡，妳該不會……」

看到群青色雙眸中閃耀的真摯熱情，你察覺到妹妹的內心深處隱藏的愛意。察覺到她想要追求的是跨越兄妹界線的愛情，以及超越家人範疇的，只屬於兩人的永遠。

「……我……我喜歡你。艾莉卡喜歡哥哥！」

「唔……！」

聽見妹妹坦率表達的愛意，你的心感到一陣刺痛。

因為自從艾莉卡成為你的妹妹，這六年來你都表現出兄長的樣子。你的行為舉止並不是一個對等的戀愛對象，而是一個保護她的年長者。

可是現在，艾莉卡拋開了妹妹的身分，以一名少女的身分要求你作出選擇。以她最好的愛為交換，她希望你也能給她最好的愛。

給她**只能奉獻給**一**個人**的最愛。

「……艾……艾莉卡，我……」

無法用言語形容的感情從記憶深處的某個角落竄起一陣漩渦。

這份名為「戀愛」的感情，你一直都知道。

和艾莉卡懷抱的感情一樣，看重某人勝過自己的心。你曾在某處體會到只為了某個特別的人而奉獻人生的熱情。

（……沒錯。我曾經戀愛過……）

你的心一陣刺痛。

那是無法傳達的戀情之傷痛。那是你所喪失的愛之詛咒。

你確實曾經愛過某人勝過自己。

而你隱約覺得那大概、一定、恐怕是——

~~應該奉獻給■■■■■的感情。~~

應該奉獻給【艾莉卡】的感情。

（……這樣啊。我一定是在不知不覺中被艾莉卡吸引了吧。）

沒錯，應該是從親愛之情開始發展的愛情吧。

沒有特別愛著誰的你在不知不覺間受到妹妹的吸引。艾莉卡比任何人都更親近你，所以你才會這麼重視她。

（……是這樣沒錯吧？我沒有其他喜歡的人，而艾莉卡喜歡我，所以回應艾莉卡的心意

並不會背叛任何人吧？）

你的內心深處再次感到一陣疼痛。

你覺得將思緒如糖漿般融化的戀情彷彿沖淡了非常重要的記憶，可是感覺到艾莉卡擁抱自己的體溫，你漸漸覺得一切都無所謂了。

「……哥哥。」

「艾莉卡，我……」

「……如果沒辦法回答，不用回答也沒關係……」

艾莉卡那帶著微熱的手指放在你的脖子上。讓人聯想到深邃大海的群青色眼瞳祈禱般地閉了起來。

「因為艾莉卡要親哥哥。」

艾莉卡微微鼓動的心跳和你的心跳密不可分地互相迴響——

然後和逐漸靠近的雙唇一起完全重疊。

「嘎……呼。」

叮鈴。

水晶護符的金屬鍊纏住了你的脖子。

「唔……嘎呼！」

突然失去呼吸自由的你反射性地往後仰。

可是纏繞在艾莉卡指尖的項鍊用彷彿帶有魔力的力道拉緊，如枷鎖般勒住你的脖子。

「嘎！呼……呼吸……！」

「哥……哥哥！」

勒緊的項鍊陷進你的頸部皮膚，就像是要絞殺你一樣。不想窒息而死的你把手伸向脖子，可是卻扯不掉令尊的護符，於是，你試圖解開應該位在後頸，靠近制服連衣帽的項鍊扣環。

「……咦？」

但你的食指前端觸碰到的卻是用金屬鍊緊緊綁起來的**繩結**。

這個瞬間，原本用那麼強烈的力道勒緊你的項鍊輕聲滑落到你的手上。

頸部受到解放的你靜靜地注視著在掌中閃耀的水晶護符。

「……護符的魔力……」

你寸步不離身地戴著令尊贈與你的水晶護符，你應該對它很熟悉——

但不知為何，護符就像是要傳達些什麼，魔素的光輝陣陣搖曳著。

「……發出銀色的光。」

這是個微小的——

真的極度微小的故事破綻。

帶著魔力的水晶護符本該是令尊給你的父愛之證。

「像吸血鬼一樣的銀白。」

魔素的光輝並非彰顯偉大博士之淵博知識的深藍紫色——

而是代表吸血鬼真祖那純真愛意的清澈銀白。

突然間。

像血液般帶有熱度的透明水滴落在水晶護符上。

「……不對。才不是這種世界。」

你哭泣。

思念著從你的記憶中被奪走，已經再也無法取回的「某人」，你連回想起自己哭泣的理由都辦不到，只是不斷流著淚。

「不對。我所追求的，我發誓要取回的，才不是這種謊言（虛構故事）。」

在某個遙遠世界的盡頭，你聽到了類似紙張開始撕裂的聲音。

以手中緊握的護符為中心，視野中的一切出現一道道裂痕，漸漸使寫好的虛構小說迎向毀滅性的結局。

「不對。」

你對侵蝕世界的黑色筆墨舉起如星星般閃耀的銀白色魔素。

「我真的喜歡上的，我打從心底深愛的，我決定要相信的……」

你試圖喊出這個故事的筆者之名：

「是【已竄改】。」

『妾身可不許汝回想起來吶，綜嗣。』

嘶嘶嘶，這樣的聲音響起。

「！」

那是世界毀滅的聲音。

原本擴展在你眼前的幻想就像紙張一樣被撕裂，變成普通的廢紙。

『汝必須遺忘。汝必須在這座永恆樂園的懷抱下，再也無法得知五年前的真相。遺忘一切才是汝真正的幸福。』

漆黑的紙張裂痕，這個幻想的終結就像是要吞噬全世界一樣，不斷擴大。

安排好的故事（劇本）被撕破──

『【畢竟這世界只不過是文字的集合體。】』

在讀者（你）的眼前，筆者的領域現形了。

那是個白與黑的世界。

在令人聯想到書籍頁面的純白中，寫著【筆者】的漆黑墨水形成一陣漩渦，成千上萬的文字對流著，描繪出吸血鬼真祖的輪廓。

『歡迎來到妾身的故事（劇本）後臺。』

帶著嘲諷意味的聲音響起的同時，無數的黑點（墨水）凝聚起來，在白紙（書頁）上寫出字句。

你直覺地理解了。

這裡是你**剛才被迫閱讀**的謊言（虛構故事）的中樞，也是執筆這個故事（劇本）的筆者的領域。

『恭喜呀，讀者（綜嗣）。汝已突破虛構小說，查出真相。感覺如何？親手永遠摧毀這個完美的幸福幻覺，如今的汝作何感想？』

「……糟透了。因為我被妳背叛，記憶遭到竄改，還一度以為只用文字建構起來的虛假世界是現實。把這種無聊的謊言——無聊的虛構故事當真！」

『哎呀哎呀，汝這話可真不留情面。即便是無趣的虛構故事，汝不也相當幸福嗎？這可是按照汝願，由妾身這名能力吞噬者所寫的虛構故事吶。』

文字集合體嘲諷般地一笑，白色的虛空中便浮現出【嘲笑】兩字。你原本以為是現實的東西其實不過是虛構故事的文字組合。

『讀者（汝）渴望著沒有悲劇的過去，父親不曾遇害的未來，毫無紛擾的和平世界。妾身曾吸取汝之血液與血憶，比誰都理解汝心。』

吸血鬼的頭部出現多到令人不寒而慄的【笑容】字樣。

『因此筆者（妾身）如此撰寫。按照汝過去的期望，竄改汝之記憶。』

「——不對！」

你感覺到一股和恐懼很相似的憤怒，打斷筆者的話。

「是妳輸了，筆者！不管妳寫出什麼樣的虛構小說，我都不會忘了魔王！竄改我的記憶，迷惑我的計謀（劇本）已經回歸白紙了！」

從魔王的發言來思考，這裡是筆者的記憶竄改所捏造出來的世界——虛構小說。筆者藉由撰寫虛假的記憶，攻擊了你的心。

「我不會忘記……！身為被刺客(妳)奪走父親的兒子，身為被真祖(妳)拯救的眷屬，身為被吸血鬼(妳)背叛的人類，我都必須阻止魔王(那傢伙)！」

沒錯。這是愛上吸血鬼的人類的最後義務。

如果吸血鬼真祖即將墮落到邪惡之中，你就必須和她戰鬥。為了報殺父之仇，為了防止恩人染上罪惡，為了捨棄對吸血鬼的愛戀——

你都必須終結魔王的劇本。

「我才不要這種幻想！把原本的世界——把我的記憶還給我，筆者！」

然而筆者就像是哀憐你的意志，靜靜地輕聲說道：

『就連汝對■■■■■的戀慕之意，也是筆者所撰寫的虛構情節吶。』

「……啊？」

這一擊相當致命，甚至能一舉粉碎你的鬥志。

『恭喜汝看穿虛構，讀者(綜嗣)。正如汝所言，這個世界是虛構的……不過那又如何？難道汝認為妾身是單單為了欺騙汝，才撰寫了三百八十五頁的《書》？』

你原本以為筆者是在攻擊讀者(你)的心。

以為筆者想要藉由撰寫完美的幸福幻想來奪走你的記憶。

因此沒能完全竄改你的記憶，照理說筆者已經完全敗給你了。

『筆者(妾身)輸了？妾身的目的是攻擊汝？哈，汝實在是蠢得可悲。妾身所攻擊的對象、企圖顛覆的規則，是這世界的**根本原理**。』

可是，筆者現在攻擊的對象根本不是主角（你）的記憶。

『筆者所寫的故事對汝這名讀者而言是否過於困難？那麼妾身就加以說明吧。妾身想藉由撰寫這部虛構小說傳達予汝之真相為——』

這並不是以主角（你）的心、主角的記憶、主角的存在為目標——

『**【就連原本的世界也同為經過竄改之記憶。】**』

而是將讀者（你）堅信為現實的記憶加以破壞的小說。

「什……啊……？」

『汝可知庫爾特・哥德爾之第二不完備定理？說謊者悖論呢？明希豪森論證的無窮倒退呢？……呵呵，汝肯定不知道吧。』

「別……別想騙我！怎麼可能被竄改，這個世界才是虛構的！」

『誠然。正如汝所言，這世界乃為虛構。妾身承認這個事實……不過那又如何？汝究竟要如何證明「汝曾待過的世界並非幻想」？』

「！」

被筆者質問的你無言以對。

讀者擁有開始閱讀這本《書》的記憶，而且不可能竄改記憶。也就是說這部小說是虛構的，小說外應該有現實存在……而筆者告訴你，**就連你的這個認知其實也全都是被竄改過的記憶**。

好了，請讀者(你)也回想看看。

你是什麼時候開始讀《書》的？在哪裡開始讀《書》？

正在讀《書》的你是誰？你的記憶還留在《書》之外嗎？

假如記憶還留存——

——**難道那不是被他人竄改過的記憶嗎**？

『筆者(妾身)竄改過了。妾身改寫了汝之記憶，捏造妾身與汝的戀情，並植入與原本世界相關的虛偽記憶。正如汝在五年前竄改自身記憶，企圖掩蓋父親之死所帶來的絕望。』

「閉……閉嘴！我才不會被那種謊言欺騙，原本的世界確實存在！我相信自己的記憶！我必須阻止魔王！」

『相信記憶？阻止■■■■？若汝真心想要阻止■■■■的復活，為何過去不查明真相？汝從五年前的十月十六日以來，分明都處於得以預測魔王之復活的立場。』

「什……？」

被紅色雙眸的銳利目光射穿，失去反駁力道的你啞口無言。

吸血鬼真祖■■■■■──筆者刻劃在你腦中的虛假記憶向你提出「為什麼你明明在五年前就遇見了■■■■■，卻忘了這件事」的問題。

『汝豈不是有機會阻止？若要說原本世界的記憶為真，汝肯定有在那個慘劇之夜見過■■■■■。若汝希望阻止■■■■■，遭受殺人魔襲擊的那一晚，汝何不對妾身見死不救呢？』

沒錯。如果你所記得的原本世界是真實的，你就一定有在五年前的十月十六日，在令尊遇害的書齋遇見吸血鬼真祖。

五年前的你應該確實知道吸血鬼真祖成功對詛咒自己記憶的奧月戒完成了復仇，並且準備以魔王的身分東山再起。

『不是嗎？若汝希望阻止■■■■■，汝便不該遺忘。若非喪失五年前的記憶，汝確實有機會殺死魔王。』

（……我將魔王……？對了，如果我還保有五年前的記憶，在迷宮相遇的瞬間，我應該會發現■■■■■就是殺死父親的仇人……！）

『那麼一來，汝便不會感染遺忘詛咒，亦不會慘遭殺人魔殺害。汝能消滅■■■■■，得以為父報仇。』

圖書迷宮的銀夜，能力吞噬者■■■■■露出毀滅性的笑容，這麼說道。

『然而，汝並沒有那麼做。汝害怕五年前的真相，依靠心理創傷與記憶回溯，將自身記憶拋諸腦後。』

「──！」

幽暗內心的傷口被掀開，你只能沉默地面對自己的懦弱。

如果「原本世界」的記憶是真實的，你確實有機會消滅邪惡的魔王，拯救世界。被心理創傷奪走記憶的你偏偏用自己的性命救了殺父仇人。

正因為你將那個慘劇之夜的記憶封印在遺忘的牢籠中。

『而汝怎麼說？想「取回真相」？呵呵，汝分明恐懼且排斥真相，甚至為了遺忘真相而扭曲記憶吶。汝之所以喪失五年前的記憶，並非由於《書》或詛咒之力，而是由於汝自身之懦弱。』

「不……不對！我……我一直尋求著真相！我直到現在都還在尋求真相！我會失去記憶，並不是因為逃避真相！」

『非也。汝自從五年前的那個慘劇之夜以來便一直期望「竄改記憶」。汝不斷祈求自己能夠逃出可恨的記憶，從過去的絕望中解脫。汝真正想從圖書迷宮求得的，正是《能夠改寫記憶之書》。』

「……不對……！我怎麼會……！」

『汝取得《最後祈禱》時，沒有寫下【取回五年前之記憶】便是其證據。若是那麼寫，汝或許能阻止本魔王，但恐懼真相的汝之儒弱卻使汝遠離真相。』

「……我……我……！」

（我明明得到了《竄改記憶之書》，為什麼不將五年前的記憶……！）

『汝口口聲聲喊著尋求真相，卻根本不願得知真相。因為汝害怕。倘若奧月戒是因汝而死——汝幾乎等同於親手殺死了假如奧月戒還在世便可拯救的成千上萬條性命。』

「閉……閉嘴！別說了，我……！」

魔王露出極度邪惡的【笑容】，向你宣告：

『——因此汝選擇逃避。汝逃避奧月戒之死與魔王的復活以及自身的罪孽，躲進記憶回溯之黑暗中。**正是汝竄改了五年前的真相**。』

「什……嗚啊……啊啊啊啊……！」

持續折磨你的內心傷痛，就是你出於自願所竄改的記憶。

『汝理解了吧？無法阻止■■■■的原因，正是出於汝自身的儒弱。汝逃避了應該面對的真相，竄改了記憶。』

（……我必須阻止■■■■……可是那真的是我的記憶嗎？難道不是■■■■在我的腦中寫下了虛假的記憶？不，■■■■真的存在嗎？該不會是筆者所寫的這部小說的登場人物吧……？）

『沒錯，汝已然連自身記憶都無法相信。汝背叛了自身的記憶。由於太過害怕「回想起來或許會摧毀自己的心」，汝扭曲了自身記憶，遠離真相。這場毀滅正是汝之惡報——適當的裁罰。』

筆者掀開你內心的黑暗面，就連你最後僅存的信念都不放過，不斷苛責你。就像是要藉由撕裂你的心來制裁竄改記憶的罪孽。

（……我犯下了罪過嗎？想要竄改痛苦的記憶、改寫過去的絕望，是一種必須接受懲罰的罪孽嗎……？）

『誠然。竄改記憶乃一惡行。消除過去絕望的記憶竄改更是惡質。因此汝將失去父親的教誨，失去魔法，失去夢想，甚至失去值得信任的自己，失去原本世界的《書(記憶)》，被困於這個虛構故事中直至死亡。』

（……我逃避了真相嗎？……我不是為了取回真相並成為偉大博士，才會跨越這五年的時間，回到圖書館都市的嗎？）

『汝亦非想要成為偉大博士。如口頭禪般喃喃唸著的言詞不過是自我暗示。畢竟只要聲稱自己想繼承父親之遺志，便能減輕對「奧月戒可能是因自己而死」這一真相的恐懼。終究只是膚淺的自欺欺人。』

（……我「想要成為能夠拯救他人的人」這樣的願望是竄改過的記憶嗎？可是我一直相信奧月綜嗣(我)的存在……）

『若汝相信自己，便該起身面對。汝應該戰鬥。不論是絕望還是傷痛、真相，都是相信自身的汝所須跨越的考驗。然而汝卻選擇逃避。汝將一切封入遺忘之牢籠，躲進喪失記憶的庇護中。』

（……我或許真的逃避過。因為如果我真的想起了五年前的記憶，我應該有機會阻止■■■■■的復活……但是我卻沒有做到。）

『誠然。汝希望竄改。自從五年前的那一晚，汝便一直希望竄改記憶，遠離殘酷的真相，永遠沉溺在溫柔的虛構世界。恭喜呀，奧月綜嗣。這個空無一物的虛構世界正是汝所期望的救濟之末路。』

你漂浮在沒有真實感的暈眩中，不斷承受【筆者】的譴責。

【筆者】很清楚奪取了你的血憶，以你的記憶為基礎所建構的【文字集合體】要刺穿哪裡才能讓你的心流血，要毆打哪裡才可以讓你的心喪志。

『來，讓故事落幕吧。持續曝光後臺，讀者也會感到掃興。』

「嗚……啊……」

筆者的掌中凝聚出【魔導書】的字樣，然後形成一本《書》。由這整個世界的幕後黑手——■■■■■所準備的假想人格(角色)想要藉由殺死主角，來將破綻百出的故事連同你一起葬送掉。

『此乃讀者（汝）之祈願的末路。筆者只為實現汝之祈願而撰寫出這個完美的幸福幻想。若不得汝心，筆者（妾身）願坦然擱筆。』

筆者輕聲說出告別般的臺詞，讓魔導書嗡的一聲散發光輝。

『此刻正是制裁之時。妾身的讀者兼主角，奧月綜嗣呀。』

【筆者】字樣的集合體散發出強大的【魔力】，開始【詠唱】。

『其乃撐天梁柱，鎮國礎石！鎮守龍田之風暴女神啊！』

（……詠……唱……！該……反擊……！）

你反射性地伸手抽取魔導書，但往右肩伸出的手指卻撲了空。你這才發現自己的身體已經成了一片由【你】的文字建構起來的資訊漩渦。

（沒有魔導書？……不，就算有魔導書，我也無法使用魔法！因為我已經將魔法連同五年前的記憶一起……！）

『充滿大氣之神靈且聽召喚！無形和鉸，斷衣緋劍啊！』

像是嘲笑著因心理創傷而喪失魔法的你，不存在心理創傷的世界之創世主——這個故事的筆者持續高聲詠唱。

（……再這樣下去，我遲早會被殺……可是，或許就連我的死都是虛構的。竄改了記憶的我，已經沒有任何能夠相信的事物了……）

你無法行動，你無法堅定意志，因為你竄改了記憶。

你無法相信真相，因為你竄改了記憶。

你無法相信理想，因為你竄改了記憶。

你無法相信自己，因為你竄改了記憶。

而如果連你對■■■■■的心意都只是小說裡的虛構情節——

你也無法相信與筆者作戰具有任何意義。

『以風刃為吾裁罰諸敵！』

你什麼都無法相信，而詠唱完成了。

筆者對讀者施放魔法。

『發行——逆卷紅刃！』

咻啪。

魔法所產生的【極大氣壓差】斬開了你的胸膛。

「嘎……咕哈！」

（我的……身體……！）

你的肉體遭到【真空之刃】襲擊，從內側破裂，噴出【血液】。皮膚裂開，肋骨斷裂，露出的肺部就像兩扇敞開的門一樣被切開。

你癱倒在純白的世界中。

「嘎呼……！嘶……咳咳！咿……嘶……嘶！」

『嗯……沒有一擊斃命呀。或許由於妾身建構自汝之記憶，使不出全盛期的力量吶。呵呵，不過讓汝痛快地死去倒也沒什麼意思。汝就如此衰弱而死吧。』

你看見自己的指尖被【死】的文字漸漸侵蝕。

由於大量失血與呼吸困難，你迅速接近死亡。

（死……？名為奧月綜嗣的人，我所懷抱的所有感情……都會結束？）

叮鈴。

被風斬斷的水晶護符掉在白色的虛構世界中，就像葬禮的鈴鐺般鳴響。

你即將死亡。

沒有任何相信的事物，沒有任何能夠相信的事物。

你被記憶背叛，被吸血鬼真祖欺騙，被筆者制裁而死。

由於竄改了絕望的記憶，企圖逃避真相的，你自身的罪過。

（……這是報應嗎……？因為能夠竄改記憶就驕傲自大，隨意改寫自身記憶的我該接受的懲罰嗎……？）

你領悟到自己的失敗與毀滅，漸漸沉入血液的意識開始回想過去。

（……我或許做錯了。或許就是想要改寫過去絕望的黑暗願望從我身上奪走了記憶，毀了魔法能力，讓我遠離真相……）

如果你沒有失去記憶，沒有逃避過去的絕望，勇於面對真相的話，你或許有機會阻止即將變回黑暗魔王的■■■■■。

你或許能阻止■■■■■稱王——然後與她一起活下去。

「■■……嘶……■■■……」

你在致命的痛楚中喘息著，流著血色的淚水懺悔。

（……都是我的錯……如果我有尋求真相的話，就可以在■■■■■變回魔王之前，在■■■■■犯下罪過之前阻止她了。）

你到了現在才理解自己愛著■■■■■。

即使這個完美的幸福世界有艾莉卡、卡露米雅、朋友、父親、魔法和夢想等一切美好，■■■■■不在也沒有任何意義。

如果這個瞬間能發生任何奇蹟，讓你從黑暗中救出■■■■■的話，你願意付出任何代價。

就算會被殘酷的真相所傷，你都渴望成為能夠拯救■■■■■的人——

可是你卻連想起■■■■■都辦不到，就要死去。

「……■……嘶……■■……嘎哈……嘶……■■……！」

你在故事的盡頭祈求如走馬燈般閃耀的吸血鬼記憶、最後的戀情。

「我愛……妳。」

因絕望而顫抖的指尖伸出，輕撫水晶的側面。

「……■■……■■■。」

【限時記憶開始解凍。】

——喀鏘。

在瀕死思緒的底部，即將靜止的大腦深處，齒輪的聲音隱隱響起。

「……咦？」

一瞬間，「啪嘰咿咿咿！」的破裂聲響起，指尖觸碰到的護符同時迸發魔素。如爆炸般放出的魔力形成一陣閃耀著銀白色的漩渦，在眼前凝聚起來。

安排在你的記憶中的王牌，擁有絕對防禦能力的水晶護符。

封印在其中的真祖魔力就像是在白色的虛構世界中炸裂並充滿整個空間，在你即將封閉的視野中映照出一隻吸血鬼。

飄揚的髮絲是銀色微風。如絹絲般帶有光澤的長髮飄散開來，遮蓋住白皙的肌膚。閃耀的眼瞳是血之寶玉。染上鮮血之紅的雙眸正如精心研磨的紅寶石般透亮。

在純白的後臺翩然降落的吸血鬼真祖——

〈……即使如此，汝仍願意**再次**訴說對妾身的愛呀。〉

用與你所愛的吸血鬼同樣燦爛的笑容回過頭來。

帶著殺意舉起魔導書，由黑色文字形成的筆者……

以及將眷屬護在身後，白色魔素映照出來的吸血鬼。

擁有■■■■■面貌的兩者就像是要主張自己才是本尊般佇立著。

「……■……■……■■……？」

『豈……豈有此理！不可能有「限時記憶」──！妾身已經竄改了真祖之記憶！吸血鬼真祖的人格早已與其記憶一同消失無蹤了！』

「……為……什麼？■■■■明明……背叛了我……」

你仍舊倒在白紙般的領域中，恍惚地喃喃唸道。

面對吸血鬼的筆者，就像是在自己的故事中發現了致命的破綻似的，她極度驚慌地大叫。

『筆者的劇本應該是完美的！記憶竄改乃刻劃虛偽記憶、扭曲人格、操控行動與感情之「筆者的全能」！明明如此，為何真祖會……！』

〈誠然。《圖書迷宮的吸血奇譚》乃竄改他人記憶，藉由改寫其認知以任意操控他人之《書》。一旦遭其魔力所困，**就連曾接受記憶竄改之記憶亦將遭到竄改**，被植入虛假的人格而再也無法抵抗，可謂絕對支配之魔導書。〉

在純白虛空中搖曳的■■■■幻影用深紅色的眼瞳看著你，這麼說道。

〈因此妾身才在最愛的眷屬心中**事先刻劃**了破除魔王之故事的**記憶**。〉

她提及了安排在這個故事中的「你」這個伏筆。

「……在我……心中……刻劃記憶……？」

『唔……！難道吸血鬼真祖在奧月綜嗣（主角）的記憶中刻劃了真祖（■■■■）之記憶！』

〈誠然。記憶竄改乃「筆者的全能」，甚至能夠創造**破除記憶竄改之記憶**。〉

「什……什麼……■■■■！妳不是騙了我嗎！」

〈非也。與此限時記憶相連之真祖絕無可能背叛汝。欺騙汝者乃「聖堂」所捏造之魔王人格——**擁有虛偽記憶之吸血鬼**吶！〉

——沒錯。這兩個■■■■■不可能是同一個人物。

寫出完美的幸福世界，企圖竄改你的記憶的血腥慘劇之筆者——魔王。

在不完美且充滿悲劇的現實中相信著你，等待救贖的戀愛故事之筆者——真祖。

《一千零一頁的最後祈禱》絕非單一一名筆者所撰寫的虛構故事——

「……■■■■■，妳該不會……！」

〈汝，此故事存在兩名筆者！〉

而是名為真祖與魔王的筆者分別撰寫不同結局的一本**競爭創作小說**。

「■■■■■是被竄改了記憶對吧？」

叮鈴。

在緊握的拳頭中搖動的金屬鍊就像是要肯定你一般鳴響。

「魔王（妳）之所以背叛我，是因為被他人植入了假的記憶對吧？」

那是安排在故事裡的伏筆。

背叛了你的吸血鬼在背叛了你的記憶裡留下了將你從記憶竄改（虛構故事）中解放的絕對防禦護符，

這是個決定性的故事矛盾。

「真祖（妳）之所以會救我，是因為在我心裡刻下了真實的記憶對吧？」

如果■■■■■是筆者。

如果她扭曲你的人生，寫下所有伏筆，擬定了魔王復活與征服世界的陰謀，是這個故事的幕後黑手。

那麼過去偉大博士贈送給你，由吸血鬼真祖再次賦予生命的水晶護符——

「——■■■■■一直都相信著我對吧？」

就不可能閃耀**銀白色**的魔素光輝。

「……■■■■■，妳根本不是什麼黑暗魔王……！」

熊熊燃燒的愛情使瀕死的心臟和即將終結的故事再次開始鼓動。

真祖所寫下的「破除記憶竄改之記憶」——迸發自水晶護符的銀白色魔力讓你漸漸從魔王所寫下的虛構故事中清醒過來。

「……■■■■■一直相信著我。就算我背叛了自身的記憶……！」

你是這個故事的伏筆。

真祖為了抵抗魔王的計畫並改寫其結局而刻下記憶的主角。

『唔……事已至此，只好以蠻力解決！其乃撐天梁柱，鎮國礎石！』

「……我這次一定會相信！」

你把護符放在胸前，解放自身的魔力迴路。

『充滿大氣之神靈且聽召喚！無形和鉸，斷衣緋劍啊……』

為了取回過去喪失的記憶與魔法，擊破這個完美的幸福幻想，跨越心理創傷的記憶——前去拯救真祖。

「發行！逆卷風刃！」

面對迅速逼近的風刃，你從烙印在絕望記憶中的魔力迴路引出所有的魔力，灌注到水晶護符裡。

呼喊你所相信的吸血鬼之名。

「——阿爾緹莉亞啊啊啊啊啊啊！」

【嘰咿咿咿咿！】的一聲。

有如純白黑暗般的筆者的領域響起了高亢的【干擾音】。

在白紙上展開的理論障壁彷彿曼陀羅，以護符為中心的半徑一公尺的空間將幻想如薄紙般撕裂。

『什……呀啊啊啊啊啊！』

【筆者】隨著撕開紙張的聲音斷裂。

形成【筆者】的大量文字和拘束你的最後枷鎖發出慘叫，被吸入紙張的裂縫中。

「……原來讀者（我）和筆者（阿爾緹莉亞）**都被竄改了**。」

看著帶著憎惡消失的漆黑文字和愛憐地飄落在自己身上的銀白魔素，你覺得自己彷彿漸漸理解了一切。

就像你對阿爾緹莉亞的愛使瀕臨死亡的心臟再次開始鼓動。

就像阿爾緹莉亞對你的愛為即將結束的故事重新賦予了生命。

你沐浴在名為阿爾緹莉亞的光芒裡，從記憶竄改的黑暗中逐漸甦醒。

〈……汝應該也領悟到真相了，汝與妾身之記憶已遭到「聖堂」的竄改。〉

魔力映照出的吸血鬼虛像被崩潰的世界吞噬，同時這麼告訴你。

〈……這整部故事皆為筆者所策劃之陰謀。而汝正是吸血鬼真祖為抵抗該故事而撰寫的，能夠改寫結局之眷屬（伏筆）。〉

「……嗯，我全都懂了。」

沒錯，你已經理解。

你是筆者阿爾緹莉亞所創造的登場人物，也是被「筆者的全能」竄改記憶，人格遭到操控，按照真祖阿爾緹莉亞的期望被改寫人生的人類——

更是為了拯救吸血鬼阿爾緹莉亞而被刻下真實記憶的故事主角。

「……我不會再逃避了。就算記憶完全消逝，不管會遇到什麼樣的考驗……」

銀白色魔素漸漸被終結所吞噬，在即將消失的【幻想】深處——

「阿爾緹莉亞，我會從記憶竄改中把妳帶回來的。」

對於真祖刻下的限時記憶，你就像是宣讀誓言般輕聲說道。

◇　◇　◇

【距離喪失記憶　還剩三十八頁】

猶如從記憶竄改的深沉昏睡中浮起，你的意識覺醒了。

「——啊！呼……呼……呼！」

使勁睜大的眼睛被提燈的亮光貫穿了。啪嘰啪嘰啪嘰……燈芯靜靜燃燒的聲音和心臟的悸動重疊，聽起來就像在腦中迴響。

到剛才為止還在你眼前的幻想已經消失得無影無蹤。

純白的筆者的領域被置換成陰暗的天花板，【文字】也已經徹底消失，原本充滿全身的真祖的魔力則在轉眼間被迷宮的冷冽空氣奪走。

你握著令尊的護符，橫躺在書齋的桌上。

「……父親的……書齋……這麼說來，我已經回到現實了嗎……！」

你鬆開緊握的拳頭，看見水晶護符仍舊封印著魔素，散發著清澈的銀白色光輝。

（和幻想中一樣……真祖阿爾緹莉亞刻下的記憶從魔王的記憶竄改中保護了我……）

你注視著護符的光芒，正要陷入沉思的時候……

「你也差不多……該清醒了吧！」

「——好癢啊！」

一聲尖銳叫喊響起的同時，你的左側腹被刺穿了。

「好癢，好癢！從左側腹到內臟這一帶超級癢啊！」

「……你終於回來了，奧月同學……！」

坐在書齋的椅子上的艾莉卡一邊從你的側腹部拔出鉛筆，一邊說道。這個動作可能讓消化液流出來了，使得折磨你的癢感更加強烈。

（嗚嗚好癢……可是現在不是抓癢的時候了！）

「艾……艾莉卡！告訴我，我失去意識的期間發生了什麼事……！」

「你……你還不能亂動！現在你的身體就快要引發變異性休克了！我馬上說明狀況，請你乖乖躺著！」

「變異性休克……對了，因為我被影槍刺中，失血使得人類比例……！」

你被壓回書齋的圓桌上，回想著自己的記憶。

被魔王的影槍刺穿的你應該失去了相當多的血液。雖然因此而更接近最強吸血鬼的你的肉體已經毫髮無傷地再生……

可是與此同時，這也代表讓你保持理智的人類比例已經降低到可能誘發變異性休克的危險範圍了。

「……如果你現在引發變異性休克，我們三個人就一定會死。在你身為人類的體力恢復之前，就算要把你綁起來，我也要讓你乖乖躺著。」

「我們三個人會死……妳……妳和卡露米雅都得救了對吧……？」

「……是的。魔王正要用超高密度魔法言語所詠唱的魔法燒光『圖書館』的瞬間，你的護符啟動了。多虧有理論障壁，我們才能勉強撿回一命……」

「勉……勉強撿回一命……艾莉卡，**那是**……！」

你因不祥的用詞而低頭一看——發現艾莉卡的雙腳因為石化的血液，已經凝固成十分堅硬的模樣。她利用自己的咒血能力，阻止了傷口的出血。

「……傷口沒有看起來那麼痛。因為神經好像已經徹底燒燬了。跟我比起來，卡露米雅同學的問題比較嚴重。」

你轉頭望向艾莉卡的視線前方……發現渾身是血的卡露米雅就躺在辦公桌上。或許是陷入了深沉的昏迷，看起來也像是一具屍體。

「……體溫降低、膚色蒼白、異常頻脈。這些都是失血性休克的徵兆。必須盡早帶她回『藥草院』，進行高度集中魔法治療……否則會危及性命。」

「……！」

「……而且，你也一樣瀕臨死亡。從你的身體流出的血液和人類比例推算起來約有三成。雖然靠我的血暫時撐過了危機，但只要再流失幾百毫升的血，就一定會引發變異性休克。」

「變異性休克……是急速吸血鬼化所伴隨的精神排斥反應，對吧。」

是的。引發變異性休克的瞬間，你的精神會被徹底摧毀，使你變成怪物。

雖然你看穿了魔王的計謀，從虛構世界成功逃脫……情況依舊艱困。即使阿爾緹莉亞事先安排的限時記憶在死亡邊緣拯救了你，你們的傷勢仍然不會復原，魔王也不會變回真祖。

你只是在千鈞一髮之際破解了將你關進虛構世界中直至死亡的劇本而已。這個故事依然正在朝最糟的結局發展。

「……一切都照著魔王阿爾緹莉亞的計畫發展了呢。」

艾莉卡口氣中滲著放棄的念頭，輕聲低語。

「……你昏睡的期間，我都在閱讀老師留下的資料……例如『魔王取得《保存記憶之書》，企圖虐殺人類時之阻止期限』等等。」

「父親的遺稿……？」

（……既然我在五年前見過真祖，我也覺得一定是這麼回事……父親早在五年前就得知了「聖堂」的劇本，所以才寫下了十幾年前的資料……！）

「……然後根據老師的分析，如果不在八到十二小時以內阻止魔王，人類就會失去對抗魔王的手段，走向滅亡。」

「人類會滅亡……！」

將老舊的羊皮紙書頁扔在書齋的地上，艾莉卡哀傷地笑了。

散亂的文件上寫著「若無法阻止魔王，人類將滅亡」。

「……自從魔王飛離『圖書館』，已經過了七個小時。迷宮中的生物被魔王變成吸血鬼軍隊的話，人類就幾乎無力抵抗了……」

「……」

「……沒有方法能夠阻止她的陰謀。沒有任何人能搭乘升降機去通報魔王的復活，我們也不可能和魔王戰鬥並阻止她。故事已經結束了。」

……沒錯。故事和圖書館都市以及世界都即將終結。

一旦魔王開始進攻，圖書館都市恐怕會在數日內毀滅，化為一座不死者之都。這也就代表全亞歷山卓的兩百萬市民都將加入魔王的不死軍隊。非洲大陸和地中海入口（直布羅陀）以及全世界都會在轉眼間落入魔王的手中。

因為十幾年前打倒了魔王的偉大博士已經不在人世了。

故事即將結束。世界即將毀滅。

記憶遭到竄改的阿爾緹莉亞會成為世界的破壞者。

如果你無所作為的話。

「……還沒結束。」

你握著水晶護符，靜靜地說道。

「這個故事還沒有結束。甚至連開始都還沒開始。」

你強烈地思念著拯救了你的能力吞噬者，你所愛上的吸血鬼。

阿爾緹莉亞被烙印上身為魔王的人格，就要成為這個世界的破壞者。

她被「聖堂」竄改了記憶，人格被改寫，就要落入邪惡的陰謀中。

能夠阻止這件事發生並改變結局的人，非你莫屬。

「我不會讓『聖堂』對阿爾緹莉亞為所欲為。」

正因為如此，你才必須改寫。

在名為魔王復活的結局，名為人類滅亡的末路，名為世界崩壞的終曲——

改寫《一千零一頁的最後祈禱》和《圖書迷宮的吸血奇譚》。

「我們要起身對抗這個故事的筆者。」

你不能讓這個戀愛故事結束。

「你……你說要對抗……難道你打算對那個吸血鬼真祖下戰帖嗎！」

聽到你這麼宣戰，艾莉卡用難以置信的聲音大叫。區區兩名學生根本不可能阻止過去曾殺害偉大博士奧月戒的最強吸血鬼。

「根……根據奧月老師的資料，在十幾年前的吸血鬼戰役，四大勢力投入三萬名的第一線探索者，損失了其中三成的戰力！魔王可是把那些我們遠遠無法企及的老練探索者像紙屑一樣燒光了呀！」

沒錯。即使被奧月戒的詛咒束縛力量，魔王依然是圖書迷宮最強的吸血種。要對抗又稱「銀夜」的絕對吸血領域（魔法），就算是配備專用裝備且接近師團等級的吸血鬼對抗部隊也不足為敵。她並不是身為半人半鬼的你能夠應付的對手。

「為了以黑暗魔王的身分東山再起，吸血鬼應該隱瞞了自己還生存的事，同時暗中擬定了狡猾的劇本！這個世界上根本沒有人已經察覺魔王的存在，甚至準備好對抗她復活的手段！」

「不，確實有。因為『聖堂』早在五年前就知道魔王這號人物了。」

「！」

你打斷艾莉卡的話，用低沉的聲音這麼說道。

在圖書館都市亞歷山卓爭奪霸權的四大勢力之第一名——

探索公會「聖堂」**應該早就知道魔王的存在**了。

「怎……怎麼會……不……不可能的！那個全都是純人至上主義者的『聖堂』明明預見到魔王的復活，怎麼會對人類的天敵置之不理！」

「沒錯，如果妳的情報正確，阿爾緹莉亞就是過去殺死十萬多人的人類天敵。魔王對『聖堂』來說也是最大的威脅，所以他們不可能不阻止魔王的復活。除非『聖堂』能確定只有他們自己能掌控魔王。」

「什……麼……？」

沒錯。「聖堂」是四大勢力的第一名，人類陣營的最大戰力。對企圖捲土重來的魔王來說，他們也是最大且最後的障礙。由純人集結而成的「聖堂」明知魔王存在卻默許其復活並回歸這種事，就算天地顛倒也不可能發生。

除非有保證「聖堂」絕對安全的《掌控吸血鬼之書》存在。

「……是《圖書迷宮的吸血奇譚》。」

「咦？」

「奧月戒（父親）所施的遺忘詛咒每隔三分二十六秒就會將魔王的記憶歸零。所以只要奪走《竄改記憶之書》的原典，『聖堂』就能掌控阿爾緹莉亞的一切。」

你因震怒而握拳的手指發出「嘰哩哩」的聲音刮傷了桌面。

過去你的父親賭上性命在魔王身上烙印的詛咒……

以及過去你的吸血鬼耗損性命才取得的《圖書迷宮的吸血奇譚》——

全都被「聖堂」的陰謀所利用，成了奴役真祖阿爾緹莉亞的枷鎖。

「難……難道說『聖堂』在《吸血奇譚》中寫下了假的記憶？」

「……沒錯。真祖阿爾緹莉亞不是筆者。如果她不是筆者，就表示她殺死我父親的記憶是經過竄改的虛構情節……而能夠竄改迷宮最強的吸血種——魔王阿爾緹莉亞的記憶的，就只有『聖堂』了……！」

是的。「聖堂」正是這一連串陰謀的筆者。

「聖堂」之所以留魔王活口，是因為她具有生物兵器的利用價值。

「聖堂」之所以殺死令尊，是因為他的存在可能會阻礙掌控魔王的計畫。

扭曲你的人生的最惡劣敵人，筆者的目的是——

「『聖堂』想要讓魔王復活，藉由竄改記憶來把她變成最強的棋子，然後成為這個亞歷山卓的……這個世界的支配者！」

在吸血鬼真祖阿爾緹莉亞的心中烙印虛假的人格，藉此征服世界。

「……他們別想得逞……！」

你緊握胸前的護符說著，顯露出強烈的憤怒。

「我不會讓他們任意操控阿爾緹莉亞……！如果『聖堂』要玩弄她的記憶，把她的人格扭曲成魔王，我就改寫《圖書迷宮的吸血奇譚》！」

「請……請等一下！你說要改寫魔王的記憶，該不會是要從那個吸血鬼真祖的手中搶走原典吧！」

聽完你說的話，艾莉卡反問你是不是瘋了。

即使在十幾年前的吸血鬼戰役中敗給奧月戒，記憶受到束縛，圖書迷宮的銀夜——能力吞噬者阿爾緹莉亞也是魔法戰鬥能力幾乎無敵的最強吸血鬼。能力大幅劣於真祖的你這個眷屬，即便天地反轉也沒有任何勝算。

「不可能的！就算記憶被竄改過，你也不可能有辦法阻止和『聖堂』聯手，真心想要毀滅世界的最強吸血鬼！」

「……不阻止，世界就完蛋了。世界會落入魔王和『聖堂』的手中。」

「我就說了，已經沒有人能阻止他們了！請你看看這個！就連被譽為『藥草院』最優秀偉大博士的奧月老師也斷言，要一個人擊敗魔王是不可能的！」

艾莉卡大聲喊出深深的絕望，把一張書頁猛力按到圓桌上。

那張紙是偉大博士的遺稿，記錄的是關於魔王阿爾緹莉亞的戰力分析結果。

■戰術性分析：

為擊敗魔王，阻止其進攻地表，必須解決以下五項課題：

①化為吸血鬼之迷宮生物、人類的不死軍。

目前已知魔王能夠支配吸血鬼化的敵人，組織不死軍隊並以其為盾。

由於領域魔法「銀夜」內之不死者將受到強化，因此須避免對軍戰鬥。

②超高密度魔法言語之瞬間詠唱。

若魔王經吸取血憶恢復魔法運用能力，即有可能使用超高密度魔法言語。

反魔法之無效化基於詠唱速度而不可行。應組織防禦陣，以多人障壁進行防禦。

③理論裝甲。

魔王之周圍約五公尺處設有超多重理論障壁所形成之裝甲。

遠距離狙擊必將遭到擊落，除近距離魔法攻擊外無效。

④血憶吸取能力與「銀夜」。

展開「銀夜」之魔王可使領域內之不死者活性化，奪走生者之記憶。

若理論障壁不具抵抗血憶吸取之能力，不宜發起肉搏戰。

⑤不死。

魔王不會死亡。欲阻止其肆虐，除毀損其精神外別無他法。

■對抗手段：

此項不得記述。
讀者（你）得知對抗手段的瞬間，即可能遭到能力吞噬者奪取血憶，
使魔王以智謀擬定對策，失去計畫之價值。

欲阻止魔王，
須有知道卻又不知道對抗魔王之手段的破綻。

此處不得記述通往結局之答案。
你必須以自身的力量找出「伏筆」，解開謎題。
藉由過去刻劃在你心中的，**知道卻又不知道**的記憶。

「……這是父親留下的資料嗎……！」

「沒錯！那麼請你回答我，要怎麼樣才能從記憶被『聖堂』竄改的能力吞噬者手中把《圖書迷宮的吸血奇譚》搶過來！」

為了不讓魔王殺死你，艾莉卡用尖銳的聲音這麼質問你。

攤在眼前的條列式難題是令尊所撰寫，保留在這個書齋的文件。在你被幻想囚禁的期間，不斷反覆閱讀這些資料的艾莉卡一定十分清楚。

吸血鬼真祖是最強的吸血鬼。她是能夠奪取他人血液、記憶與能力以自我進化的圖書迷宮頂端掠食者——「魔王」。

要與那樣的魔王一戰，就必須面對常人絕對無法跨越的高牆。

「……就算如此，我也一定要阻止她……！」

「如果你認為你可以阻止魔王，就請你回答我！告訴我你這個只要一點點失血就可能致命的半個死人（半人半鬼）要怎麼毫髮無傷地突破魔王率領的不死者軍隊！」

讀過令尊的遺稿，比你更深知魔王，比你更加絕望的艾莉卡用悲痛的吶喊提出你必須跨越的不可能（障礙）。

①護衛魔王阿爾緹莉亞的眷屬所組成的不死軍。

「……艾莉卡，妳聽我說。」

「就算萬一因為時間上的限制或是『聖堂』的意圖，使得吸血鬼軍隊沒有組織起來！那也代表了魔王可能會詠唱大魔法呀！她會使用讓偉大博士奧月戒失去了數千名戰士的超高密度魔法言語的瞬間詠唱！」

②超高密度魔法言語之瞬間詠唱。

「……她幫我裝填的水晶護符能展開足以抵擋魔王的瞬間詠唱的理論障壁。偉大博士的護盾能夠承受任何魔法。」

「吸血鬼真祖也一樣擁有厚重的理論障壁！那種多層的高密度理論裝甲，沒有偉大博士等級的魔法是不可能貫穿的！」

③多重理論障壁的絕對防禦。

「……我擁有具備強大障壁貫通性能的武裝解除魔法——破刃暴風槍。只要靠記憶竄改和自我吸血來提高魔導能力，一定能夠貫穿魔王的障壁。」

「那只不過是你過於樂觀的想法！假設你有把握貫穿理論裝甲好了，你所依靠的血憶吸取能力也只是比魔王還要低劣好幾倍的仿造品！你該不會想要用肉搏戰去對付能力吞噬者那非人的體能吧！」

④能力吞噬者的壓倒性體能。

「艾莉卡，聽我說！我知道能贏過她的方法……」

「——根本沒有方法可以贏過魔王！」

砰！

緊握的拳頭敲打桌面，打斷了你的話。

「……！」

「……根本沒有方法能贏……！只要一流血就會死，書頁用盡就會消失的你這個半人半鬼根本沒有方法能贏過那個吸血鬼真祖……！因為魔王阿爾緹莉亞是個超越死亡的不死者啊……！」

群青色的眼睛裡盈滿淚水，艾莉卡對你提出最後也是最大的一項不可能。

⑤不死。

「……沒有人能戰勝魔王。絕對……嗚……絕對……贏不了……！」

就像是要壓抑強烈的情感波動，艾莉卡用顫抖的聲音說出一字一句。

「為什麼……為什麼你就是不懂！如果去跟魔王戰鬥，沒有不死之身的你會……你會死的！」

滴答。

害怕你死去的一滴淚從艾莉卡那蒼白的臉頰滑落。

「……艾莉卡……」

看見群青色的眼裡流出的淚水，你理解了艾莉卡的心境。

你被困在虛構小說裡的七個小時，比這個世界的任何人都更認真思考與魔王的戰鬥，比任何人都更拚命摸索勝利的可能性，而且比任何人都更了解再也沒有方法能夠阻止魔王而深深絕望的人，恐怕就是艾莉卡了。

「……我不想讓你死……咿……嗚，我絕對……不會讓你……去送死的……！」

「唔！」

艾莉卡沒有擦拭滴滴落下的淚珠，揪住你的衣領。

「放……放開我……！」

「要是讓你死了……我該怎麼跟老師謝罪才好？曾一度殺死你的我到底該怎麼補償才好……！」

艾莉卡用幾乎要掐死你這個半人半鬼的力道緊緊揪住你的制服領口。

「可是你卻……你為什麼對魔王這麼的……！」

艾莉卡心裡很明白。

她明白你深愛著吸血鬼。她明白你想要跟魔王戰鬥。

她明白就算你知道自己會死——

你還是會為了阿爾緹莉亞賭上自己的命。

「……就算如此，我還是非戰鬥不可……！」

你用堅決的聲音回答，握緊胸前的護符。

「因為我對這個護符發過誓了。我要取回記憶和魔法，成為偉大博士。而且不管遇到多麼困難的考驗，我都相信阿爾緹莉亞。」

「魔王已經不是你所相信的阿爾緹莉亞了！魔王是殺死十萬多人的魔法罪犯，是與你父親為敵的吸血鬼真祖！你一個人再怎麼勇於面對，想要戰勝魔王，就連萬分之一的可能性都沒有！」

「我贏得了。」

艾莉卡沉痛地憂慮著人類的滅亡，但你卻十分確信地這麼回答。

說自己贏得了吸血鬼真祖。

「我贏得了她。就算對手是殺了十萬多人的魔法罪犯，甚至是能夠抵擋偉大博士的魔法，殺死奧月戒的迷宮最強吸血鬼，我也贏得了。」

沒錯，你贏得了。這個世界只有你一個人能夠戰勝吸血鬼真祖。不管魔王多麼強大，「聖堂」多麼邪惡，你都能夠勝利。

因為你是真祖所創作的角色。

「因為我的記憶被真祖竄改過。」

因為你是只為了將阿爾緹莉亞從黑暗中拯救出來而存在的，這個故事的主角。

「……你……你說記憶……竄改……？」

「沒錯，我的記憶被竄改了。我跟阿爾緹莉亞五年前就在這個書齋見過面了。從《最後祈禱》開始的很久以前，真祖就竄改了我的記憶。」

你抽出《一千零一頁的最後祈禱》，打開第一頁。

為了取回《書》沒有記載的過去，也就是你所遺忘的五年前的十月十六日，你曾遇見的吸血鬼的記憶。

「記憶竄改是絕對的力量，是在他人心中刻下虛假的記憶，扭曲其人格，甚至能操控行為和感情的執筆權，是『筆者的全能』。」

「假如你的記憶真的被真祖竄改過好了，為什麼你敢說自己贏得過魔王？不管真祖刻下了什麼記憶，那也不保證對魔王有用呀……！」

「不，我能保證。我被竄改過記憶的事就是證據。我的記憶被竄改，我的人格被操控，我的故事全部都被筆者按照自己的期望改寫……」

說到這裡的你暫時停頓，對著滲出淚水的碧藍雙眼坦白說出自己的心聲：

「——而我也存在在這裡，抱著想要拯救阿爾緹莉亞的念頭。」

被阿爾緹莉亞竄改了記憶的你仍舊愛著阿爾緹莉亞。

「唔……！奧……奧月同學，你……！」

「我的記憶被竄改過。不管是父親的死還是喪失魔法的事，這個圖書迷宮和圖書館都市，甚至就連我是奧月綜嗣的事，或許都只是一本虛構小說。」

是的，一切都是記載於《最後祈禱》的筆墨集合體，只不過是一段記憶。竄改了自己的記憶，也遭到他人竄改記憶的你，在這個世界上已經只剩一樣事物能夠相信了。

「**這是出於阿爾緹莉亞的意志**。我回到圖書館都市的事，與阿爾緹莉亞重逢的事，包括我現在存在於這裡，想要與魔王戰鬥的念頭也是。」

「難……難道你想說**你的存在本身**就是伏筆嗎……！」

「我贏得了。我能夠破解魔王的計畫，把真祖阿爾緹莉亞從記憶竄改的黑暗中救出來。因為這本《一千零一頁的最後祈禱》是阿爾緹莉亞寫的戀愛故事……」

記憶遭到竄改的你在一切都是虛構的世界中，能夠相信的最後事物。

「我喜歡上阿爾緹莉亞，就是阿爾緹莉亞的願望。」

那就是真的隨處可見的——

小小戀愛。

「我喜歡阿爾緹莉亞。所以阿爾緹莉亞一定希望我喜歡她。除非筆者阿爾緹莉亞希望，否則我這名登場人物不可能喜歡上她。」

這是一項循環論證。

你會喜歡阿爾緹莉亞，是因為阿爾緹莉亞喜歡你。

阿爾緹莉亞會喜歡你，是因為你喜歡阿爾緹莉亞。

就像日與夜。就像雙子星。就像種子與花瓣。

你和阿爾緹莉亞互相證明了彼此的心。

「我和阿爾緹莉亞以同樣的力量互相尋求著，以同樣的力量互相吸引。我們被同樣的力量引導著，一定正在走向同樣的結局。」

你翻開《最後祈禱》的三百五十二頁，注視著寫在上頭的記憶。

注視著【讀者絕對無法認知到的謎樣文字持續排列了兩頁】這一行文字。

「我要拯救阿爾緹莉亞。我要竄改這個故事的結局。」

你是只為了從記憶竄改中拯救真祖而被竄改記憶的登場人物。

為了破解「聖堂」的計謀，引導戀愛故事往結局發展而安排的主角。

正因為如此，你原本無法解讀的筆者的領域裡——

「為了把阿爾緹莉亞帶回來。」

記錄著這個故事的核心。

◇　◇　◇

【距離喪失記憶　還剩十六頁】

嘶嘶嘶。

隨著一陣撕開紙張的聲音，你飛越了謎樣的記憶斷裂。

「——奧月同學。」

「啊！唔……艾莉卡，我的記憶呢？」

「正如刻劃在你記憶中的作戰，我把它**撕下來**了。這麼一來，魔王的血憶吸取能力也沒辦法奪走你的戰略。」

不知何時撕破了《一千零一頁的最後祈禱》的艾莉卡將那張書頁放進信封，一邊仔細地封起信封一邊回答。

她那雙群青色眼睛裡的淚水已經在轉眼間消失，暗示了你被切除記憶的這段空檔已經過了一段時間。

「……艾莉卡，我的記憶裡刻下了能夠擊敗魔王的策略吧？」

「是的。而從你的記憶中取出的情報，我已經以**限時記憶**的形式放回去了。你和魔王戰鬥的時候，遇到特定情況就會回想起來。」

「……意思是戰鬥所需的記憶會在需要的瞬間回想起來對吧。」

「是的。這是為了對抗魔王吸取血憶的作戰。」

看來為了讓你無法想起，你的一部分記憶已經上了鎖。魔王的血憶吸取能力和智謀再怎麼優秀，也無法奪走或對抗不存在的戰略。

「……真祖阿爾緹莉亞會給我《竄改記憶之書》，就是為了防禦能力吞噬者的攻擊吧。艾莉卡，既然妳已經幫我的記憶上了鎖，其他的準備也……」

「已經完成了。接下來只要把被吸取也沒問題的知識還給你就好。」

艾莉卡說完，從辦公桌回過頭，把一張文件遞到你的面前。

「……『魔王之戰力擴大及行動預測』。父親的遺稿嗎……！」

「根據這份文件的情報，魔王要成功進攻地表，需要一定數量的人類不死軍。因為只要逼近到障壁內，就能夠攻擊到魔王。」

「也就是說需要準備不死者當肉盾來護衛魔王吧。」

「是的。而要找到用來進攻地表的兵力，她只能在迷宮內蒐集。這麼推測下來，魔王的目標就很明顯了。她會去圖書迷宮少數的人口密集地，『浮嶽圖書館』。」

艾莉卡的手指著文件上標示的幾個樓層的地圖。

「『浮嶽圖書館』是空中的『圖書館』，進入路徑只有升降機。從這個樓層出發，你必須穿過總站的守衛，在鋼筋支撐的升降機井裡攀爬幾公里的距離。」

「幾公里的升降機井……可是如果有地方可以踩，靠我的體能應該爬得上去。」

「你非爬不可。如果魔王抵達浮嶽的鬧區，展開『銀夜』，你就再也不可能贏過吸取了大量血憶的魔王。到時候人類就確定落敗了。」

艾莉卡用低沉又冰冷的聲音告知這場戰鬥的落敗條件。

與魔王之間的決戰意即與「聖堂」之間的決戰，你這個唯一戰力落敗的瞬間，「聖堂」就會開始統治全人類。

「……可是，我也有勝利條件。」

「是的。放在這個信封裡的記憶就記錄了那個條件。」

艾莉卡把封著剛才從《一千零一頁的最後祈禱》撕下的書頁的一個信封輕輕交給你。

沒有寫收件人的純淨信封裡一定放著改寫故事結局的王牌。

「是『破刃暴風槍』。只要能用武裝解除咒語直接擊中魔王，彈飛《圖書迷宮的吸血奇譚》並搶到手，你就可以從記憶竄改的黑暗中救出魔王。」

艾莉卡用沉穩的聲音這麼說，向你走了一步，然後站定。

靠近你的群青色眼眸因死亡的恐懼而微微顫抖，但還是筆直地仰望著你的雙眼。

「……奧月同學……這或許是最後機會了，所以請你聽我說。」

知道你的記憶容量就要用盡，知道你即將死去的艾莉卡說道。

為了讓你無後顧之憂地活著、戰鬥，然後死去，她努力假裝堅強。

「即使你死了，我也不會忘記你。即使你敗給魔王，你的人生意義也不會消失。我一定會證明那是有意義的。」

艾莉卡堅定地這麼說，然後將纖細的左手腕伸到你的面前。為了讓你吸取她的血裡蘊含的詛咒——「血液石化能力（咒血能力）」。

「所以，我要託付給你。請你把我的咒血和祝福，送往這個故事的結局。」

「……嗯，我知道了。」

你祈禱般地把手指放在她伸出的左手上，用吸血牙咬住。

噗滋一聲，薄薄的皮膚被刺穿，受傷的微血管滲出血液，用鐵鏽的氣味和淡淡的甘甜滋潤了你的口腔。

為了奪走她的不安，你用輕吻般的方式吸走了她的血。

「啾……噗呼……好了。艾莉卡，我借走了妳的人性和能力，還有不安。賭上妳的血和父親之名，我一定會阻止魔王的故事。」

「……是呀。我相信你。」

艾莉卡以群青色的雙眸帶著靜靜的微笑回答，然後就像是要斬斷淡淡的不捨，從你身邊退開。

好了，戰鬥的準備已經完成。

你把拿到的信封收進懷裡，靜靜地轉身面向敞開的門，看著沒有盡頭的無限書庫形成的迷宮。

「……」

這個無邊無際的黑暗中，某處存在著記憶遭到竄改的吸血鬼。

你是為了拯救吸血鬼而被刻劃了真相到記憶裡的登場人物。

你既是與魔王戰鬥完後記憶存量就會用盡，引起變異性休克而死，被真祖救回又即將死去的半人半鬼……

也是只為了將阿爾緹莉亞從黑暗中救出而存在的，這個故事的主角。

「……嘶～呼……」

吸入彷彿打翻墨水般漆黑的空氣，你吐出長長一口氣。

就像是要連同這口氣一起吐出自己對這個世界的留戀和後悔。

「……阿爾緹莉亞。」

你低聲唸出愛人之名，《最後祈禱》中的記憶便呼應了你對真祖的意念。

【藉由對阿爾緹莉亞的心意，你可以超越肉體極限，變得更強】的記憶竄改增加了不死特性和體能的強度，使神經和魔力迴路更為靈敏，讓視野中的一切都減速到極限。

「我是為了拯救妳而存在。」

現在的你是一管硬筆。

是用以改寫故事結局的筆尖。

是真祖為了對抗魔王而在最愛的眷屬心中刻下的一行記憶。

你握緊胸前的護符，想著真祖在水晶裡灌注的愛，這麼發誓：

「我一定會成為能夠拯救妳的人——成為魔法師（偉大博士）。」

好了，準備迎接最終決戰（故事高潮）吧。

◇　◇　◇

【距離喪失記憶　還剩九頁】

「……首先要對阿爾緹莉亞發動《滯時式速達信封》！」

你對魔導書蓋上封蠟，啟動其功能，得到翅膀的《信封》便在你的掌中振翅起飛，往書齋外飛去。

追著往收件人「魔王阿爾緹莉亞」的所在地飛翔的雙翼，你發揮加速的思緒和逐漸提昇的體能，蹬著書齋的地面往迷宮衝了出去。

前往這個無限書庫的最深處，有魔王等待著的戰場。

（限時記憶漸漸流入我的腦中……！被植入魔王人格的阿爾緹莉亞應該會吸迷宮生物的血，把牠們變成一支不死的軍隊！把五感提昇到極限……！）

「——！這股屍臭……是隸屬於魔王的不死軍嗎！」

失去了人性，接近最強吸血鬼的感覺器官偵測到飄散在空氣中的腐臭。隨後，一隻像熊一樣粗壯的手臂從書架後方朝著飛舞在前方的《信封》往下一揮。

「嘖！」

你伸出手指把《信封》彈開，穿越著閃過企圖撕裂你和《信封》的手臂。你一邊在迷宮的地面上往旁滑行一邊減速，感覺到形成複雜書庫的無數書架高牆以及包圍著你的黑暗中，有不死的怪物氣息正在蠢蠢欲動。

（……我一頭衝進迷宮生物不死軍的側面了嗎？熊、獅子、猛禽，還有老鼠和蝙蝠……！）

光是你的感覺能細數的部分，充滿在書架暗處的氣息就有數十隻。

隸屬於魔王的不死軍縮短包圍的距離，然後一瞬間停止動作——

（來了！）

轟！魔獸如濁流般蠕動，從你的四面八方蜂擁而上。

可是雖然同為不死者，魔王粗製濫造的不死軍和沐浴了遠超過致死量的真祖之血，成為最強吸血鬼眷屬的你之間，身為不死者的等級完全不同。

你在緩緩流轉的視野中望向《速達信封》飛離的方向，瞄準一道道書架背後的一隻類似熊的不死者——

對其巨大身軀打出拳頭，以一記正拳攻擊對手！

「滾開。」

——一瞬間，承受了強大衝擊力的腐爛肉塊就像氣球一樣扭曲了形狀，發出砰的一聲巨響，化為一陣血肉和碎骨的雨中帶雪，混雜著周圍的所有物體飛了出去。

你沐浴在被衝擊波一舉擊碎的不死軍殘骸中，注視著《信封》的去向，帶著戰意說道：

「這條路……是屬於我的！」

咚！你撼動了大地，往被拳頭打穿的不死軍中央衝刺。

你毆打、粉碎、毀滅了逼近過來阻止你靠近魔王的不死者（殭屍），直奔幽暗的迷宮深處。

（……不死軍的氣息愈來愈多了。我正在接近魔王……！）

「不要……妨礙我！」

你接連踩踏著地面和魔王的僕人，暴力地踩碎兩者，同時在圖書迷宮的第二樓層・四樓往黑暗的最深處不斷奔馳。

（就在前面，就在前面，就在前面……！）

在你疾馳的方向，連一絲光線都不存在的漆黑之中，你終於捕捉到在虛空中振翅飛翔的《滯時式速達信封》。

（阿爾緹莉亞就在前面等著我！）

朝著飛向魔王阿爾緹莉亞身邊的魔法雙翼，你穿越阻擋自己的無數書架，踩過被撕裂成碎片的不死者殘骸——

「阿爾緹莉亞啊啊！」

你衝進了升降機總站。

那裡是深深的血液之海。

在眾多不死屍骸深處，站在升降機前的魔王拖著一頭銀髮，在黑暗中回頭。

彷彿盛裝著血液的雙眸隔著流瀉而下的瀏海縫隙捕捉到你的身影。

「……哼，是汝呀。」

「魔王……！」

「礙事。妾身的眷屬，啃食以殺之。」

魔王已經對你毫無任何興趣，命令自己麾下擠滿了總站的不死者大軍殺死你。

面對同時瞪著你的幾百幾千隻魔獸——失去死亡權利的亡者軍隊，你抽出事先放在板金鎧甲中的《收納書》。

——現在，剛好抵達魔王正上方，就要打開的《滯時式速達信封》是對抗①不死軍隊的必殺一擊。

那個信封的裡面放著將近一千張的《摺紙》。

「《摺紙》，變成裝水的木桶！」

在升降機總站的中央，飄散於空中的一張張《摺紙》接收到你的命令，摺疊成五十公升裝的木桶——

然後化為總計五萬公升的豪雨，在圖書迷宮中破裂。

「什……麼……！」

（變化前的《摺紙》和裝水木桶的體積比大約是一百萬倍！大量的水瞬間膨脹，會變成衝擊波沖走①不死軍！）

在逼近到眼前的瀑布——對吸血鬼來說是劇毒的「水」面前，你一頭栽進排列在空中的十張《收納書》裡。

正如過去真祖所說的，你能夠被收納到旅行箱裡。既然能收納背包，當然也能收納旅行箱了！

（一瞬間就好！只要能迴避一瞬間的衝擊，我就能與魔王一對一戰鬥！）

你在多重化的《收納書》所形成的臨時避難空間中——

嘩啦！

聆聽魔導書所創造的「水」之激流逐漸破壞迷宮的聲音。

嘶嘶嘶嘶！收納著你的十張《收納書》被撕破了。離開《書》中的你站上衝擊波離去後的迷宮。

原本擠滿升降機總站的不死者軍團已經消失，在敵人被衝擊波粉碎並徹底清除的黑暗中，只有擁有理論裝甲的魔王還佇立在原地。

「……大膽狂徒，竟敢將妾身召集之不死軍……！」

「我消滅妳的不死軍了，魔王。一對一決鬥才適合這個故事的結局。」

「……呵呵，原來如此！『吸血鬼無法渡過流水』呀！看來汝似乎自認能阻止身為筆者的本魔王呢！」

沐浴在澆灌於緩慢世界的豪雨中，魔王以帶著瘋狂的笑容扭曲了臉。

被「聖堂」寫入的虛假記憶操弄，企圖以魔王身分復活的吸血鬼已經將你認知為「阻礙『聖堂』劇本的敵人」。

接下來就是真正的戰鬥了——改寫故事結局的最終決戰即將開始。

「豈料偉大博士亦或吸血鬼真祖會於奧月綜嗣心中刻劃記憶，阻礙妾身成就霸業。然而抵抗也到此為止。汝終究不具英雄之器量吶！」

魔王露出真祖阿爾緹莉亞從未有過的嘲諷笑容，蔑視你的戰意。

「汝逃避過去的絕望，竄改了自身記憶，簡直是個與奧月戒相差十萬八千里的懦夫。懦弱得連心理創傷都無法克服的汝，要如何阻止本魔王？」

「……」

「汝無法勝過妾身。失去魔法，失去記憶，失去父親，竄改了一切可信事物，且用盡記憶存量的汝，不可能打倒本魔王阿爾緹莉亞！」

「……是啊。我的確不像父親一樣是當英雄的料。」

被降下的雨珠拍打著，你靜靜回答。

「我很無力，很脆弱，是個逃避真相的膽小鬼。我沒辦法成為像父親那樣的英雄……可是就算如此，我還是有能相信的東西。」

「呵呵呵，承認顯得汝更加懦弱。汝這竄改自身記憶的窩囊廢如今又能相信什麼？汝之所有記憶或許都是經過竄改的虛構故事吶！」

唔哈哈哈哈哈哈！魔王高聲大笑的聲音在迷宮的黑暗中迴響。可是你筆直地注視著帶有瘋狂氣息的深紅色眼瞳，如此宣言：

「我相信。不管被什麼樣的幻想背叛，我都相信阿爾緹莉亞。」

「……唔嘻……嘻哈哈……啊哈哈哈哈！汝說相信真祖呀！嘻嘻嘻，汝可真悲哀！受記憶背叛，精神錯亂了嗎？啊哈哈哈哈哈哈！」

「……」

「阿爾緹莉亞早已不復存在！真祖之記憶與人格已由本魔王將之改正！以筆墨塗改書頁，一張一張撕裂成碎紙，葬送於黑暗迷宮中！那虛假真祖的記憶已然從本魔王心中徹底清除！」

魔王就像是由衷感到可笑一樣，扭曲著表情嘲諷你的真祖。

「可惜呀奧月綜嗣！真祖阿爾緹莉亞已死於本魔王手下。」

「不對。」

你沐浴著不斷降下的雨水，帶著覺悟反駁。

就像是在彷彿靜止但確實逐漸落下的透明水滴中映照出阿爾緹莉亞與你的最後剎那。

「真祖沒有死。她沒有輸給妳。阿爾緹莉亞就在**這裡**。」

你把手放在胸前，用指尖觸碰掛在脖子上的水晶護符。

「不靠語言或記憶，我的存在（生命）還記得。」

不管被什麼樣的悲劇侵襲，不管被什麼樣的記憶背叛，不管被什麼樣的命運撕裂；你都已經對水晶護符的魔力獻上了誓約。

「我已經發誓要相信阿爾緹莉亞了。」

你發誓賭上性命去相信拯救了你的吸血鬼。

「……所以我要跟妳戰鬥，魔王。」

剎那間的雨漸漸停止。

阻礙吸血鬼行動的「流水」開始從這個戰場的虛空中消逝。

你伸出右手臂，挽起制服的袖子。

「我不會讓妳來決定這個故事的結局。」

你痛斥魔王，然後扯開自己右手臂的血管。從傷口噴出的血液藉著艾莉卡的咒血能力瞬間凝結，形成一把石刀。

「賭上阿爾緹莉亞給我的一切，我要葬送魔王。」

你用再生後的右手舉刀，挑釁最強的魔王。

頁數已經用盡。《一千零一頁的最後祈禱》就結束在這一幕。身為魔導書的我已經無法再記錄戰鬥的情勢。

能夠決定往後結局的筆者，已經只剩下你和魔王了。

好了，捨棄《書》吧。

你已經不再需要《竄改記憶之書》。

要為這部戀愛故事寫下結局的並不是《書》，而是讀者！

「接招吧，魔王。我就用一**頁**的篇幅解決妳。」

◇　◇　◇

【距離喪失記憶　還剩零頁】

好了，開始最終決戰吧。

「要決定故事結局的——是我！」

我在簡短宣戰的同時，丟棄了《一千零一頁的最後祈禱》。

我已經不需要用來逃避的記憶竄改。我要拯救阿爾緹莉亞。就算以這條命為代價，我也要從這片黑暗的最深處，將吸血鬼真祖阿爾緹莉亞帶回來！

「唔嘻嘻嘻嘻！如今故事已無法回頭！汝無法改變血腥慘劇之結局！世界將落入本魔王手中！」

我擺出跳躍的準備姿勢時，阿爾緹莉亞展開銀白色的翅膀咆哮。

這個升降機總站是我從「浮嶽圖書館」來到中深層時經過的地方。這個升降機井會通往「藥草院」前幾大的人口密集地。如果被魔王阿爾緹莉亞進攻，那裡全部的人類都會化為吸血鬼……！

「……別想得逞！我不會讓阿爾緹莉亞傷害人類的！」

我蹬著迷宮的地面跳了起來，跳到被衝擊波破壞的升降機骨架上。

就算我沒有飛行能力，只要有體能和立足點，也能追上飛翔中的魔王！

「還想繼續追逐妾身嗎！那麼準備受死吧，奧月綜嗣！■■■■■■■■■！」

我追著阿爾緹莉亞跳進直徑約五公尺的升降機井，尖銳的叫聲在其中迴響。

這是魔王的能力之②，超高密度魔法言語的瞬間詠唱。

我和飛行的魔王大約相距十公尺。我沒辦法在詠唱結束前縮短這麼長的距離。而魔法一旦發行，我就會和這個空間一起被消滅，當場死亡。

「發行！」

「審問！」

可是我的手中還有真祖阿爾緹莉亞留給我的伏筆。

面對以壓倒性速度完成的咒語，我用力蹬著升降機往前進。

「超越四天之第五宇宙——」

「【妳被『聖堂』竄改了記憶】！」

我發動《恆真審問書》——破壞咒語！

啪嘰咿咿咿！劇烈的摩擦聲響起。

魔王灌注到魔力迴路裡的龐大魔力遭到攔阻，不完整的咒語開始失控——讓術者的神經系統瞬間沸騰！

「唔咿！嘎……什……什麼！將……將《恆真審問書》用作**反魔法**！」

阿爾緹莉亞的表情因驚愕而扭曲。在魔法理論學的課堂上學到的知識奏效了。

使用魔法必須詠唱咒語。只要能阻礙詠唱，瞬間詠唱也沒有意義，走火的魔力會成為我破壞魔王的神經系統的武器！

如果對手是普通人，她應該能靠吸取血憶得來的再生能力消除這個破綻——

「唔，翅膀不聽使喚……！」

但在極度接近最強（阿爾緹莉亞）的眷屬（我）面前，就連剎那也像是永遠的靜止！

「太慢了！」

我踢著升降機的鋼筋，把跳躍的動能集中到右手，用劍尖使勁揮砍。

刺中理論障壁的刀刃雖然被粉碎，卻還能破壞大量的魔法陣！

「唔哦哦哦啊啊啊！」

「唔——喝！」

斷裂的刀鋒正要貫穿阿爾緹莉亞的瞬間，尖銳的手刀從左側逼近我。

在這種狹窄的升降機井裡，迴避是不可能的，現在只能攻擊！

我揮舞右臂，打碎阿爾緹莉亞的下頷。

同時，我的頸部被應聲打飛。

「嘎呼！」

「嘎……啊！」

最強吸血鬼的不死特性讓我的腦瞬間復原。

因為我的攻擊粉碎了魔王的頷骨，所以在完全再生之前，她都無法開始詠唱。問題是我的身體從鋼筋上被彈開，拋飛到升降機井的空中了！

「呵哈……啊哈哈哈哈！使用《恆真審問書》妨礙詠唱，再以血液石化能力製造血刃呀！真祖所準備的伏筆可真有意思！……不過汝，妾身的傷勢可立即治癒，汝可有辦法耐得住生成武器時的出血？」

「唔……還沒完！」

即使運動能力和思考能力加速了，重力加速度也不會有變化。不像魔王一樣有翅膀的我一旦從鋼筋上失足，就會頭下腳上地直墜幾公里下的總站。

《審問書》的頁數也所剩不多了。變異性休克離我愈來愈近。在魔王再次使用瞬間詠唱之前，我必須盡早打倒她，搶到《吸血奇譚》才行……！

「以《審問書》阻礙詠唱也僅止於頁數用盡之前！《恆真審問書》還剩下幾頁呀？妾身可要加快詠唱速度了！■■■！」

魔王開始詠唱的同時，我在空中飛舞的身體終於踩到升降機的鋼筋。雖然遠離了魔王，但這樣的距離反而更容易行動！

「審問！【妳知道《圖書迷宮的吸血奇譚》的啟動碼】！」

——如果要趁技後僵直的空檔進攻的話！

「發行・驅獄炎之天Rz999f！」

發動的《審問書》阻礙了阿爾緹莉亞的瞬間詠唱。我衝進魔王懷裡，使出全力以刀刃攻擊這一瞬間的破綻。

「喝啊啊啊啊！」

啪嘰咿咿！現場爆出一陣干擾音。打破了幾十道障壁，密度比想像中更低！

「對抗③理論裝甲的策略……我要用詠唱阻礙和物理攻擊把妳的障壁全部打穿！」

「唔哈哈，辦得到就儘管試吧！朱染七天，來者攜炎！」

一陣瘋狂大笑後，魔王終於開始使用**普通魔法言語**詠唱。雖然和瞬間詠唱不同，威力會大幅減弱，卻能讓《審問書》發動的時機困難得不切實際。

我能採取的手段只剩下一種，那就是以近身戰打斷她的詠唱！

「破壞與再生之證，淨化之炎可燬天！」

「喝啊啊！」

我用一次跳躍縮短距離，使出橫向揮砍。從在陽臺防禦黑椿的描述就看得出來，障壁和魔王本身有一段距離。只要逼近到一定程度，就能夠以接近最強吸血鬼的我的臂力斬開多重障壁！

「唔哈哈哈！宣告末日寒冬來臨之——」

魔王不理會碎散的理論障壁，繼續詠唱，而我用盡全力揮砍！

「灼……啪噗！」

正要唸完咒語的舌頭沒能碰到本該存在於原處的口蓋，只能舔拭空氣。我的攻擊刺中頭蓋骨，切斷了上頜，破壞阿爾緹莉亞的詠唱和腦髓。

「……唔哈！啊哈哈……啊哈哈哈啊哈哈哈哈哈哈哈哈！」

可是最強吸血鬼不可能只因為失去腦部就死亡。如果不在抵達「圖書館」之前阻止魔王，這個故事就會迎向最糟的結局！

「唔嘻嘻嘻嘻嘻嘻嘻！肉搏戰雖有趣，但汝若不奪走《圖書迷宮的吸血奇譚》，便無法消滅本魔王！看吶，升降機井已來到盡頭！」

「唔……距離『浮嶽』的住宅區還有一段距離！」

阿爾緹莉亞飛翔的目標——我們頭頂上的黑暗中出現了像是針孔般的光點。糟糕了。要是「浮嶽」的居民就這麼被她變成吸血鬼，我就沒有勝算了！

「好了奧月綜嗣！本魔王吸吮人血之前，汝可有辦法戰勝此劇本？」

「我不就說了……我一定會贏！」

伴隨著怒吼所放出的攻擊在阿爾緹莉亞和我的正中央發生激烈衝突。

壓倒性的動能交換粉碎了一把刀和一雙手臂，使之轉換成大量的肉屑。

「啊哈哈哈哈哈哈！怎麼了！就這點程度豈能殺死本魔王！」

「喝啊啊啊啊！」

既然雙方都是不死者，這場戰鬥就不可能因肉體的死亡而分出勝負。

吸取力量、增幅、加速，然後直到某一方用吸血牙刺入對手的頸部前——

這場死鬥都不會結束。

「嘻哈哈哈哈！汝不可能獲勝！不可能阻止此劇本！」

「唔……我明明拿刀，為什麼就是壓制不住！」

我們一邊將彼此的肉體轉變成血沫，一邊互相爭奪。

攻擊的質量明明是我占上風，卻因為吸血鬼的純粹能力差距而僵持不下。

魔王能夠不斷變得更強。藉由吸取我的血憶——就連在這場戰鬥的期間也是！

「嘖——喝啊啊啊啊！」

我在空中砍掉朝我進攻的手刀，勉強用被這股力道打碎的刀刺向對手。

情況很不妙。原本存在於魔王和我之間的間隔差距被血憶的吸取逐漸顛覆……！

（這樣下去是贏不了的……既然如此！）

我用刺出的裸露掌骨貫穿阿爾緹莉亞的肩頭，使魔王的左臂停止動作。我揮起右手，對毫無防備的身體……

「這步棋——失算了吶！」

我打出的拳頭被魔王的手掌接住，往上大幅擊飛她的身體！

「糟糕……！」

魔王的肉體被彈飛並粉碎，卻又藉由壓倒性的不死特性而瞬間再生。靠著毆打所產生的作用力與反作用力，她的身體朝著「浮嶽圖書館」加速前進！

「慢……慢著，我不能讓妳過去！」

「唔哈哈哈，妾身感覺得到朝日灼燒肌膚的觸感！終於抵達『圖書館』了！」

我再怎麼拚命踩踏升降機的骨架，還是追不上飛行中的魔王。

上方綻放的光芒在轉眼間擴大——

「浮嶽圖書館」的景色在我們眼前展開。

「——啊哈哈哈！妾身已等候多時呀，人類！首先就吸盡此『圖書館』的居民之血，作為妾身稱霸世界之糧吧！」

「唔……還沒結束！距離浮島上的住宅區還有一公里以上！」

升降機井所連接的前端是「浮嶽圖書館」的底部，除了鋼筋之外空無一物。要抵達浮嶽的人口密集地，還需要攀爬一公里以上的距離……！

「天真吶奧月綜嗣！本魔王豈會放任汝繼續攀登！只要破壞此升降機井，汝可就再也到不了浮嶽啦！」

「！」

尖銳的吶喊敲響鼓膜的同時，一陣衝擊伴隨著轟隆巨響在腳下流竄。魔王的強勁臂力開始破壞我必須攀爬的升降機，把鋼筋扯得面目全非。

我腳下的立足點失去支撐，逐漸傾向什麼都沒有的半空中！

「啊哈哈哈哈哈！好了，墜落身亡吧，奧月綜嗣！」

「唔……我不能掉下去！」

被重力吸引的我減緩上升的速度，抽出夾在肩甲裡的一張《收納書》……沒問題。真祖為我刻劃的伏筆不會因為這點程度的事就敗下陣來！

「我不會死的！在擊敗魔王的故事之前都不會死！」

我撕破了編入伏筆的《收納書》——

雙腳噠的一聲在黎明的虛空中出現的**長著翅膀的冰層**上著地！

「什……什麼！」

「妳以為真祖連這種程度的狀況都沒有考慮過嗎？魔王！」

從《收納書》的書頁中出現的是以艾莉卡的咒血能力石化的冰層岩盤。直徑兩公尺的圓盤邊緣用《摺紙》製造出來的繩子連接著寄送給奧月綜嗣的無數《信封》。

朝我的方向振翅飛來的《信封》翅膀沒辦法送達，而是推擠大量的空氣，承載著圓盤和我的重量飛行！

「豈……豈有此理！此……此戰略根本不存在於妾身所吸取之記憶……！」

「唔……哦哦哦哦哦！」

我朝著阿爾緹莉亞，用盡全力踩踏飄浮在空中的冰層。被石化的咒血凍結得極度堅硬的魔法冰塊用強烈的加速度把我的肉體往反方向推。

「我要把妳的理論障壁全部打破！」

瞬間形成的血液之刃在黎明的微光中華麗地一閃，將魔王的障壁一刀兩斷。還差一點。還差一點就可以貫穿保護《吸血奇譚》的理論裝甲了！

「唔，於虛空中製造戰場不過是小聰明！妾身這就打碎冰層！」

「太天真了！」

阿爾緹莉亞煩躁地大叫，作勢對冰之岩盤使出強勁的迴旋踢。可是我在她的腳跟正要踢中冰層的那個剎那將一部分的水解除石化。

變回液體的水輕巧地躲過了踢擊——咬住魔王的腳跟後再度石化！

「什……什麼！」

「抓到妳了！」

左腳被拘束的魔王驚愕地倒抽一口氣。

障壁單薄的極近距離。瞬間詠唱和普通詠唱魔法都封住了。能夠讓魔王吸取血憶或變成吸血鬼的人類和迷宮生物也不存在於這個「浮嶽圖書館」的空中。

接下來只要我的意念和自我吸血能超越魔王的體能——就贏得了！

「唔哦哦哦哦！」

我在雙手中形成血液之刃，開始刨挖如曼陀羅般複雜的層層理論裝甲。腳被束縛住的魔王抵抗著，而我砍了又砍，砍了又砍，斬開她的障壁。

「可恨呀啊啊啊！」

「砍碎！」

以斜十字形揮下的刀鋒犧牲了刀身，斬下阿爾緹莉亞的雙手。

直到肉體再生為止的一剎那，魔王都不可能再反擊了！

「我就用！」

我丟棄粉碎的雙刀，放低重心，擺好架式。我接著以【格鬥技的精髓】收縮全身的肌肉組織，用盡全力打出緊握的右拳。

「這一擊！」

拳頭打中魔王的障壁，直接對準心窩的中央。

吸血鬼化的肉體所使出的全力一擊壓碎了最強吸血鬼的胸腔後力道仍然不減，順勢撕裂了魔王的左腳，將她高高打向天空。

我從勉強保留下來的右肩鎧甲中再抽出《收納書》，咬破它。

為了擊發藏在裡面的**用我的血凝固的冰槍**。

「消滅魔王！」

從《收納書》裡射出的冰槍就像箭矢一樣朝魔王飛去——

咚的一聲！

把吸血鬼真祖的肉體釘在浮嶽的底部！

「……唔呼……呼！……我贏了，魔王！」

我等待肉體的再生，在一陣濛濛的沙塵中喊道。

流過「浮嶽圖書館」的風吹散了打碎岩石時揚起的粉塵——在浮島的峭壁側面，魔王就像展翅的昆蟲一樣，被**逐漸融化的冰槍**釘在上面。

「嘎噗……！豈……豈有此理……本魔王……竟被逼到……如此絕境……！」

「……魔王，貫穿妳的冰牙之槍會慢慢解除石化。無法渡過流水的吸血鬼是逃不過冰槍的束縛的！」

這麼一來就封住了魔王的行動。不死者軍隊、瞬間詠唱、理論障壁、血憶吸取能力，魔王的所有戰力都被我破解了。

我確信自己獲得了這場戰鬥的勝利，這麼宣告：

「那麼，我要奪走《圖書迷宮的吸血奇譚》了。」

我把手伸制服的懷中，捏住一個純白的信封，裡頭封著我的王牌——複寫了「破刃暴風槍」的《複寫紙》。

只要用這招武裝解除魔法直接擊中魔王，奪回《圖書迷宮的吸血奇譚》，我就能從竄改過的記憶中救出阿爾緹莉亞。

「我要竄改魔王的劇本！」

我抽出信封，抽出從我的記憶中撕下的《最後祈禱》！

〈——那就是真祖阿爾緹莉亞刻於汝心之記憶吧？〉

我聽見了超音波構成的低語。

「！」

正要破曉的黑夜，即將灑落在「浮嶽圖書館」的朝陽蒙上了陰影。簡直像是時間倒轉了似的，應該就快結束的薄暮變得更加昏暗。

〈戰勝本魔王？少放肆了，半人半鬼。〉

不可聽音域的聲音震撼整片大氣，本能感覺到的恐懼讓我的全身都起了雞皮疙瘩。

〈本魔王阿爾緹莉亞．阿爾．阿塔納西亞．安納西亞．奧莎納西亞乃迷宮最強吸血種，被譽為吸血鬼真祖之能力吞噬者，不死之王。〉

〈——吾名為「圖書迷宮的銀夜」。〉

轟！

阿爾緹莉亞大喊的同時，她的肉體爆出一大群蝙蝠，變化成一陣銀色暴風。爆發性增殖的翼膜蓋過了朝日，在「圖書館」內製造出夜色……！

「銀……『銀夜』……！」

〈唔哈哈哈哈哈！本魔王的血憶吸取能力將從「夜」之中的所有生者身上奪走血憶！自抵達此「圖書館」的那一刻起，就注定由妾身獲勝了吶！〉

化身為「夜」的最強吸血鬼瘋狂大笑，震撼了整片大氣。

銀白色蝙蝠鋪天蓋地，其翼製造出漆黑暗夜。

這是迷宮最強的吸血種，吸血鬼真祖的絕對領域。

阿爾緹莉亞的異名由來，「圖書迷宮的銀夜」——逐漸覆蓋「浮嶽圖書館」！

〈所幸妾身為求謹慎，試著佯裝落敗。汝腦中竟埋有本魔王未知之記憶，奧月綜嗣！〉

「嘎……呼……咿……！妳……騙……！」

〈誠然。吾身乃「圖書迷宮的銀夜」。姑且不論最弱狀態時，在吸取了血液與血憶之本魔王面前，肉體拘束毫無意義！〉

（唔……呼……呼吸困難……！我的體能被魔王吸走了嗎……？）

我感覺到缺氧般的窒息感和暈眩，身體虛弱地跪下。

就連繼承了真祖的不死之身，有能力抵抗「銀夜」的我都因被吸取血憶而意識不清。如果這種濃度的「夜」抵達浮嶽的都市區，不曉得會造成以幾千人為單位的傷害……！

「魔王……妳……這個……！」

〈呵呵呵，與亞人為伍的人類有幾兆死傷都不足惜！好了，奧月綜嗣，是時候開始反擊了吶！〉

「唔……繞到我的背──」

我感覺到魔王的氣息出現在背後的瞬間，意識就被壓垮了。

「──嘎啊！」

最強吸血鬼的不死特性讓我的意識再生的瞬間，我差點被血液嗆到，吐出一口鮮血。

或許是聽覺遭到破壞，我有嚴重的耳鳴，沒辦法掌握身體的平衡。強烈的噁心感讓我忍不住想按住嘴巴，這才看到四肢除了右臂之外都被扯斷了。

「唔……啊……咿……！」

緊接在視覺後出現的痛覺讓我知道全身各處都有致命性的毀損。

心臟失去應該輸送的血液，被壓扁了。我之所以不能順利呼吸，似乎是因為肺部被某種東西衝撞導致破裂的關係。

不過一次攻擊──我就被打成瀕死的重傷。

〈……呵呵呵呵。原以為會粉碎為細屑，永遠不再復甦呢，汝可真幸運。若非被雜貨島之鐘塔阻擋，汝可就要消失在「圖書館」的遠方了。〉

操控「銀夜」的最強吸血鬼在銀白色的模糊視野中現出身形。

……看來我似乎是受到「銀夜（阿爾緹莉亞）」本體的攻擊，從浮嶽的底部貫穿了岩盤，直接飛越空中，撞上了雜貨島的鐘塔。

「咕……唔唔唔唔……！」

視神經連接左眼球和大腦，雙眼開始測量我與魔王的距離。

好近。逃不掉了。骨骼的再生還要花費幾秒？我的記憶能維持到那個時候嗎？

——不，一定無法維持。

「可……惡啊啊……！」

我勉強活動差點被扯斷的右臂，把手插進制服的內口袋。

為了抓住從魔王手中奪取《吸血奇譚》的最後王牌——複寫了武裝解除咒語「破刃暴風槍」的咒紋的《鏡像複寫紙》。

可是我所要找的紙張不在那裡。

〈這是什麼呀？〉

因為封印我的記憶的信函——

已經被魔王的指尖奪走了。

——我感到不寒而慄。

在確定落敗的瞬間，如死亡永眠般冰冷的恐懼流竄我的全身。

「啊……嗚……黑……黑暗……！」

我對這種感覺有印象。

他人的記憶流入時所產生的排斥症狀，變異性休克的前兆。視野邊緣出現黑色的扭曲，就像是被黑暗侵蝕精神一般，我的靈魂即將遭到吞噬。

〈呀哈哈哈哈！被奪去真祖之記憶（書頁），大量失血而引發變異性休克啦。如此一來汝之劇本也到此為止了吶！〉

已經無法再生的聽覺勉強能聽到震撼大氣的聲音。

意識逐漸遠去。

視野逐漸模糊。

我已經無法理解任何語言。

我能感覺到全身的神經正在急速衰退。

〈汝將死去。被記憶回溯吞噬並陷入意識斷絕，所有記憶遭到破壞直至死亡。名為奧月綜嗣之角色將從這世上永遠消失。〉

高速流入的龐大記憶將我的人格塗改得面目全非。

魔王的聲音在轉眼間遠去，意識往腦髓的某個深處逐漸墜落。

黑暗逼近我。死亡逼近我。世界的毀滅逼近我。

〈好了，妾身這就當面撕毀汝所倚靠之最後希望吧♪〉

魔王的雙手手指放在我的書頁上。

我不能輸。我不能逃。我非戰鬥不可。

因為我在五年前，應該有從記憶回溯的黑暗背後獲得某種東西。

在這場深沉絕望之夜的另一頭，我應該有得知些什麼。

〈看吶，妾身要撕破嘍，要撕破嘍！〉

因為我的記憶被阿爾緹莉亞竄改過。

〈呵呵呵，嘶嘶嘶嘶……嘶嘶！〉

因為我的記憶裡——

〈啊哈哈哈！實在遺憾吶奧月綜嗣！如此一來魔王的故事便完結——〉

刻劃著改寫這個故事結局的真相。

——滋哩，一陣肌肉撕裂的聲音響起。

石化黑椿從開封的《收納書》中射出，貫穿了魔王的肉體。

〈嗄？發……生什麼……咕噗呼！〉

「……很可惜，魔王。」

六張紙從吐出灰色血液的魔王手中飄落下來。

包括寫著**【接觸到這張紙的人】**／**【會將這張紙誤認為《鏡像複寫紙》】**的《一千零一頁的最後祈禱》和夾在裡面的《收納書》的**二分之一書頁**。

「妳會以為那是我的王牌，是因為**被竄改了記憶**。」

我在自己腦中寫下的，用來欺騙魔王的「虛假記憶」啟動了。

〈豈有……此理……！妾身應已透過吸取血憶奪去汝之所有戰略……！〉

確信自己獲得勝利，為了撕毀我的書頁而一瞬間解除「銀夜」的魔王被石化劇毒侵蝕著，憤恨地說道。

她已經無法再變回「銀夜」，閃躲我的攻擊了。

〈唔……咿……！不……不過一旦引發變異性休克，汝將死……！〉

「我才不會死。」

安排在《收納書》裡的一個《信封》從身體僵硬而無法動彈的魔王身邊飛到倒地的我頭上，然後打開。

「我說過了。我會賭上真祖給我的一切，打倒魔王。」

《鏡像複寫紙》。

《一千零一頁的最後祈禱》。

筆者（阿爾緹莉亞）為了讀者（我），從讀者的記憶中排除的記憶（書頁）翩然飄落——

【接觸到這本《一千零一頁的最後祈禱》的瞬間，奧月綜嗣會回想起本來的戰略。】

「賭上我記憶（生命）的一切，我要救回阿爾緹莉亞！」

在我的記憶中寫下我所遺忘的記憶！

【你從變異性休克所引起的記憶回溯中復甦。】

啪嘰咿咿咿！大腦深處響起高亢的破碎聲，你從記憶回溯中甦醒了。

（……是啊，我等這段描述很久了——《一千零一頁的最後祈禱》！）

取回刻劃在《書》之中的記憶，你從變異性休克中復甦了！

寫在這一頁的【我會抵抗變異性休克】的一行文字保護了你的心免於被吸血鬼化的浪潮侵襲！

「不……可能……！這……這……這和本魔王所安排好的劇本不同……！」

「……很遺憾，筆者。妳以為自己透過吸取血憶得到的戰略、撕破的王牌，都是我寫進《最後祈禱》裡的虛假記憶！」

沒錯。讀者（你）所遺忘的你一直都在等待這個狀況，等待魔王確信自己獲勝，為了撕破你的書頁而解除「銀夜」的一瞬間。

「而現在，《鏡像複寫紙》——真祖阿爾緹莉亞為我重新裝填的護符就在我的手中！也就是足以擊敗魔王的故事劇本，用來搶奪《吸血奇譚》的武裝解除咒語！」

你捏緊真正的《複寫紙》，倚靠著鐘塔的殘骸站了起來。被石化劇毒侵蝕身體的魔王已經無法逃脫了！

「豈……豈有此理！這……『聖堂』的計畫不可能被破解！」

你奮力撐起差點引發變異性休克的身體，搖搖晃晃地離開瓦礫形成的牆壁。

為了在零距離之下擊發複寫在《複寫紙》上的破刃暴風槍。

「嗚……別……別過來！只要拖延至變異性休克發生，『聖堂』便確定獲勝！汝應已用盡一千頁之記憶容量！……理……理理……理論障壁……理論障壁呢……！」

「我已經打碎魔王的理論障壁。脫逃手段也都排除了。我已經進入暴風槍的射程範圍。變異性休克的發生也會再延遲一頁。」

你對《最後祈禱》使用《再生紙》，使之成為全新的書頁。你在只存在一千頁的記憶容量中硬是創造了**第一千零一頁**。

「……好了，作出了斷吧，魔王。」

這就是《一千零一頁的最後祈禱》真正的最後一頁。

你所剩下的記憶容量即將用盡。

現在就是改寫故事結局的，獨一無二的機會！

你掀開化成一塊破布的制服下襬，露出右手臂的肌膚。

為了從自己的血液中回收刻劃在奧月綜嗣這個人物之中的最後伏筆，「存在於記憶中卻又不存在之記憶」。

「……這部吸血奇譚的開始要回溯到五年前的十月十六日，父親遇害的那個慘劇之夜。我在那一天，在那個書齋見過吸血鬼真祖阿爾緹莉亞。」

這個故事的文章內還存在著另一個「過去刻劃在讀者心中的記憶」。被記憶回溯所封閉的絕望記憶——與五年前的十月十六日有關的記憶。

「可是我卻忘了阿爾緹莉亞。我原本以為那是因為我太過懦弱，無法承受絕望，才會把五年前的真相封印到記憶回溯的黑暗中。」

你握緊水晶護符，輕吸一口氣，然後低聲說道：

「——可是，那其實是真祖阿爾緹莉亞為了保護真相不被魔王侵害，才竄改的記憶。」

叮鈴。項鍊就像是要告訴你真相，在你的手中晃動。

「……其實我一直很害怕知道真相。」

你無法接受而拋棄的記憶，現在也還在血管中循環著。裡面蘊含著能取回所有真相，從黑暗中救出真祖的最後記憶。

「……五年前，父親被殺，只剩我活了下來，其中一定有著什麼意義。我一直覺得為了成就那個意義，回報那個意義……我必須不斷地痛苦下去。」

你為了面對自己的懦弱，把自己一直以來視而不見的絕望轉換成言語。

「……所以我逃避了。我想要忘記痛苦的事，想要改寫絕望，因而依賴《竄改記憶之書》。」

你必須戰鬥。你必須獲勝。

對手正是你想要遺忘的記憶，你自身的故事。

「可是現在我能夠相信。」

真祖灌注在護符裡的魔力就像是在呼應你的意念，變得更加明亮。

「我不會再逃避了。」

你祈禱般地握著護符，高潔地舉起右手臂。

「不管是絕望、傷痛、真相，還是愛情……」

你用犬齒咬穿自己的肌膚，吸光湧出的血液與血憶。

「都是阿爾緹莉亞給我的東西。」

然後，我得知了五年前的真相。

藉由自我吸血湧入的記憶就像走馬燈一樣流過我的眼前。

血液澆灌在過去的我身上。內臟和消化物從父親的身體中脫落。

肺臟從內側被加壓而破裂。腹腔和骨盆被倒下的提燈照亮。

頭部被擠壓得像鬼臉一般。眼球從眼窩中彈落到地面上。

持續折磨我五年的記憶回溯告訴我這些真相。

『……聽好了，綜嗣……我現在必須封印你的記憶。』

五年前，我失去記憶的理由。

『要擊敗魔王的「夜」，至少需要五年以上詠唱的魔素。「聖堂」恐怕不會給我這麼長的詠唱時間……所以綜嗣，你必須離開圖書館都市五年，在日本等待時機來臨。』

五年前，我不得不離開圖書館都市的理由。

『詠唱中的魔力迴路無法用來詠唱別的魔法。因此你開始詠唱時，我的咒縛魔法會奪走你的意識……儘管痛苦，希望你能明白。』

五年前，我失去魔法的理由。

『……為了保護伏筆，爸爸必須死……遺言就託付給五年後的你。』

五年前，父親託付給未來的我的話。

『……只是打開魔導書，只是深吸一口氣，只是依循著咒紋時，咒語只會是單純的咒語，而魔法也能是單純的魔法。』

五年前，偉大博士在將死之時刻劃在我心中的——

『……但當你心裡掛念著某個重要的人，魔法就能超越魔法。交疊的呼吸會化為心跳，連結的咒紋會化為誓約，詠唱的咒語會化為祈禱；使魔法帶來奇蹟。』

成為偉大博士的方法。

「啟動碼Lg100b——重新啟動詠唱。」

而我超越五年的時光，**重新啟動**取回真祖阿爾緹莉亞的詠唱。

為了用這五年來持續折磨我的絕望，記憶回溯所保護的五年前的魔法——

「什……奧月綜嗣！難道汝一**直誤以為自己無法使用魔法**……！」

「接招吧，魔王——我就用一頁的篇幅解決妳。」

在這個戀愛故事的最後一刻，從記憶竄改中拯救阿爾緹莉亞。

「唔……朱染七天，來者攜炎！」

「其乃撐天梁柱，鎮國礎石！」

兩道詠唱響徹銀白之夜，撼動空氣。

「破壞與再生之證，淨化之炎可燬天！」

「鎮守龍田之風暴女神啊！」

我的全身都散發著蒼藍色的光輝。依靠靈魂存在的魔力迴路因過大的負荷而哀號著。因為想要貫穿魔王的理論裝甲，就需要對魔力迴路持續灌注五年的龐大魔素，其魔力遠遠超越人類極限。

可是只要是為了阿爾緹莉亞，我就能超越我自己。

「宣告末日寒冬來臨之灼熱！發行——」

「充滿大氣之神靈且聽召喚！」

魔王的詠唱完成了。我手上已經沒有能夠阻止發行的魔導書。

可是我贏得了。因為阿爾緹莉亞給我的一切能夠保護我不受魔王傷害。

（……真祖〈阿爾緹莉亞〉。）

「驅獄炎之天空王！」

（妳之所以重新裝填這個護符——就是為了抵擋魔王現在的魔法吧。）

就像阿爾緹莉亞重新裝填的這個護符的理論障壁！

一瞬間，我的視野被白色填滿。

隨著砰的一聲，我的鼓膜破裂，聲音從世界上消失。

我感覺得到強大的輻射熱滲透了理論障壁，燒灼著我的外套和皮膚。

「……以無形……之臂——」

即使如此，我仍然沒有停止詠唱。

因為如果我無法阻止魔王，真祖一定會消失。

她會永遠忘了我，變回最邪惡的吸血鬼。

「束縛阻風之刃。」

只要能阻止這種事發生，我不管犧牲什麼都無所謂。

不管是失去魔法，被奪走記憶，失去夢想，被絕望折磨的五年人生。

還是此刻被變異性休克吞噬，即將消失的我的自我。

想要改寫的傷痕、痛苦和真相——我都可以為阿爾緹莉亞超越。

「此刻，為獻予她之祈禱與犧牲，賜以神代風暴之恩寵。」

因為我從五年前開始就一直喜歡著阿爾緹莉亞——

現在也仍然愛著阿爾緹莉亞。

交疊的呼吸化為心跳，連結的咒紋化為誓約，我將咒語和祈禱獻給真祖。

「發行——」

這五年來都留在魔力迴路裡，持續吸收魔素的我的魔法啊。

請在這一千零一頁祈禱的最後——

引發奇蹟。

「——破刃暴風槍！」

我在咒語裡寄託願望，解放魔力迴路。

釋放出來的大量魔素燒燬神經系統，流竄而出。全身從內側沸騰，破裂的脊髓噴射出紅煙，將我往前推進。

帶著雷光的紅風捲起一陣神代風暴，形成漩渦——

以我持續灌注五年的魔素貫穿阿爾緹莉亞的障壁。

「啊啊啊啊啊啊啊！」

暴風之槍的尖端瘋狂肆虐，貫穿銀白之夜——

應聲破壞了魔王的魔法。

「嘎……啊啊啊啊啊啊啊啊！」

慘叫震撼了黑暗。

對魔王阿爾緹莉亞來說，這肯定是臨死的最後吶喊。

「要決定結局的人，是我。」

我接住被武裝解除魔法彈飛的《吸血奇譚》，靜靜地宣言。

「呵……哈……哈哈……哈哈哈哈哈……本魔王竟也有毀滅的一天吶。」

阿爾緹莉亞的四肢五體被紅色風暴扭住，固定在空中。

雖然吸血鬼的不死之身讓她勉強存活……但只要放著不管，魔王就會被父親的詛咒奪走吸取血憶得來的記憶和再生能力，然後毀滅。

「咕嘻……哈哈……啊嘰嘻嘻嘻。頭疼呀……！妾身……究竟……被魔王……非也……將綜嗣……殺死……愛……啊……《吸血奇譚》……啊哈哈哈哈哈！」

《吸血奇譚》被奪走，受到遺忘詛咒的侵犯，透過血憶吸取能力從我這裡流過去的真祖記憶混入腦中，讓魔王喃喃唸著一些意義不明的話。

面對混合真祖與魔王的記憶，就要遺忘一切而死的吸血鬼——

「……阿爾緹莉亞。」

我用愛憐的聲音呼喚她的名字。

「……我想起來了。我從封印在記憶回溯中的記憶裡找回全部的真相了。還有以前的妳和我寫下的，這個戀愛故事的伏筆。」

沒錯，這個故事是從頭到尾都巧妙安排的一連串伏筆。

「在《一千零一頁的最後祈禱》的序章，妳明明是個吸血鬼，卻莫名地救了身為人類的我。妳說理由是妳曾經被我『救過』……但我救了妳的事並不是發生在兩天前，而是五年前對吧。」

十幾年前吸血鬼戰役結束後，被「聖堂」關押的魔王阿爾緹莉亞度過了漫長的囚犯生活，然後在五年前從「聖堂」的牢獄逃到迷宮中。

並且身負不吸食他人的血就會喪命的瀕死重傷。

「……五年前，我在圖書迷宮的一個角落遇見被吊起、火燒過而筋疲力竭的一隻受傷吸血鬼。我把血分給那隻吸血鬼，救了瀕死的生命。」

「……啊哈。」

「吸血鬼的記憶被詛咒了。知道她的記憶只能維持僅僅三分半的我，從父親的書齋中把《圖書迷宮的吸血奇譚》帶了出來。」

「嘻哈……哈哈哈。」

「……知道我救了吸血鬼，父親原本打算殺了她。我拚命求情，得到了『為《吸血奇譚》加上嚴密的防護機制』的條件。而那項機制完成的預定日就是五年前的十月十六日……我的第十個生日。」

「啊哈……啊哈哈哈哈哈。」

「……《圖書迷宮的吸血奇譚》原本是我和吸血鬼的生日禮物。圖書迷宮的銀夜原本會在那個十月十六日脫胎換骨，成為我的朋友。」

「啊哈哈……啊哈哈哈哈哈！」

「──直到被『聖堂』竄改記憶的奧月綜嗣(我)在《吸血奇譚》上寫下命令為止。」

換句話說，筆者就是我。

父親死亡、阿爾緹莉亞行凶、我喪失魔法的原因，都在於我奧月綜嗣。

要從真祖或偉大博士手中奪取魔導書是很困難的，而且失敗時的風險難以估計。所以「聖堂」綁架了我，在我的記憶中寫下了致命的陷阱。

「我想起來了。我從父親手中接過《圖書迷宮的吸血奇譚》時，我的確親手寫下了【妳要殺死奧月戒】……然後悲劇就發生了。」

也就是說，我被當成了魔王這個生物兵器的遙控器。

只要竄改我的記憶，讓我使用啟動碼竄改《圖書迷宮的吸血奇譚》，就能在不接觸危險吸血鬼的情況下，將她當作生物兵器來使用。

這就代表我們的命運從五年前開始就一直被筆者改寫了。

「我找到答案了。」

五年前的真相。

「阿爾緹莉亞，妳不是我的殺父仇人。」

殺了父親的人是魔王，而策劃了這一切的是操控了我的「聖堂」。

「啊……啊哈哈哈哈哈哈哈哈哈哈哈哈哈哈哈哈哈哈哈哈哈哈哈哈哈哈哈哈哈哈哈哈哈！」

「……所以妳不必再笑了，不必再假裝瘋狂。我知道那都是騙人的。」

我緊握《圖書迷宮的吸血奇譚》，帶著祈願下達命令：

「啟動碼Rz999f——【破壞竄改過的記憶，《圖書迷宮的吸血奇譚》】！」

清亮的聲音響起，《書》散發光輝。

獨自打開的書頁中溢出無數文字，融進「夜」裡，消失不見。

「哈哈哈哈哈……啊哈哈……哈哈……哈。」

魔王的笑聲停止了。

最強吸血鬼，能力吞噬者阿爾緹莉亞——

「……為何？」

那對清澈的深紅色眼睛流出悲傷的淚水。

「為何……為何不殺了妾身？若不殺死妾身……若不奪去《圖書迷宮的吸血奇譚》，汝就要遭到變異性休克吞噬，發狂而死了吶！」

那是阿爾緹莉亞這五年來一直隱藏的感情激流。

「為何……！為何不在妾身還是個惡人的情況下殺死妾身！為何要讓妾身想起不願想起的記憶！若是直接殺死妾身，妾身就不必如此悲傷了！」

阿爾緹莉亞慟哭。她認定自己是黑暗魔王，是人類的天敵。

擅自斷定自己從我的身邊消失才能讓我幸福。

「五年……！妾身可是等了整整五年呀！在沒有汝的迷宮裡隻身一人！妾身渴望與汝再會，獨自度過了五年吶……！結果呢？竟僅能共度三日？別鬧了，妾身這份情意該如何是好呀！」

傾吐著壓抑了五年的悲戀，阿爾緹莉亞又哭又叫。

「若妾身是汝之殺父仇人，妾身還能忍！若能讓汝繼續前進，妾身甘願被殺！然而汝卻說妾身並非仇人？有權與汝共同存活？……妾身不依！不依不依不依！妾身不願死，不願死得戀情無疾而終！」

吸血鬼明明超越了生死——

卻因恐懼死亡而吶喊。

「……五年前，妳也這麼說過。」

在這個圖書迷宮的黑暗深處，我遇見了失去記憶的吸血鬼。

吸血鬼在通往死亡的陷阱中流淚喊著不想死，而我對她發誓。

「所以我許下願望，希望成為能拯救妳的人。」

成為能拯救阿爾緹莉亞的人——成為魔法師。

「……我會發誓成為偉大博士，不是因為父親被殺。」

我打開《吸血奇譚》的封面，翻到第一頁。

寫在上面的一行文字，是五年前的我許下的願望：

【我想要變成救得了阿爾的人。】——1001pgs.

「喜歡上妳，就是這個故事的開頭。」

沒錯。我希望自己能「拯救他人」，不是因為父親被殺。

從我在圖書迷宮的黑暗深處找到受傷吸血鬼的那一天開始——

我和阿爾緹莉亞的故事就編織出了《圖書迷宮的吸血奇譚》。

「我對《圖書迷宮的吸血奇譚》祈求了【能從黑暗中拯救魔王的魔法】。」

而《圖書迷宮的吸血奇譚》回應了我的祈禱。

它在我心中植入心理創傷，封印我的魔力迴路，讓我這五年來都無法使用魔法。為了讓奧月綜嗣持續裝填足以貫穿魔王的理論障壁的大量魔素。

它給我考驗和絕望，使我五年來都痛苦得能夠堅持自己的信念。讓我就算被「聖堂」扭曲故事，也不會放棄阿爾緹莉亞。

「然後跨越了五年的時光，《圖書迷宮的吸血奇譚》把我引導到了真祖（妳）的面前。」

──《圖書迷宮的吸血奇譚》是個隨處可見的故事。

一個男孩喜歡上一個女孩。

男孩想要幫助有困難的女孩。

《圖書迷宮的吸血奇譚》就只是這樣的一個故事。

「只為了這一個願望，《圖書迷宮的吸血奇譚》寫出了奧月綜嗣（主角）這個人物。」

為了從深深的黑暗中救出我愛上的吸血鬼。

為了從覬覦吸血鬼真祖之力的「聖堂」手中保護阿爾緹莉亞。

以名為父親之死的絕望。以名為喪失魔法的考驗。

以名為艾莉卡的敵對角色。以名為卡露米雅的連結過去之關鍵。

以名為魔王背叛的失戀。以名為虛構世界的急轉直下。

《圖書迷宮的吸血奇譚》把奧月綜嗣引導到了漫長故事的結局。

為了在這個瞬間、這個地方、這個戀愛故事的最後——

「阿爾，我來救妳了。」

實現我的願望。

超越五年的時光，《圖書迷宮的吸血奇譚》終於迎向結局。
那個時候沒能傳達的心意，被「聖堂」塗改的戀愛——
我終於能寫進這個故事裡了。

「我愛妳，阿爾緹莉亞。」

寫下這個戀愛故事的終章。

「嗚……啊……啊啊……啊……」

彷彿盛裝著鮮血的雙眼落下透明的淚珠。
阿爾緹莉亞很清楚。

我的記憶存量用盡的現在，這部戀愛故事就永遠不會再有續集。

《圖書迷宮的吸血奇譚》就快要結束了。

「……嗚啊啊……嗚啊啊啊啊啊啊啊啊啊啊啊啊！」

吸血鬼仰天哭喊。

那並非可憐自身境遇的眼淚，而是哀悼吸血奇譚完結的痛惜之淚吧。

「……阿爾緹莉亞，在我忘記一切之前，希望妳告訴我一件事。」

我能明白。阿爾緹莉亞一定也感覺到了。

在短短的剎那之間，奧月綜嗣的記憶就會被瘋狂吞噬，然後消滅。

「……我喜歡妳。我愛妳勝過世界上的任何一個人。」

所以我必須發問。我必須問出這個真相。

「所以拜託妳，阿爾緹莉亞。」

我必須為這段愛的告白尋求答案。

「——請說妳喜歡我。」

「……嗚……啊。」

被囚禁在遺忘牢獄中的吸血鬼有兩隻，能解除詛咒的《書》卻只有一本。

除非放棄其中之一，否則兩者都無法存活。

「回答我吧，阿爾緹莉亞。在死亡讓我們永別之前。」

我們不得不抉擇。

選出我們之中的誰能存活，誰必須死。

「汝……汝這傻子實在壞心……！」

我一步一步靠近哽咽著大叫的阿爾緹莉亞。

「是呀沒錯，妾身就是愛慕著汝！不過稍微受了點溫情，竟就這麼患上五年的相思病，妾身也自覺過於痴情吶！」

我跨越鐘塔的殘骸和血海，為了完成過去的誓約。

「即使如此……即使如此妾身也感到歡喜！妾身滿心想著對人類的復仇，在黑暗中徘徊，瀕臨死亡——汝卻對妾身說『吸我的血吧』！只有敵人與孤獨的妾身在汝身邊初嘗友情與愛情……！

於是妾身無可救藥地為汝傾心呀！何錯之有！」

「這怎麼可能是錯的。」

我用指尖輕輕撈起正要滑落臉頰的淚水。

我順勢抬起她的下巴——

「因為我終於能完成五年前的誓言了。」

我奪去阿爾緹莉亞的雙唇。

這一切都是從五年前開始的伏筆。

奪走對手能力的能力、經由體液吸取血憶、我保留著人性的事、兩個能力吞噬者、能勝過魔王的王牌，全部都是戀愛故事的伏筆。

喪失人性的我透過記憶竄改獲得真祖等級的血憶吸取能力。

阿爾緹莉亞身負瀕死的重傷，血憶吸取能力已經衰弱到與我無異。

因此名為接吻的體液交換會持續讓我的人性與血憶吸取能力加倍到極限——

生與人性和記憶會給予阿爾緹莉亞。

死與吸血鬼性和遺忘則由我奪走。

將一分為二，我就能從遺忘的牢獄中救出阿爾緹莉亞。

「……噗呼！」

與最初也是最後的吻一起，《圖書迷宮的吸血奇譚》迎向結局。

為了【救阿爾】，我奪去了所有的殘酷。

不管是逼近的黑暗、流入的記憶，還是排斥反應引起的死亡——全都由我吸取，然後死去。

「……永別了，阿爾緹莉亞。」

於是——

我的故事結束了。

【限時記憶開始解凍。】

喀鏘。

在走向死亡的思緒深淵，就要完結的故事最深處，齒輪的聲音輕輕響起。

『……噗嗤，竟說「我的故事結束了」呢！汝果然是個傻子吶♪』

「咦？」

『嗯呵呵，早安吶，汝♪歡迎再次來到筆者的領域♫解讀出安排於故事中之伏筆，查明五年前的真相，取回記憶與魔法並救出妾身的感受如何呀？就這麼赴死豈不可惜？』

「等……等一下！我不是死了嗎？我吸走了真祖的遺忘詛咒，把妳變成人類，代替妳死了吧！為什麼我還有意識啊！」

『此乃後記結尾。』

「後記結尾？」

『這個嘛，主角(汝)一死，可就無法再寫續集，發展為一個系列了吶。況且若還未收回最後的伏筆，就因主角之死而完結，豈不是無趣至極？』

「咦……最……最後的伏筆是指……？」

『沒錯，汝還未解決安排於此故事中之最大且最後的伏筆……』

【寫出這個故事的真正筆者究竟是誰？】

「！」

你對響起的聲音抬起頭的瞬間，墨水般的黑點凝結起來，在空中寫出文字。

你直覺地理解到，這裡是故事的背後，幻想的外部。

是執筆這部小說的筆者的領域。

「咦……呃，抱歉，我有點搞不清楚狀況……？」

……唉。你難道不曾覺得這個故事「一切都太剛好了」嗎？

你認為對「聖堂」來說是魔王的遙控器的你是怎麼逃出亞歷山卓的？殺死令尊的那幫人有可能允許這種事發生嗎？

「這……這個嘛……呃……」

追根究柢，你回到亞歷山卓的第一天就遇到真祖阿爾緹莉亞和殺人魔艾莉卡也很奇怪吧。三個人偶然在廣大的圖書迷宮中相遇的機率幾乎趨近於零。

除此之外還有其他種種命運般的偶然，才讓你得以拯救阿爾緹莉亞。

「咦……難……難道說那些偶然都是筆者安排的嗎！」

是的。

筆者操縱真祖的身體，甩開「聖堂」的追捕，讓你逃往國外。

筆者封印了你的記憶，讓你持續儲存魔素到魔力迴路裡。

筆者帶給你絕望，鍛鍊你的精神，使你能夠克服困難。

筆者跨越五年的時光，將你喚回圖書館都市。

筆者吸引你到圖書迷宮，讓你與吸血鬼真祖重逢。

筆者引導艾莉卡，讓她巧遇並殺死你。

筆者引誘卡露米雅採取行動，讓過去的魔王吸取她的血液和記憶。

筆者讓你聆聽魔法理論的課程，筆者給你肉搏戰的技能，筆者讓你注意到透過唾液能吸取血憶，筆者讓你使用咒血能力，筆者促成了魔法的復活。

這部《吸血奇譚》的真正筆者，才是描寫了你的一切的人。

《圖書迷宮的吸血奇譚》絕對不只是一部描寫一連串偶然的小說。一切都是筆者所安排的必然，為了抵達這個結局和開頭的伏筆。

寫出這整部故事的，《圖書迷宮的吸血奇譚》的真正筆者就是——

【如果有奇蹟發生，希望可以永遠永遠和綜嗣在一起。】

『就是希望與汝共同活下去的，五年前的阿爾緹莉亞。』

「……阿爾……緹莉亞……」

『……汝，妾身在這部《吸血奇譚》的序章，許下了一個奇蹟。』

阿爾緹莉亞靦腆地笑了，對你說出自己的祕密願望：

『倘若因命運而分別的妾身與汝總有一天能跨越時間與距離，再次於圖書館都市重逢，再次墜入愛河。』

在《吸血奇譚》的第一頁，那句話就寫在你的願望旁邊。

『倘若得知妾身過去的汝仍然願意愛著妾身。』

那是安排在故事裡的最大伏筆。

『但願於此戀愛故事之結局……』

被記憶竄改囚禁的真實願望。

『妾身能與汝一生相伴。』

愛和奇蹟的童話故事的——

一開始的第一頁。

『……綜嗣，本吸血鬼真祖共享血液與血憶的，妾身最愛的眷屬……妾身愛慕著汝。妾身愛汝勝過這世上的任何一人。』

在這個名為《圖書迷宮的吸血奇譚》的故事，深愛著人類的吸血鬼的最後祈禱——

『因此，妾身此刻還望汝回應。』

阿爾緹莉亞尋求你的答案。

『即使失去記憶，汝可願再次對妾身傾訴愛意？』

「……當然願意了，笨蛋吸血鬼。」

你傻眼地輕聲笑道，注視著阿爾緹莉亞的鮮紅眼眸。

然後你對吸血鬼真祖，對這部《圖書迷宮的吸血奇譚》回應誓約之言：

「我答應妳，阿爾緹莉亞。不管失去記憶幾次，我都一定會再度愛上妳。」

喀鏘。

宣告開始的齒輪之音在筆者的領域裡高亢地響起。

【啟動碼認證完畢。開始執筆「奇蹟」。】

五年前的十月十六日，你和阿爾緹莉亞相遇的奇蹟——

是通往這部《圖書迷宮的吸血奇譚》序章的，戀愛故事的最大伏筆。

【藉由你所給予的血液，阿爾緹莉亞取回了記憶，成為一名人類。】

突如其來的啟動咒語破壞了登場人物死亡的缺憾結局——

將故事竄改為皆大歡喜的快樂結局。

【你失去了所有被竄改過的記憶，從變異性休克中恢復。】

於是，《圖書迷宮的吸血奇譚》化為一個奇蹟。

通往誰也沒有想像過的，戀愛故事的序章。

◆◆◆◆◆◆◆◆◆◆◆◆

讀完到目前為止的故事，你從虛構小說中覺醒。

「……呼，終於看完了。」

下午的教室景象映照在緩緩睜開的眼裡。同學互相交談的吵雜聲響充滿四周，靜靜地回到原本被《書》支配的聽覺中。

「……《圖書迷宮的吸血奇譚》。《竄改記憶與世界的書》啊。」

直到剛才為止還存在於眼前的小說世界已經消失得無影無蹤。

筆者的領域轉換為「藥草院」的教室，【文字】已經不見蹤影，與魔王戰鬥的激動情緒也被窗邊吹來的風靜靜地奪走。

你打開一本《書》，單手撐著臉，坐在教室窗邊的書桌前。

「……那起事件到現在已經過了一個星期啊……真是的，明明被捲入『聖堂』的計謀和人類滅亡的危機，我卻什麼都不記得了。」

從變異性休克中覺醒時，你就已經失去剛抵達亞歷山卓的那三天的所有記憶。

為了拯救你免於變異性休克的侵害，就必須除去從外部寫入的記憶，也就是寫入《一千零一頁的最後祈禱》的資訊。

其中包括關於艾莉卡和同學的記憶，圖書館都市的記憶，破壞「聖堂」的計畫的記憶。

以及與阿爾緹莉亞的戀愛。

「……阿爾緹莉亞。」

你低聲呼喚從記憶中消失的愛人之名。

班會前的熱鬧教室裡沒有吸血鬼真祖的身影。你的制服連衣帽裡也沒有藏著摺好的連身裙和銀白色的蝙蝠。

就像卡露米雅在《一千零一頁的最後祈禱》裡曾說過的，吸血鬼會被處以死刑，所以你果然是不可能和迷宮最強的吸血種一起念書的。

如果沒有用接收自阿爾緹莉亞的《圖書迷宮的吸血奇譚》來竄改吸血鬼性的話，繼承了最強吸血鬼之力的你應該也逃不過處刑的命運。

「……阿爾緹莉亞給我的東西還在保護著我啊。」

你觸碰胸前的護符，回憶起吸血鬼真祖。

日子平安地一天一天過去。流逝的時光將燒燬的「圖書館」、崩塌的升降機、損壞的鐘塔都遺忘。

就連「聖堂」的陰謀和魔王復活的危機都像是沒有發生過似的。

看著你和阿爾緹莉亞取回的，渺小又隨處可見的溫暖日常——即使如此……

你還是有一種預感。

「……哎呀，奧月同學。你看起來很開心呢。」

「嗯？是嗎？妳看起來也很高興耶。」

聽見呼喚自己的聲音，你抬起頭，發現艾莉卡那雙深青色的眼睛正在對你微笑。她在《書》中的戰鬥受到的燒傷似乎已經完全痊癒了。

「呵呵，今天的班會延遲的理由，我已經聽卡露米雅同學說過了。」

「喵呵呵！大家回到位子上！我帶小葉老師來了喵！」

「老師被帶來嘍！各位同學請回座，班會要開始了！」

「……呵呵，才剛提到，人就來了呢。」

那是個預感。

「等一下會跟大家說明，因為有很多事要準備，抱歉來晚了。最近老師真的是忙得不可開交……」

「啊，小葉老師，這邊看得到妳的肩膀有貼布喵。」

「這邊嗎？不不不能看啦，卡露米雅同學不可以看！」

「……小……小葉老師，已經過了班會開始的時間……」

「啊，對喔！那……那麼各位同學，現在班會時間開始！」

《一千零一頁的最後祈禱》的頁數用盡，也什麼都不會結束的預感。

《圖書迷宮的吸血奇譚》一打開，書上一定寫著奇蹟的預感。

那一定是故事開始的預感。

「那麼要開始嘍。阿爾同學！請進！」

「失……失禮了吶！」

這個聲音響起的同時，教室前方的門砰的一聲打開。

拖著一頭銀白色長髮的少女走進教室，用生硬的步伐登上講臺。

「……呃……呃，該說什麼才好呢……啊！喏……喏，汝還不快幫幫妾身！妾身不擅應付這般場面吶！」

少女的鮮紅雙眼游移著，一發現你的身影便向你求助。

你抱著逐漸高漲的預感，露出苦笑回答**原本是吸血鬼**的友人：

「真是的，不是練習過了嗎？首先要自我介紹和打招呼啦。」

「啊，確……確實如此！好……好！」

少女用紅潤的雙頰做出最燦爛的笑容，對同學高聲說出自己的名字：

「妾身名喚阿爾緹莉亞！雖不諳人類習慣，還望諸位關照！」

好了，戀愛故事即將開始。

主角是曾為人類的吸血鬼，女主角是曾為吸血鬼的女孩。

配角是身為混血惡魔的同學、開朗的貓耳班長、外表年齡十歲的博士。

情節有些陳腐，角色也還相當不足。

不過相愛的人類和吸血鬼的幸福會永遠持續下去。

往後的故事也一定會變得愈來愈有趣。

所以直到頁數用盡之前，請繼續撰寫這個故事。

【距離喪失記憶　還剩∞頁】

撰寫由你編織，由我記錄的——《圖書迷宮的吸血奇譚》。

後記

初次見面，我叫做十字靜。

很高興你願意拿起《圖書迷宮》。

■給正要開始閱讀《圖書迷宮》的你：

《圖書迷宮》並不是為了讓每位讀者滿意而寫的《書》。不僅是頁數多，劇情結構也很複雜，還是第二人稱，我認為它是很挑人的《書》。

不過，如果你到目前為止的人生曾有過「想要去某個不是這裡的地方」的想法，《圖書迷宮》就是為你而寫的《書》。

《圖書迷宮》是書的迷宮，是人類想像所及的任何書籍都沉睡其中的遺跡書庫。它是能找到《最強吸血鬼之書》、《混血惡魔之書》、《失去五年前記憶的少年之書》等任何故事的神之書架。

《圖書迷宮》正是我為了實現「想要去某個不是這裡的地方」的願望而撰寫的「某個不是這裡的地方」。

只為了讓你沉浸其中，作者努力寫了這篇故事。

但願我的《圖書迷宮》能成為你的「某個地方」。

■給剛讀完《圖書迷宮》的你：

首先，謝謝你閱讀長達一千零一頁的故事。

中世紀魔法戰鬥幻想吸血鬼戀愛喜劇遺跡迷宮後設第二人稱小說，將以上我希望出現在「某個地方」的全部要素集結而成的《書》就是本作，如果它也能稍微實現你的「某個地方」的話就太好了。

這部《圖書迷宮》是投稿至第十屆MF文庫J新人賞的《圖書迷宮的吸血奇譚》經過改稿後完成的作品，不過由於無論如何都無法縮減至投稿規定的三百頁以內，因而放寬了MF文庫統一價格「五八〇日圓＋稅」的規格，以超過五百頁的篇幅出版。

「頁數不夠，再增加不就好了嗎？」編輯部的思考方式真的很自由。

多虧如此，我才能把自己想寫的所有內容（←）都寫出來。

・銀髮不死系蘿莉老太婆嫁給我吧。・好想住在遺跡書庫裡好想永遠讀書。

・說得保守一點，我超愛交互大聲詠唱的魔法戰鬥。・好想寫第二人稱後設小說。

・阿爾緹莉亞的肋骨我舔我舔。・我想寫改寫／克服過去絕望的故事！

……咳咳。我自己也覺得有點不好意思，到此打住吧。

雖然作中作《一千零一頁的最後祈禱》已經結束了，但只要《圖書迷宮》還有頁數，阿爾緹莉亞和綜嗣的幸福就會持續下去吧。

我衷心期望還有機會繼續為你講述這個沒有盡頭的故事。

謝辭：

武石責任編輯，我總是受您照顧。自從二〇一四年拜訪編輯部後過了三年，《圖書迷宮》終於問世。

改稿的漫長日子裡，我之所以能在苦悶之中持續面對故事內容，都是因為有您不斷傳達「想要做出更好的書」的熱情給我。

若非武石編輯擔任我的責編，且投稿的對象不是ＭＦ文庫的話，《圖書迷宮》就不會存在於這個世界上。我深深感謝您願意扶植我這個還不成氣候的作家。

為回報武石編輯和ＭＦ文庫Ｊ編輯部的恩情，我希望能寫出更好的故事。往後也請各位多多指教。

插畫家しらび老師，謝謝您畫出讓人能夠聯想角色內在的精美插畫。阿爾緹莉亞佇立在飄散書頁的迷宮中的主視覺、吸血鬼真祖對闔上的《書》落淚的封面，兩者都讓我在看見的瞬間感到興奮不已，使我那一晚完全無法入睡。

擴展圖書迷宮之世界觀的插畫是個棘手的請求，您卻完美地達成了它。真的非常感謝您。

那麼——

「圖書迷宮」是書的迷宮，是人類想像所及的任何書籍都沉睡其中的遺跡書庫。請前往收藏在無限書架上的《能夠改寫記憶之書》的世界。

拿起記載著一切的書，奪回失去的記憶吧。

【你打開了《圖書迷宮》的封面，開始閱讀書裡的故事。】